KB253644

배비장전

옹고집전

이춘풍전

옥단춘전

운영전

가루지기타령

明文堂

고전은 겨레의 문학적 뿌리

고전은 절대로 골동품이 아니다. 고전은 시대의 흐름 속에 살아 있으며 서민대중과 호흡을 같이하는 데에 의의(意義)가 있다. 인류가 문자생활(文字生活)을 영위한 이래 수많은 문자의 기록이 생성 소멸되었고, 혹은 오늘에 이르도록 유존(遺存)되어 왔으나, 그 가운데서도 유독 문학유산(文學遺産)처럼 각 시대의 대중들과 더불어 희로애락을 함께 한 기록은 거의 없다. 이것은 문학이 딱딱한 지식이나 까다로운 도덕률을 전파하려 함이 아니라, 인간생활의 정서와 취미를 풍부하고 다채롭게, 그리고 아롱지게 하는 진정한 서민대중의 벗이기 때문이다. 그러므로 수많은 고전 중에서도 문학적인 소산(所産)만은 그 지닌 바 생명이 장구하며 무궁하다. 그러나 이와 같이 구원(久遠)한 생명을 지니고 있음에도, 고전문학은 동서양을 막론하고 현대의 독서층과는 오히려 먼 거리에 있었고, 오직 일부 식자층(識者層)의 독점물인 양 인식되어 왔던 것이다.

그 이유는 고전문학이 각기 그 시대의 문자, 즉 고어로 씌어져 있으므로, 그러한 고어(古語)에 어두운 후세 사람들은 읽기도 어렵거니와 시대 상황의 차이에 따라 내용 자체를 이해하기조차 힘들었던 탓으로 고전 문학은 오직 고어(古語)를 알고 고전을 이해할 능력이 있는 고어파(古語派)들의 연구대상으로서만 겨우 그 명맥(命脈)을 유지해 왔던 것이다. 우리는 이와 같은 점에 느끼는 바 있어, 고전소설을 한시 바삐 오늘날의 독자대중 앞에 보이고자 하는 초조한 마음으로,

첫째, 고전의 원모습을 그대로 지니면서도 현대인의 독서에 편하도록 문체와 체제를 다듬었고,

둘째, 일시에 고전을 조감(鳥瞰)할 수 있도록 전질(全帙)의 형식과 낱권으로도 읽을 수 있도록 편집하였으며,

셋째, 가급적 많은 독서대중에게 보급하기 위하여 염가판으로 이루어 놓은 것을 무엇보다 자랑스럽게 생각하는 바이다.

고전은 현대의 바탕이요, 이 현대는 다시 미래를 계시(啓示)해 주는 것이다. 따라서 고전에 무지할 때 현대는 우매해지고 미래를 기대할 수 없게 된다.

고전의 생명과 가치는 바로 여기에 있다. 우리의 고전소설들은 조선 일대(·代)에 걸치는 선조들의 흥분과 정서와 감각이 서려 있는 주옥 같은 작품들이다. 이것을 읽을 때 우리는 선인들의 감정세계를 거닐게 되고, 또 그들의 숨결도 느끼게 된다. 이 얼마나 즐겁고 고상한 정신의 산책(散策)인가!

고전을 읽자! 겨레의 문학적 뿌리인 고전을 읽어야 한다.

한국고전문학대계(韓國古典文學大系) 편집위원

代 表 張 德 順

必讀
精選 韓國古典文學大系

○ 차례 ○

裵裨將傳——————11

雍固執傳——————59

李春風傳——————79

玉丹春傳——————105

雲英傳——————135

가루지기打令——————187

裵裨將傳

1

천지간의 인생중에 남녀를 막론하고 사람의 씨는 같으련만, 그 중에서도 우열(優劣)이 판이하여 남자에게 현인·군자와 우부·천맹(愚夫賤氓)이 있고, 여자 중에도 정부·열녀(貞婦烈女)와 음녀·간희(淫女奸姫)가 아주 없어지는 일이 없이 대를 이어오니, 예나 이제나 측량할 수 없는 것은 형형색색의 사람의 성질이라 하리라.

사람의 성질이란 것은 살고 있는 산천이 지니는 풍치와 정기를 많이 닮게 되매, 산좋고 물맑은 고장의 사람은 성질이 순후하고 공근(恭勤)하여 악한 기질이 별로 없고, 산천이 험준한 지방에서는, 그대로 사람의 성질이 우준(愚蠢)하고 간활(奸猾)하게 나타나는 법이라.

호남좌도(湖南左道) 제주군 한라산(漢拏山)은 옛적 탐라국(耽羅國)의 주산이요, 남녘땅에 제일 명산이라, 험준하고 아름다운 정기가 어리어서 기생 애랑(愛娘)이가 생겨났나 보더라.

애랑이가 비록 천기(賤妓)로 태어났을 망정 고운 맵시는 월나라 서시(西施)와 양태진(楊太眞)을 누를 지경이요, 지혜는 남자로 말하자면 진류자(陳留子)에 내리지 아니하고, 간교한 꾀는 구미호(九尾狐)가 환생을 하였던지, 호색하는 사나이가 걸려들면 상투 끝까지 빠져들어 허덕허덕하는 터이겠다.

한양에 김경(金卿)이라 하는 양반이 있으되 문필과 재능이 비범하여 십오 세에 생원·진사(生員進士)에, 이십 세에 장원급제하여 첫 벼슬로 한림주서(翰林註書), 이조(吏曹), 옥당(玉堂), 승지당상(承旨堂上), *방백(方伯)을 바라더니 대신들의 서계(書啓) 끝에 제주목사(濟州牧使)로 제수되니라.

김경이 즉시 도임길에 오르고자 이·호·예·공·병·형의 육방(六房) 책임 맡을 자를 가려 뽑을새, 서강(西江) 사는 배선달(先達)을 장막 안으로 급히 불러 예방(禮房) 소임을 맡기니, 이제는 높이 불러 배

---

*방백(方伯)——관찰사.

비장이라, 집으로 돌아와서 대부인께 여쭈기를,

"소자가 팔도강산 좋은 경개 아니 본 데 없사오나, 제주는 섬 속이며, 또한 모친이 계옵시어 못 가 보았더니, 친한 양반이 제주목사 되셨기로 *비장(裨將)으로 가자하니 다녀 오겠삽나이다."

대부인 그 말을 듣고 말하기를,

"제주라 하는 곳이 육로 천 리, 물길 천 리, 이천 리 머나먼 길에 날 버리고 네 간다면 어미 임종 못할 터이니 제발 덕분 가지 마라."

배비장이 다시 여쭈기를,

"단망(單望)으로 뽑혔으니 아니 가진 못하겠나이다."

이때 배비장의 아내 곁에서 듣고 하는 말이,

"제주라 하는 곳이 비록 떨어진 섬이오나 색향(色鄕)이라 하옵디다. 그곳에 계시다가 만일 주색에 몸이 잠겨 돌아오지 못하시면, 부모님께 불효되고, 첩의 신세 그 아니 원통하오?"

"그것일랑 염려 마오. '이팔가인의 몸이 무르녹으니 허리에 찬 장검으로 우부를 베리라〔二八佳人體似酥 腰間長劍斬愚夫〕, 비록 사람의 머리 떨어짐을 보지 못하였으되 어둠 속에서 임을 불러 골수를 구하리라〔雖然不見人頭落 暗裡招君骨髓求〕' 일렀으니, 명심하고 계집은 커녕 아이들 비역이라도 하게 되면 거먹쇠 아들일세."

즉시로 대부인께 하직하고 금마(錦馬)타고 내려간다.

전령패(傳令牌) 비껴 차고 영주(瀛州)로 내려갈새, 때는 바로 꽃피는 봄철이라. 이화·도화·행화(杏花)·방초(芳草)·양류는 푸르렀고, 녹수(綠水)는 잔잔하며, 모든 산에 꽃이 피어 경개가 아름다워 사면을 둘러보며 산호채찍 휘두르며 권마성(勸馬聲)을 길게 불러 흐르는 구름같이 달려가서 연로 각점(沿路各店) 중화숙소(中火宿所), 강진(康津), 해남(海南) 다다라서 다리놓고 해남관두(關頭)로 건너가니, 신임 사또 마중나온 신연하인(新延下人)이 등대하더라.

사또가 신연하인들의 인사를 받은 후에 사공을 불러놓고 분부하되,

"예서 배를 타면 제주까지 며칠이나 걸리는고?"

*비장(裨將)——감사·수령 등의 막료.

사공이 공손히 여쭈기를,

"일기가 청명하고 서풍이 살살 부오면, 꽁무니바람에 양 돛을 갈라 붙이옵고 *아디에서 핑핑 소리 나고, 뱃머리에서 물결 갈리는 소리가 팔구월 열바가지 삶는 듯이 절벅절벅 소리나면, 하루에 천리 길도 가게 되옵고, 반쯤 가다 왜풍(倭風)만나 표류하면 영국(英國) 가기도 쉬운 일, 만일 일이 틀리오면 쪽박 없는 물도 먹고 숭어와 입도 맞추나이다."

사또 다시 분부하되,

"제주에 당일로 닿는다면 상을 많이 줄 터이니 착실히 거행하렷다."

사공이 분부를 받잡고서 순풍을 기다리니, 마침 날씨 청명하며 서풍이 솔솔 불어오매 소리높여 아뢰기를,

"사또, 배에 오르시오!"

사또 매우 기뻐하며 하인들께 차비를 분부하니, 비장들이 사공을 재촉하며 배를 띄우는데, 새로 만든 난간 위에 낭천을 번듯 치고, 산수병풍·모란병풍 겹겹이 둘러친 후 *포진(鋪陳) 장막 배설하고 넌출 비단 모란석에 수놓은 쌍학침(雙鶴枕)과 파란 등, 붉은 등에 병타구며, 주석재떨이 늘어놓고, 사또가 배에 오르매 *위엄(威嚴)·통인 좌우로 갈라서고, 여러 비장들도 제각기 허리 굽혀 절하고 이편 저편 갈라서 어떤 비장은 허세를 떨치고, 어떤 비장은 착실한 채 점잖게 꿇어 앉고, 하인들은 장막 밖에 갈라 앉으니라.

상선에 고사지내고, 상선포(上船砲)를 놓은 후에 선왕도(先往島) 어귀에서 바람 일기 기다려서 대해망망 천리파(大海茫茫千里波)에 배띄워라. 아침물이 나가는 듯하더니 저녁물이 밀어친다.

지국총 지국총 배띄우는 소리를 들으며 누워서 생각에 잠기니 뱃전에 기대선 어부의 한 어깨가 높아 보이더라.

도사공이 키를 들고 역군은 아디 틀며 돛을 달아, 바람에 맞추어 배

---

*아디──돛을 다는 곳.

*포진(鋪陳)──바닥에 깔아 놓은 방석·요·돗자리 등의 총칭.

*위엄(威嚴)──지방관리의 심부름꾼.

를 내니, 망망대해 중에 떠가는 저 배로다. 호호창랑 노화월(浩浩蒼浪蘆花月)에 범여선(范蠡船)이 떠가는 듯 두둥실 떠나갈 제, 사또 일희일비하여 술을 들여다 먹고 놀자, 비장들도 술을 주며 곡강(曲江) 봄술에 사람마다 취하니 상하가 동락한들 무엇을 꺼릴까보냐? 너도 먹고 나도 먹자. 사또는 취흥이 도도하여 풍월을 지어 읊기를,

‘푸른 하늘이 물 속에 비치니, 고기가 백운 사이로 노니도다〔青天倒水中 魚遊白雲間〕’

이 글을 새겨 보고 비장들이 대답하되,

“예 좋소이다. 문장구(文章句)요.”

사또는 취중이라 농담이 절로 나온다.

“누구인가 제주(濟州)길 배타기가 어렵다 하더니만, 이렇다면 겁낼 바 없으렷다! 누워서 떡먹기는 눈 위에 떡고물 떨어지기 일쑤요, 앉아서 똥누기는 발 허리나 시지 않냐? 내 서울서 들으니 바다에 꼬리 큰 고기가 있다 하던데 그 말이 옳으냐?”

사공이 황급히 여쭈기를,

“수렁, 개울, 방축(防築), 못도 지키신 신령님이 있다 하니, 중지(重地) 바다 건너면서 취담일랑 마옵소서.”

이 말을 마치지 못하여 미역섬 바삐 지나 추자도(楸子島)에 다다르니, 상하로 바다 물꼬리에 증수하여 건너갈 제, 동정호에서 서녘을 바라보매 초강이 갈라지는데, 수평선 남녘 하늘에 구름을 볼 수 없도록〔洞庭西望楚江分 水平南天不見雲〕 바다빛이 하늘에 닿았도다. 난데없이 대풍이 일어나며 사면이 침침하며 물결은 왈랑왈랑, 태산 같은 물마루가 덮치며 우러렁 콸콸, 뒤뒹굴어 물결이 펄펄 뱃전을 때리고, 바람에 띳집도 조각조각 흩어지며, *키다리는 꺾어지고 용치줄 마룻대가 동강동강 고물이 번쩍 들리면 이물이 수그러지고, 이물이 번쩍 들리면 고물이 수그러져서 덤벙덤벙 뒤뚱 조리질치니, 사또는 어리둥절, 사장·하인 분주하게 서두를 제, 사또가 사공을 부르는데 엉겁결에 ‘고공(雇工)아!’라 부른지라, 사공도 엉겁결에 부들부들 떨며 그대

---

*키다리 —— 배의 방향을 조절하는 기구.

로 예! 예! 하니, 사또는 그런 중에도 노하여 하는 말이,

"이놈, 양반은 물길이 익숙지 못하여 떨거니와, 물길에 익은 놈이 저다지도 떠느냐?"

사공이 더욱 송구하여 여쭙기를,

"소인이 십오 세부터 화장(火匠)으로 배에 올라 흑산도(黑山島), 대마도(大馬島), 칠산(漆山), 연평(延平) 바다를 무른 메주 밟듯이 거침없이 다녔으되, 이런 고생길은 처음이오. 지부왕(地府王)이 삼촌이고, 강림사자(降臨使者)가 적삼촌(嫡三寸)이요, 사해(四海)의 용왕이 외삼촌이라도 살아가기는 아주 어렵겠소. 살아나려면 이 물을 다 먹어야 살 듯하오니, 뉘 배로 이 물을 다 먹겠소?"

이렇듯이 겁을 낼새 비장들도 서로 운다. 비장 하나가 홀로 신세타령하되,

"북당(北堂)의 백발양친 천리 길에 날 보내고, 부모의 마음이라 이제 올까 저제 올까? 젊은 새댁 우리 아내 임 그리며 잠 못 이뤄 임 가신 곳 바라보고, 한숨짓고 눈물지며 손꼽아 기다릴 제 꿈속인들 여북하랴? 머나먼 바닷길에 속절없이 죽게 되니 이런 팔자 또 있을꼬?"

비장 하나가 또 운다.

"이미 나이 사십이되 슬하에 자식 없고 양자할 데 전혀 없으매, *선영향화(先塋香火) 끊게 되니 이 아니 원통하랴?"

비장 하나가 뒤따라 운다.

"나는 집안이 가난하기로, 제주가 양태로 이름난 곳, 양태동이나 얻어다가 가용에도 쓰게 하고, 마누라 속곳이 없는지라, 옷벌이나 얻어서 입혀 볼 양으로 머나먼 길 떠났으되 예 와서 속절없이 외로운 물귀신이 되겠으니 원통한 일이로세."

비장 하나가 또 운다.

"나는 형편이 넉넉하니 집에 그저 있었던들 탈없이 좋을 것을, 이름자나 갈고서 벼슬길 터놓고서 출입하려 하였더니, 천리타향 대해

---

*선영향화(先塋香火)──── 조상의 제사.

중에 속절없이 죽게 되니 애고 기막힌다 !"

각 비장이 이렇듯이 탄식할새 사또는 멍하니 앉은 채로 이런 거동 바라보다 무슨 생각났던지 사공을 부르더니 분부를 내리었다.

"용왕님이 이제야 제수(祭需)를 달라는 듯싶으니, 고사나 극진하게 드려보라."

사공이 분부대로 거행한다. 영좌(頒座)·이좌(吏座)·화장(火匠)·격군 머리 목욕 정히 하고, 허릿간에 자리 펴고, 고물에는 청신기(靑神旗) 홍신기를 좌우로 갈라 꽂고, 큰 고리에 백미 담아 사또 저고리를 벗어 얹고, 온 소머리 받쳐놓고, 산 돼지를 잡아서 큰 칼 꽂아 기는 듯이 들여놓고, 공양미(供養米) 올린 후에, 다시 섬쌀을 풀어놓고, 도사공의 정성으로 용총줄에 나는 큰 북 높이 달고, 부채를 양손에 갈라잡고 두리둥둥 북을 치며 축원한다.

"천지건곤(天地乾乾) 일월성신(日月星辰) 황천후토(皇天后土) 모든 신령, 녹성군(祿星君)이 감동하사 한양성내 북부 송현방(松峴坊) 사는 김씨 *건명(乾命) 제주 신관목사또(新官牧使道)를 살리소서. 두리둥둥, 두리둥둥. 동해 광리(廣利) 서해 광덕(廣德)·남해 광연(廣淵)·북해 광택(廣宅), 물 위에 용녀부인(龍女婦人), 물 아래 하수 용왕, 참군영감(參軍令監) 내림하와 영주(瀛州)바다 건너갈 제 순풍을 빌리소서. 두리둥둥 두리둥둥.'

고사를 지낸 다음 사또가 한숨짓고 하는 말이,

"생은 기요 사는 귀라 하였던 하우씨(夏禹氏)의 앙천탄(仰天歎)이 내 신세가 되었도다 !"

이윽고 달 오르며 물결 자니 달 밝은 하늘 가로 홀로 배가 떠가는데 물결이 잔잔하여 풍랑이 일지 않노라.〔月中天涯獨去舟 水波潺潺浪不興〕 이현보(李賢輔)의 물가에 삶이 산에 사는 것보다 낫도다〔自言居水勝居山〕함을 옛말로만 여겼더니 '삼정승의 높은 벼슬과도 이 강산은 아니 바꾸리라〔三公不換 此江山〕'함을 오늘에야 비로소 알리로다. 어느덧 제주성에 다다르니 지세(地勢)도 좋거니와 풍경이 더욱 좋다.

---

*건명(乾命)—— 남자를 가리킴.

2

환풍정(換風亭)에서 배를 내려 화북진(禾北鎭)에 좌기(坐己)하고, 사면을 둘러보니 제주가 십팔경(十八景)인데 제일경은 망월루(望月樓)라.

망월루를 살펴보니 청춘 남자 소년 여자 한쌍이 서로 잡고 이별이 안타까워 한숨 쉬고 눈물진다. 이들은 누구인고 하면, 구관 사또가 신임하던 정비장(鄭裨將)과 수청기생 애랑(愛娘)이의 애타는 이별이다.

정비장이 애랑의 손을 잡고 이르기를,

"잘 있거라, 나는 간다. 서울태생 소년으로 제주 물색 좋단 말에 마음 쏠려 이곳에 와 아리따운 연분을 너와 맺고 세월을 보낼 적에, 맵시있는 너의 태도, 목청 맑은 네 노래에 고향생각 잊었는데, 애닲고나 이별이야! 푸른 강 맑은 물에 원앙새가 짝을 잃은 격이로다. 사람없는 높은 산 깊은 골에서 둘이 만나 희롱하다 이별하여 헤어지는 격이로세. 이별이야, 이별이야, 애닲고나 이별이야! 이별이(離)자 만든 사람 우리 양인의 원수로다. 가을 달 밝은 밤에 해하(垓下)에서 우미인(虞美人)을 이별할 때 항우(項羽)의 강개탄(慷慨嘆)과 마외역(馬嵬驛) 저문 날에 양귀비를 이별하던 당명황(唐明皇)의 눈물짓던 간장인들 이에서 더할까보냐? 일심으로 그리기란 애랑 오직 너뿐이니 부디부디 잘 있거라!"

애랑의 거동 보소.

없는 슬픔을 자아내어 도화옥빈(桃花玉鬢) 고운 얼굴에 웃는 듯 찡그리는 듯 한심장탄(寒心長嘆) 하는 말이,

"여보 들어보시오. 나리가 이곳에 계실 때에는 먹고 입고 사는 일에 걱정이 없이 세월을 보냈더니 이제는 그 누구에게 의탁하라고 일조(一朝)에 이별이 웬말이오?"

정비장은 이 말을 듣고 소활(疏闊)하고 큰 마음에 애랑의 마음이 풀리도록 대답을 했다.

“그대는 아무 염려를 하지 마라. 내 올라가더라도 한동안 먹고 쓰기
에 넉넉하게 볏짐을 풀어주고 가마.”

이렇게 말하는 한편 고지기에게 분부하여 볏짐을 풀어 애랑에게 주
도록 분부를 하였다.

중량(中涼) 한 통과 세량(細涼) 한 통과 그리고 탕건(宕巾) 한 짐과
우황(牛黃) 열 근, 인삼(人蔘) 열 근, *월자(月子) 서른 단, 마미(馬尾)
백 근, 장피(獐皮) 사십 장, 녹피(鹿皮) 이십 장, 홍합(紅蛤)·전복(全
鰒)·해삼(海蔘) 백 개, 문어(文魚) 열 개, 삼치 서 뭇, 석어(石魚) 한
동, 대하(大鰕) 한 동, 장곽(長藿), 소곽(小藿), 다시마 한 동, 유자(柚
子), 백자(栢子), 석류(石榴), 비자(榧子), 청피(靑皮), 진피(陳皮), 용
어레, 화류(華梳) 살쩍, 삼층난간 용봉장(三層欄干龍鳳欌), 이층문갑,
*왜궤, 산유자(山柚子)궤, 뒤주 각각 여섯 개와, 걸음 좋은 제마(濟馬)
두 필과 그리고 총마(驄馬) 세 필, 안장(鞍裝)이 두 켤레, 백목(白木)
한 통, 세포(細布) 세 필, 모시 다섯 필, 면주(綿紬) 세 필, 간지(簡紙)
열 축, 부채 열 축, 간필(簡筆) 한 동, 초필(草筆) 한 동, 연적(硯滴)
열 개, 설대 열 개 쌍수복(雙壽福)·백통대(白銅煙管) 한 켤레, 서랍
하나, 남초(南草) 열 근, 생청(生淸) 한 되, 숙청(熟淸) 한 되, 생율(生
栗) 한 되, 마늘 한 접, 생강(生薑) 한 되, 수미(糯米) 열 섬, 황육(黃
肉) 열 근, 호초(胡椒) 한 되, 아그배 한 접을 애랑(愛娘)에게 주면서
방자(房子)를 불러 분부하는 말이,

“애랑의 집에다가 갖다 주고 애랑의 모친으로부터 회답을 듣고 오
너라.”

하였다.

애랑은 눈물을 이리저리 씻으면서 흐느끼는 소리로 말하기를,

“주신 기물은 천금이라도 귀한 바 없사옵니다. 백 년을 맺은 기약
일장춘몽이 허사입니다. 나리는 소녀를 버리시고 가옵시면 백발부
모 위로하고, 홍안처자 반가이 만나 그립고 그립던 정회를 회포할

---

*월자(月子)——달래.

*왜궤——남자 세간의 네모진 궤.

때 소녀 같은 박명소첩(薄命小妾) 천리 도중 멀고 먼데 다시 생각하시겠나이까? 슬픈 것이 이별 별(別)자요, 이한 공수 강수장(離恨空隨江水長)하니 떠날 이(離)자 슬프옵고 갱파라삼 문후기(更把羅衫問後期)하니 이별 별(別)자 또 슬프고, 낙양천리 낭군거(洛陽千里郎君去)하니 보낼 송(送)자 애연합니다. 임을 보내고 그리운 생각 사(思)자 답답하여 천산만수(千山萬樹) 아득한데 바랄 망(望)자 처량합니다. 공방적적 추야장(空房寂寂秋夜長)하니 수심 수(愁)자 첩첩하고 첩첩수다 몽불성(疊疊愁多夢不成)하니 탄식 탄(歎)자 한심하고 한심장탄(寒心長歎) 슬픈 간장 눈물 누(淚)자 가련하오. 군불견 상사고(君不見相思苦)에 병들 병(病)자 슬픕니다. 병이 들면 못살려니 혼백 혼(魄)자 따라 갈까 장재복중(長在腹中) 그리운 님 잊을 망(忘)자 염려되오. 일거낭군(一去郎君) 내밀 출(出)자 다시 보자, 언제 볼꼬, 애고애고 슬픕니다."
정비장은 혹한 마음으로,
"네 말을 내가 들으니 뜻 정(情)자가 간절하구나. 내 몸에 지닌 노리개를 네 마음대로 모두 달래라."
애랑이란 년 달라는 말 아니하여도 정비장을 물 오른 송기 때 벗기듯 하려는데, 가지고 싶은 대로 달래라고 하니 불한당〔明火賊〕 같은 마음에 피나무 껍질 벗기듯이 아주 홀랑 벗기려고,
"여보 나리 들으시오. 갓두루마기 소녀를 벗어주고 가시면은 나리님 가신 후에 날이 가고 달이 갈 때 광음이 여류하여 낙화수심(落花愁心) 봄이 가고 방초하절(芳草夏節) 추절(秋節)들이 정수단풍(庭樹丹楓) 잎 떨어질 때 낙엽은 소슬하고 옥창(玉窓) 밖에 서리칠 때 추야장(秋夜長) 적막한데, 독수공방(獨守空房) 잠 못들어 전전불매(輾轉不寐)하올 적에 원앙금침(鴛鴦衾枕) 냉한 베개 비취금(翡翠衾) 엷은 이불을 두 발로 미적미적 툭툭 차서 물리치고 주인 가신 두루마기 한 자락은 펼쳐 깔고 또 한 자락은 흠썩 덮고 두 소매는 착착 접어 베개 삼아 베고 자면 나리 품에 누운 듯, 근들 아니 다정(多情)하오?"

정비장은 그 말을 듣고 양피(羊皮) 갓두루마기를 훨훨 벗어 애랑에게 주면서 하는 말이,

"맹상군(孟嘗君)의 호백구(狐白裘)도 진왕(秦王)의 사랑첩 행희(幸姬)를 줌으로써 잊었으며 수가(睢賈)의 일저포(一苧袍)도 범숙(范叔)을 주었으니 연연 고정이 아니겠느냐. 나도 이 옷을 너에게 주니, 깔고 덮고 베고 잘 때 부디 나를 잊지 마라."

애랑은 이 말을 듣고 또 앉아 말하기를,

"나리님 들으시오. 나리 가신 후 월명상강(月明霜降) 서리 차고 백제성(白帝城) 금풍(金風)할 때 동정추월(洞庭秋月) 달이 지고 강촌모설(江村暮雪) 눈이 내려 천수만수(千樹萬樹) 이화백설(李花白雪)이 아주 펄펄 휘날릴 때 초수오산(楚水吳山)에 도로(道路) 난(難)하니 임 기약이 망연하고 설청운산 북한풍(雪晴雲散北寒風)이 소르르 들여 불 때 차마 귀시려 어찌 살리요. 나리 쓰신 돈피(豚皮), 휘양을 소녀에게 벗어주고 가옵시면 두 귀 덤썩 눌러 쓰면 옥빈(玉鬢)에 한출(汗出)하니 근들 아니 다정하오?"

정비장은 혹한 마음으로 휘양을 벗어 애랑에게 주면서 이르는 말이,

"손으로 겉을 만지고 입으로 털을 불어 쓰면은 엄동설한 추위라도 네 귀 시리지 않으리라. 이 휘양 쓸 때마다 부디 나를 잊지 마라."

애랑이 또 앉아서 여쭈었다.

"여보 나리 들으시오. 소녀 비록 여자오나 옛글을 들었으니 유인 오능거(遊人五陵去)하니 보검 치천금(寶劍直千金)이라, 그 칼이 값 비싸오나 분수탈상증(分手脫相贈)이라 하니 평생 일편심이 어찌 중하지 않으리요. 나리 차신 철병도(鐵柄刀)를 소녀에게 끌러 주옵소서."

정비장은 칼을 만지며,

"이것은 나의 방신보검(防身寶劍)이니 네게 주지 못하겠다."

하고 대답하자 애랑은,

"옛글을 모르시나요. 연능계자(延陵季子) 어진 마음 서(徐)군의 뜻

을 알아 살아서 못준 보검 죽은 후에 찾아가서 무덤 위에 걸었으니 사후 인정이 신(信)합니다. 님도 나를 생각하거든 칼을 주고 가시오면 생전 이별 정표(情表)로 알겠습니다."

정비장 이르는 말이,

"내 말을 너는 잘 듣거라. 방신보검 값도 중하다 하려니와, 만일 주고 갔다가 나의 정을 베어 잊을까 염려된다. 너는 집에 있는 식칼을 등심있게 벼려 두고 쓰는 것이 옳으니라. 속수값 두 푼은 내가 물어 주마."

애랑은 반루반소(半淚半笑)하면서 여쭈었다.

"소녀 집에 있는 칼이 식칼뿐 아니오라 호도각 밀화장도(蜜花粧刀), 오동철병(烏銅鐵柄), 서장도(犀粧刀), 대모장도(玳瑁粧刀) 모두 있어도, 나리 차신 철병도(鐵柄刀)를 주옵시면 쓸 데가 있나이다."

"너는 어디다가 쓰려느냐?"

"충신 출어고신(忠臣出於孤臣)이요 열녀 출어천첩(烈女出於賤妾)이옵니다. 외로운 데 충신 나고 천하온 데 열녀 나니 열녀의 본을 받아 위군수절(爲君守節)하올 때 홍안박명 젊은 몸이 휘둥그렇게 빈 방 안에 불을 켜놓고 그림자와 벗을 삼아 임그려 수심할 때에 시문(柴門)에 문견폐(聞犬吠)하니 개소리 점점 가까워 오고 풍설야귀인(風雪夜歸人)이옵니다. 호협남자(豪俠男子) 내게다가 뜻을 두고 월침침야삼경(月沈沈夜三更)에 가만가만 사뿐사뿐 들어와서 잠근 문을 바삐 열고 내 침방에 들어오면 소녀는 혼자서 할 수 없어 나으리가 주고 가신 철병도(鐵柄刀)를 옥수로 선뜻 끌러 키 큰 놈은 배를 찌르고 키 작은 놈은 멱을 찔러 멀리 훨쩍 물리치면 위군보수(爲君報讐)하여 나리에게도 설치(雪恥)되고 소녀 절개 빛이 날 것이니 근들 어찌 다정치 않으리요. 제발 그것을 끌러 주시오."

정비장은 껄껄 웃으면서 이별 고통에 서증병(暑症病)에 익원산(益元散) 한 첩에 청심환 한 개를 갈아 마신 듯하게 기분이 좋아 철병도를 끌러주며,

"옛사람 큰 수단으로 용검법(用劍法)을 너 들어라. 오(吳)나라 촉루

검(蜀婁劍)은 충신사서(忠臣事胥) 베푸르니 쓸데없는 용검이요, 시황의 태아검(太阿劍)은 육합천지(六合天地)하였으니 지혜용검(智慧用劍) 그 아니며, 한병선(漢兵仙)의 원용검은 전필승공필취(戰必勝功必取)하니 무쌍용검(無雙用劍) 그 아니며, 홍문연분분(鴻門宴紛紛)할 때 항백항장(項伯項莊) 대무용검(對舞用劍) 패왕(覇王)을 그저 놓고 범증(范增)의 딸인 옥결(玉玦) 백설이 잦았으니 분분용검(紛紛用劍) 그 아니며, 형가(荊軻)의 드는 비수 허청금(許聽琴) 한 곡조에 잡은 진왕(秦王), 못 찔려 척검진정(擲劍秦庭) 죽었으니 헛된 용검 그 아니며, 관운장(關雲長)의 청룡검은 화용복병(華容伏兵) 잡은 조조(曹操) 범(犯)치 않고 놓았으니 인의용검(仁義用劍) 그 아니며, 일검(一劍)이 증당백만사(曾當百萬師)는 날랜 용검 그 아니며, 요지보검(瑤池寶劍) 동성문(動星文)은 노장용검(老將用劍) 드문지라, 나도 이 칼을 너에게 주니 너도 이 칼 용검할 때 정주산석(定州山石)에 갈아 수절공방 범하는 놈 네 수단에 잘 찌르면 만인적은 못하여도 일인적은 네가 하리라."
애랑은 철병도를 받아놓고 또 앉아 우는 말이,
"여보 나리 들으시오. 나리 입으신 *숙수창의, 분주(粉紬)바지 상하 의복 소녀를 벗어 주고 가시오."
하는 말에 정비장은,
"여복은 달라기가 괴이치 않거니와 남복이야 네게 쓸 데가 없지 않으냐?"
"에그 남의 슬픈 사정 그다지도 모른단 말이오? 나리 상하의복 활활 떨어 입어 보고 밖에 나아가 이리저리 거닐다 보고 무궁첩첩 슬픈 정회 임생각 절로 날 때 나갔다 들어왔다, 빈 방에 홀로 앉아 잠 못 이루고 수심에 앉았을 때 안진(雁盡)하니 서난기(書難奇)요, 수다(愁多)하다 몽불성(夢不成)에 앉으락 서락 님계신데 한숨쉬고 첩첩 슬픔을 다 버리고 방안으로 들어가니 이별 낭군은 가고 없어도 옷이 걸렸으면 옷벗어 홰에 걸고 누웠는듯 소피 간 듯 일천 설움,

---

*숙수창의 —— 관원들의 평상복.

일만 근심, 옷을 보면 풀어지니 근들 아니 다정하옵나이까?"

정비장은 대혹하여 활활 벗어 모두 주니 애랑은 그 옷을 받아놓고 또 앉았다.

"여보시오, 나리 들어보시오. 나리 이별 후에 때때로 생각나니 답답하고 슬픔을 어이하오리까. 슬픔 풀 것 가이 없소. 무얼 가지고 설움을 풀까. 나리 입으신 고의적삼 소녀에게 벗어 주면 제 손으로 착착 접어 임생각 잠 못 이루고 누웠다가 나리의 고이적삼을 나리와 둘이 자는 듯이 담쏙 안고 누웠다가 옷가슴을 열고 보면 향기로운 임의 땀내 폴싹폴싹 촉비(觸鼻)하면 냄새 맡고 슬픔 푸니 근들 아니 다정하겠소?"

정비장은 혹한 마음에 고의 적삼이 무엇이랴, 통가죽이라도 벗어줄 밖에 할일이 없다.

고의적삼 마저 벗어 애랑에게 주니 정비장이 알비장이 되었구나. 밑천을 감출 길이 가이 없어 방자를 불렀다.

"방자야!"

"네!"

"가는 새끼 두 발만 들여오너라."

하더니 견짐〔개짐〕을 만들어 제마(濟馬)입에 쇠자갈 먹인 듯이 잔뜩 되우 차고서 두리번거리며 하는 말이,

"어허 극한이로다. 해도중(海島中)이라 매우 차도다."

이렇게 말을 할 때 애랑은 또 여쭈기를,

"나리 들어보시오. 옷은 그만 벗어주고 나리 상투를 좀 베어 주시면 소녀의 머리와 함께 땋아 들이면 일신운발(一身雲髮) 되었으니 근들 아니 다정하옵니까?"

이 말을 들은 정비장은,

"네가 아무리 정리(情理)는 그렇지만, 나로 하여금 경텃절〔淨土寺 : 白蓮寺〕 몽구리 아들이 되란 말가?"

"나리 여보시오, 내 말 좀 들어보시오. 나리가 아무리 다정하다 하여도 소녀 뜻만 못하오니 애달프고 그 어찌 원통치 않으리요. 그것

은 그러하거니와 분벽사창(紛壁紗窓)에 마주앉아 서로 보고 당싯당싯 웃으시던 앞니 하나 빼어 주시오.”

하고, 애랑은 통곡을 하였다.

이러한 애랑의 모양을 본 정비장은 어이가 없어 하는 말이,

“이제는 부모의 유체(遺體)까지 헐라고 하니 그것은 어디다가 쓸려고 그러느냐?”

애랑이 대답하기를,

“호치(皓齒)하나 빼어 주면 손수건에 싸고 백옥함(白玉函)에 넣어두고 눈에 암암하고 귀에 쟁쟁한 님의 얼굴을 보고 싶은 생각이 나면 종종 내어서 슬픔을 풀고 소녀 죽은 후에라도 관 구석에 지녀 가면 합장일체(合葬一體)되지 않사옵니까. 근들 아니 다정하리요.”

정비장은 대혹하여,

“공방고자(工房庫子)야! 장도리와 집게를 대령하여라.”

“네, 대령하였습니다.”

“너는 이를 얼마나 빼어 보았느냐.”

“네, 많이는 못 빼어 보았으나 서너말은 빼어 보았습니다.”

“이놈, 제주 이는 몰방친 놈이로구나. 다른 이는 상치 않게 앞니 한 개만 쑥 빼어라.”

“소인이 이빼기에는 숙수단(熟手段)이 났사오니 어련하오리까.”

이렇게 대답하더니 작은 집게로 잡고 뺐으면 쑥 빠질 것을 커다란 집게로 짚고서 좌충우돌 창검격(左衝石突槍劍格)으로, 차포(車包)접은 장기 면상 차린 격으로 무수히 어르다가 얼결에 코를 탁 치니 정비장은 코를 잔뜩 부둥켜 안고,

“어허 봉패로다. 이놈 너더러 이를 빼랬지 코 빼라고 하더냐.”

공방고자가 말하기를,

“울리어 쑥 빠지게 하느라고 코를 좀 쳤소.”

하였다.

정비장은 탄식하면서,

“이 빼란 것이 내 잘못이다.”

한참동안 이렇게 말을 할 때 방자가 바삐 뛰어들면서,

"초취 이취 삼취(初吹二吹三吹) 끝에 사또 등선하옵시니 어서 등선하옵소서."

정비장은 할 수 없이 일어서면서,

"노가일성 한양주(櫓歌一聲漢陽舟)라 배떠나자고 재촉을 하니 슬픈 사실은 만단정회라 님은 잡고 아니놓네."

애랑은 정비장 손을 잡고 발을 구르면서 탄식하였다.

"우연히 만나신들 나를 두고 어디를 가시오. 진(秦)나라의 방사 서시(方士徐市) 동해삼산(東海三山) 채약(採藥)갈 때 동남동녀(童男童女) 실어가고, 월(越)나라 범상국(范相國) 오호청풍(五湖淸風) 만리선(萬里船)에 서시(西施)를 실었으니 하루 천리 가는 저 배에 님도 나를 실어 가소. 살아서 못볼 님 죽어서 환생하여 다시 볼까. 낭군은 죽어 학이 되고 첩은 구름되어 운종학(雲從鶴) 학종운(鶴從雲) 백운첩첩(白雲疊疊) 가는 곳마다 운우(雲雨) 중에 놀아볼까."

정비장은 회답하기를,

"너와 죽어 고당명경(高堂明鏡) 밝은 몸 거울되고 나와 죽어 동방에 번뜻 해가 되어 비칠 조(照)자 되어 정의안색(情誼顔色) 서로 보자."

3

이렇듯 작별할 때 신관사또 전배예방비장(前陪禮房裨將)이 이 거동을 잠깐 보고 방자를 불러 묻는 말이,

"저 건너편 노상(路上)에서 청춘 남자와 소년 여자가 서로 잡고 못 떠나는 저 거동이 웬일이고?"

방자가 대답하기를,

"기생 애랑(妓生愛娘)이와 구관 사또 정비장이 떠나노라고 작별하는 줄로 아뢰오."

배비장은 그 말을 듣고 비방하여 이르는 말이,

"허랑(虛娘)한 장부로다. 이친척 원부모(離親戚遠父母)하고 천리 밖에 와서 아녀자(兒女子)에 대혹하여 저다지 애걸하니 체면이 틀리었다. 만고절색(萬古絶色) 아니라 양귀비, 서시라도 눈이나 떠보게 되면 박색의 아들일 것이다."

방자놈은 코웃음을 하며 말하기를,

"나리도 남의 말씀 쉽게 하지 마십시오. 애랑의 은은한 태도와 연연한 안색을 보시면 오목 요(凹)자에 움을 묻어 게다가 세간살이를 할 것입니다."

배비장은 율기(律己)를 잔뜩 빼면서 방자를 꾸짖기를,

"이놈, 양반의 정치(情致)를 어찌 알고 경솔히 말을 하느냐."

"그러하오면 황송하오나 소인과 내기합시다."

"무슨 내기를 하자느냐?

"나리께서 올라가시기 전에 저 기생에게 눈을 안 뜨시오면 소인의 다솔식구(多率食口)가 댁에 가서 *든안밥을 먹삽고 만일 저 기생에게 반하옵시면 타시고 계시는 말을 소인에게 주시기를 바랍니다."

배비장이 대답하기를,

"그렇게 하여라. 말값이 천금이 되더라도 내기하고 너를 속일 수 있겠느냐."

한참동안 이렇게 할 때 신관사또 구관사또 인교(印交)하고, 새 사또 도임차로 들어간다.

구름 같은 전후좌차(前後座次) 좌우청장(左右靑帳) 번뜻 들고 호들거리며 들어갈 때 삼현수(三絃手) 취타수(吹打手)며 전배 후배 사령 군노(前陪後陪使令軍奴), 삼승섭수 노랑, 홍의, 남전대(藍纏帶)를 둘러 띠고 인모전립(人毛戰笠) 우렁상모(鷺毛) 굴깃 달아 날랠 용(勇)자 제껴 붙여 쓰고 곤장 주장(棍杖朱杖) 번뜻 들고 쌍쌍이 늘어서서 에이찌룩 에이찌룩 좌우로 훤화(喧譁)할 때 물색 좋은 청일산(靑日傘)에 세악성(細樂聲) 취타성(吹打聲)은 원근산천 떠들썩하게 니나노 나노 뚜따 척르르.

---

*든안밥 —— 머슴으로 있으나 잠은 아니 자고, 밥만 얻어 먹는 일.

앵무 같은 고운 기생 연치 맞춰 골라 뽑아 물색으로 단장을 하여 동문(東門)안 대도상으로 쌍쌍이 늘어서고 청도(淸道) 한 쌍, 순시(巡視) 두 쌍, 오색기치 찬란하고나. 전배비장 대단천익(大緞天翼) 광대(廣大)띠, 순은장식쇄금(純銀粧飾灑金)하여 가진 궁전(弓箭) 비껴 차고 저모립(猪毛笠), 밀화패영(蜜花貝纓), 은입사(銀入糸), 맹호수(猛虎鬚)를 보기좋게 꽂아 쓰고 공주면주(公州綿紬) 사마치를 가뜬하게 떨쳐입고 은안백마(銀鞍白馬) 호피 *도둠을 덩그렇게 높이 앉아 운종룡(雲從龍) 풍종호(風從虎)라. 승피백운 선인(乘彼白雲仙人)들이 이에서 더하겠느냐.

영무정(永舞亭)을 바라보고 산지(山芝) 내 얼핏 건너 북수각(北水閣)을 지나놓고 칠성(七星) 고을 넓은 길로 관덕정(觀德亭) 돌아들 때 권마성은 새뜻하고 취타성은 동지(動地)로다.

백성들은 갈담하고 초목조차 굽히는 듯.

전일전에 사배하고 만경루(萬景樓) 도림(到臨)할 때 아이 남녀노소 할 것 없이 신관사또 구경이다.

각방방임(各房房任), 대솔군관(大率軍官), 이노령(吏奴令)이 사또에게 현신하고 임소로 각기 돌아오니 서천에 일락하고 동령(東嶺)에 달이 돋아 청풍명월 삼경야(淸風明月三更夜)에 태평기상 좋은 풍경 이밤이 제일일 듯.

모든 비장들이 여러 기생들을 찾아 골라 모두 정하고 방마다 청가단금(淸歌短琴) 곳곳이 상화하며 월야에 들리는 소리는 듣기 좋고 처량하다.

이때 배비장은 울울심사 한가지로 놀고 싶으되 이미 정한 내기를 장부일언(丈夫一言)이 중천금(重千金)이라 했으니 내 어찌 변할 수 있으랴.

남 노는 것을 비웃고 앉았을 때 여러 비장 동임(同任)들이 배비장을 권하여 전갈하기를,

"방자야, 네 예방(禮房) 나리께 가서 '그 사이 문안하옵고자 하옵

---

*도둠──호피를 덮은 안장을 높게 받치는 것.

니다. 물색지지 이곳에 와서 수심하시니 웬일이옵니까. 고향 생각 너무 마옵시고 차중 미색을 골라 수청하옵고 사랑 동포 정담(情談)하는 것이 장부 소일이니 이제 돌아오시면 같이 놀겠습니다'하고 여쭈어라."

방자놈은 분부를 듣고 예방 나리에게 전갈을 드린다. 배비장이 방자의 전갈을 듣고,

"먼저 물어 계옵시니 대단히 황공하옵니다. 모처럼 청하심에 거절 표함이 당돌하나 성질이 원래 소졸하여 기악은 즐기지 않사오니 본인을 용서하시고 여러 동관께서나 재미있게 놀기 바랍니다."

하더니, 무슨 급한 일이라도 있는 듯이 방자를 부른다.

"얘야, 방자야 방자야."

"네 !"

"지금 기생 차지가 누구이냐?"

"행수인 줄 아옵니다."

배비장이 차질례에게 분부를 하였다.

"네 만일 지금 이후로 기생년들을 내 눈앞에 비쳤다가는 엄곤(嚴棍)하리라."

이러한 분부를 할 때 여차곡절(如此曲折)을 사또가 잠깐 들으시고 일등 명기를 모두 부른다.

기생을 부르되 안책(案册)을 들여놓고 적구(摘句)하던 본새로 부르는 것이었다.

"위성조우(渭城朝雨) 읍경진(浥輕塵)하고 객사청청(客舍靑靑) 유색신이 사창(紗窓)에 비치었다. 섬섬영자(纖纖影子) 초월이, 차문주가하처재(借問酒家何處在)요 목동이, 요지(牧童遙指) 행화 사군불견(思君不見) 반월이, 독좌유황(獨坐幽篁) 금선이, 어주축수(漁舟逐水) 홍도, 사시장춘(四時長春) 죽엽이, 얼굴이 매우 아름답다 화색이, 퍽도 곱다 월하선이, 줄 풍류에 봉하운이, 노래 으뜸에 추월이, 만당춘광(滿堂春光)에 홍련이, 적하인간(謫下人間)에 강선이, 봉래방장(蓬萊方丈)에 염주선이, 색 즐기는 음덕이, 허튼 서방에 탕진이,

대방기생에 억란이, 행수기생에 차질례, 가무수작이 능란하다 제일 색에 애랑이, 이제 등대하였습니다.”

사또는 분부하기를,

“너희 가운데 배비장을 흐뭇하게 하여 웃게 하는 자 있으면 중상을 줄 것이니 그렇게 할 기생이 있느냐?”

그 가운데서 애랑이 말하였다.

“소녀가 불민하오나 사또의 분부대로 해보겠나이다.”

사또는 이 말을 듣고,

“네가 능히 배비장을 훼절(毀節)시킬 수 있는 재주가 있으면 기생 중에 인재가 되리라.”

애랑이 말하기를,

“시방(時方) 춘풍(春風) 좋은 때이오니 사또 명일에 한라산화유(漢拏山花遊)를 하옵시면 배비장을 안차흉계(按此凶計)하오리다.”

사또는 애랑의 말을 듣고 각방 비장과 의논하고 새벽녘에 발령하여 한라산으로 꽃놀이를 갈 때에, 사또 행장 차린 위의를 본다면 용두 새김 주홍남여(朱紅藍輿) 호피도둠 끼쳐 타고 전월 부월(戰鉞斧鉞) 삼영 집사(三營執事) 순시영기(巡視令旗) 벌려 꽂고, 좌우로 헌화(喧譁)할 때 녹의 홍상 미색들은 백수 한삼(汗衫) 높이 들어 풍악 중에 놀면서 지야자자하는 소리는 만수화림(萬樹花林) 중에 육각성(六角聲)을 섞어 띠어 산명수응(山明水應) 잦았는데 이조명춘(以鳥鳴春)이라.

온갖 새들이 지저귄다.

‘후루룩, 벅궁, 꼬고약, 꺽, 푸드득, 솟적다, 떵그렁, 비비죽, 부러귀, 가부라갑족, 으흥, 접동’

우는 것은 백화산 제백조(白花山諸百鳥)요, 벽계잔잔 호춘풍(碧溪潺潺好春風)에 엉크러지고 뒤틀어진 가지 잎잎이 뒤지기어 우쭐활활 굼니는 것은 장천녹림 수양지(長川綠林垂楊枝)요, 분류도화 황하수격(分流桃花黃河水格)으로 굽이굽이 휘휘 돌쳐 우르렁 출렁 풍풍 뒤질러 좌르르 컬컬 흐르는 것은 장천폭포(長川瀑布) 구곡수(九曲水)라. 청산녹수 돌아드니 만장봉래(萬丈蓬萊)가 여기로다.

사또 송하(松下)에 남여(藍輿) 놓고 경개를 살펴보니 영주 사면(四面) 푸른 물결 장천일색 둘렀는데 쌍쌍백구는 홀로 뜨고 점점어선(點點漁船)은 광하(廣河)에 돛을 달고 골골이 드나들 때 청풍적벽(淸風赤壁) 소자첨(蘇子瞻)이 이곳을 보았더라면 적벽강에 어이 놀며, 등왕각(滕王閣) 악무중(樂舞中)에 왕발(王勃)이 보았더라면 낙하여고목제비(落霞與孤鶩齊飛)를 여기에 와서 읊었으리라. 산경수경 영주춘경 무한풍경(無限風景)이 좋을씨고. 사또와 비장이 명기색기 술을 부어 감홍로(甘紅露) 계당주(桂糖酒)를 취하도록 먹고, 춘흥에 겨워 놀 때에 배비장은 가장 청고한 척하고서 송정암상(松亭岩上)에 외면을 하고 홀로 앉아 남의 노는 것을 비양하고 글을 지어 읊기를 이러하였다.

'천장(天長)하니 한양은 노천리(路千里)요, 해활(海濶)하니 영주는 파만경(波萬頃)을 여화미인(如花美人)은 간초월(看楚越)이요, 취롱 강산 무한경(醉弄江山無限景)을.'

이때 배비장이 글을 읊고 무료히 앉았다가 우연히 수포동(水布洞) 녹림간을 바라보니 양안도화(兩岸桃花) 어린 곳에 옥녀 일색의 한 미인이 어리락 비치락 백만 교태를 다 부리면서 춘광을 희롱할 때 백포장 녹림간(白布帳綠林間)으로 혹출혹입(或出或入) 혹좌혹립(或坐或立) 연롱한수 월롱사격(煙籠寒水月籠沙格)으로 이리저리 노는 거동이 월계화 명월궁(月桂花明月宮)에 월아선녀(月娥仙女) 거니는 듯 양대운우(陽臺雲雨) 깊은 곳에 무산선녀(巫山仙女)가 놀고 있는 듯 상하 의복을 훨훨 벗어 반석상에 올려놓고 기러기 낙수상망격(落水相望格)으로 물에 풍덩 뛰어드는 거동이 아미산(峨嵋山) 반륜추월(半輪秋月)이 평강수(平江水)에 잠겼는 듯 둥글둥글 둥근 돌을 굴려 여산폭포(廬山瀑布)에 드리친 듯하다.

별유천지 무릉춘(別有天地武陵春)에 도화유수 묘연거격(桃花流水杳然去格)으로 물결따라 내려가며 백구 동동 반불침격(半不沈格)으로 이리 덤벙 저리 덤벙 우르렁 출렁 굽히는 거동 녹파담담(綠波淡淡) 저 연못에 이슬비 뿌려 젖은 꽃이 구십춘광 때를 만나 부용화가 넘노는 듯 온갖으로 교태를 부린다.

맑은 물 옥수로 담쑥 쥐어 분길 같은 양수를 칠팔월 가지 씻듯 보드득 씻어 보고, 청계하엽(淸溪荷葉) 만발한데 푸른 연잎 뚝 떼어 맑은 물 담뿍 떠서 호치단순(皓齒丹脣) 물어다가 양치질로 솰솰 하며 와 토하여 뿜어도 보고, 물 한 줌을 덤벅 쥐어 연적 같은 젖퉁이도 씻어보고 버들잎도 주루룩 훑어내어 석양 바람에 펄펄 날려 만수(萬水) 잔잔 흐르는 물에 훨훨 띄워도 보고, 홍홍난만(紅紅爛漫) 꽃도 따서 입에 담뿍 물어도 보고, 꽃가지도 질끈 꺾어 머리에도 꽂아 보고, 물그림자 보고 솰솰 훑어 화용도수 노는 고기 관어변(觀魚邊) 청계상에 은린옥척(銀鱗玉尺) 희롱하고, 녹음방초 청계변에 조약돌도 얼른 집어 양류상에 왕래하는 꾀꼬리를 툭 쳐 날려도 보고, 흑운같이 채 긴 머리를 솰솰 떨쳐 갈라내어 구룡도수 늙은 용이 물결 뒤쳐 벽화춘천격으로 후리쳐 틀어서 두 손으로 쥐는 양은 금봉차가 좋을씨고, 꼬리 넓은 금붕어가 어변성룡(魚變成龍)하랴 하고 벽파담담 물결따라 구비구비 노니는 듯 농춘파(弄春波)에 우르렁 출렁 목욕하는 저 거동, 손도 씻고 발도 씻고 배, 가슴, 젖도 씻고 예도 씻고 게도 씻고 샅도 씻고 한창 이렇게 목욕을 할 때에 배비장은 그 거동을 보고 어깨가 실룩해지고 정신을 잃어 구대정남(九代貞男) 간 데 없고 도리어 음남(淫男)이 되어 눈을 모로 뜨고 도둑나무하다가 쫓기는 듯 숨을 헐떡거리며 혼자 이르는 말이,

"어! 저 여인이 누구인지는 모르겠으나 사람 여럿 녹였겠구나."
하며, 그 여자의 근본을 알고 싶어하였다.

그러나 누구에게 물어보지도 못하고 군침만 삼키면서 무수히 자탄을 하였다.

이 산의 좋은 경개 오늘날 모두 보고 비조투림(飛鳥投林)하여 새들은 날아들고 어촌낙조(漁村落照)는 석양이 거의로구나.

사또는 남여를 타고 관으로 돌아가려고 선배(先陪)를 재촉하였다. 여러 비장들과 기생들, 그리고 하인들도 일제히 길을 떠날 때 배비장은 딴 마음을 먹고 꾀병으로 배를 앓는 척하였다.

여러 비장들은 눈치를 채고 하는 말이,

"벌써 혹하였구나."
하고, 수군거리며 겉으로만 인사를 하였다.
　동임들은,
"예방께서는 급곽란(急霍亂)인가 싶으니 침이나 한 대 맞으시오."
하였다.
　이 말을 들은 배비장은,
"아니오, 천만에요. 병이 아니오니 조금 진정하면 나을 것이오."
하고 대답을 했다.
　여러 비장들은 웃음을 참고 방자를 불러 이르기를,
"너의 나리의 병환은 본병환이라고 하시니 진정하여 잘 모시고 오
　도록 하여라."
하였다.
　그리고 배비장에게,
"이대로 사또께 잘 말씀을 드리겠으니 마음놓고 진정하여 오시오."
하였다.
"동관께서 이처럼 염려하여 주시니 감사하거니와 사또께 미안치 않
　도록 잘 여쭈어 주시기를 바랍니다. 애고, 배야."
　이런 이야기를 들은 동관 한 사람이 쑥 앞으로 나섰다. 이 사람은
짓궂기가 짝이 없는지라 배비장을 성화시킬 목적으로 이렇게 말을 하
였다.
"그것은 너무 염려하지 마십시오. 사또께서도 동관께서 이런 때 없
　는 병이 있는 줄 짐작하시는 것 같습니다. 들으니 배앓는 데는 계집
　손으로 문지르는 것이 효약이라고 하니 기생 한 년을 두고 갈 것이
　니 잘 문질러 달라고 하시오."
"아니오, 내 배는 다른 이와 달라서 기생을 보기만 하여도 더 아프
　니 그런 말씀은 내 귀에 다시는 하지 마십시오."
"참으로 그 배는 이상하군요. 계집 말만 하여도 더 앓는다니 우리가
　동시낙양지인(同是洛陽之人)으로 천리 밖에 와서 정의가 친 형제 같
　은 터인데, 저처럼 고통하는 것을 보고서야 혼자 두고 갈 수가 어디

있소. 진정되거들랑 우리 같이 가도록 하시는 것이 좋겠소이다."
"동관께서는 아마도 나의 성미를 모르시는 것 같소이다. 나는 병이
나면 혼자서 진정을 해야 속히 낫지, 만일 형제간이라도 같이 있으
면 낫기는커녕 더 아프니 사람을 살리려거든 어서 제발 가 주시오.
애고 배야 나 죽겠소."
"정 그러시다면 혼자 두고라도 갈 수밖에 없소이다. 만일 간 후에
무정한 사람이라고 하지는 마시오."
동관은 이렇게 말하고 사또를 모시고 환관(還官)할 때 배비장은 그
여인을 부랴부랴 보려는 욕심에서 배를 끙끙 앓는 시늉을 하면서 방
자를 부른다.
"애 방자야! 애고 배야."
"네!"
"나는 여기에 오더니 취안(醉眼)이 몽롱해 지척을 못 보겠다. 애고
배야, 애고 배야."
"소인도 나리께서 애쓰시는 것을 보니 정신이 없습니다."
"우리 사또 가시는 데 자세히 보아라."
"중대(中臺)에 내려가십니다."
"애고 배야! 또 보아라."
"산모퉁이를 지났습니다."
"애고 배야! 또 보아라."
"수불상견에 가리었습니다."
"산회노전(山回路轉)에 불견군(不見君)이라 내 배가 그만 아프다."
목욕을 하는 저 여자를 보고자 계변화초(溪邊花草) 좁은 길로 몸을
숨겨 가만가만 사뿐 서며 가느다란 소리로 방자를 부르니 방자도 그
대로 대답을 하니 말 공대는 점점 없어지고 말았다.
"예. 어째서 부르우?"
방자의 물음에,
"너 저 거동을 좀 보아라."
하고, 배비장은 말하였다.

“거기 무엇 있소?”

“애야! 요란히 굴지 마라. 조용히 구경하자.”

물에 놀고 산에 놀고 백만교태(百萬嬌態)를 다 부리면서 놀고 있는 그 거동은 금(金)도 같고 옥(玉)도 같았다.

배비장은 드디어 방자에게 이렇게 말하였다.

“금이냐, 옥이냐?”

방자는 배비장의 물음에,

“저 물이 여수(麗水)가 아니어든 금이 어찌 놀고 있겠습니까.”

“그러면 옥이냐?”

“이곳이 형산(荊山)이 아니어든 어찌 옥이 있겠습니까.”

“금도 옥도 아니라면 꽃이냐, 방춘기망(芳春欺罔) 매화(梅花)란 말이냐?”

“동각설중(東閣雪中)이 아니어든 어찌 매화가 피오리까.”

“그러면 매화가 아니면 도화(桃花)란 말이냐?”

“무릉춘풍(武陵春風)이 아니어든 도화가 어찌 피오리까.”

“그러면 해당화(海棠花)에 틀림이 없느냐?”

“명사십리(明沙十里)가 아니어든 어찌 해당화가 피오리까.”

“그러면 황국단풍(黃菊丹楓) 국화(菊花)란 말이냐.”

“구일용산(九日龍山)이 아이어든 어찌 황화(黃花)가 피오리까.”

“꽃이 아니면 용녀 선녀 귀비(貴妃) 월서시(越西施)란 말이냐?”

“오호청풍(五湖淸風)이 아니어든 어찌 올 수 있으며, 온천수(溫泉水) 아니어든 어찌 귀비가 목욕을 하겠나이까?”

“서시 귀비가 아니면 입안혼미(入眼魂迷) 불여우냐? 여우가 아니라 악호(惡狐)라도 사생결단하여 혹하겠다. 애고애고 나를 죽인다. 나를 죽여.”

“나리 무엇을 보시고 그다지도 미치었습니까? 소인의 눈에는 아무것도 안 보입니다.”

“이놈아! 저기 저기 저 건너 백포장 속에 목욕하는 저것을 못 본단 말이냐?”

“네, 소인은 나리께서 무엇을 보고 그러시나 하였지요. 저 건너 목욕을 하는 여인 말씀이오니까?”

“옳다. 너도 이젠 보았단 말이구나. 쌍놈의 눈이라 양반의 눈보다는 대단히 무디구나.”

“네! 눈은 반상(班常)이 다르니까 소인의 눈이 나리의 눈보다 무디어 저런 비례(非禮)의 것이 안 보입니다. 그러나 마음도 반상이 달라 나리 마음은 소인보다 컴컴하고 음탐(陰貪)하여 남녀 유별(男女有別)의 체면도 모르고 규중처녀(閨中處女)가 은근히 목욕하는 것을 욕심내어 눈을 쏘아 구경을 한단 말씀이시군요. 요사이에 서울 양반들 양반 자세(藉勢)를 하고 계집이라면 체면도 없이, 욕심을 낼 데 아니 낼 데 분간을 하지 못하고 함부로 덤비다가 봉변도 많이 당합디다.”

“뭣이라고? 이놈이?”

“유부가인(有夫佳人) 약수에 목욕하면 허물없이 일가친척 은근히 묻었다가 무례한 타인 남자 버릇없는 눈치를 알고 일시에 냅다 치면 꼼짝없이 보리만 탈 것이니 저 여자를 볼 생각은 꿈에도 하지 마시오.”

배비장은 방자에게 무안을 당하고 하는 말이,

“다시는 안 본다. 그러나 그것을 보면 정신이 갈리어 아무리 안 보려고 하여도 지남철에 날바늘 달라붙듯 눈이 가끔 그리로만 가니 어찌한단 말이냐?”

방자는 배비장을 보다가,

“저 눈!”

하고 소리를 쳤다.

“나 안 본다.”

배비장은 이렇게 말하면서도 눈은 그 여인에게로 가는 것이다.

배비장은 잠시 꾀를 내어 방자를 불렀다.

“방자야. 저 경치가 참으로 좋구나. 서쪽을 살펴 보아라. 부상삼백척(扶桑三百尺)에 불 같은 일모경(日暮景)이 그 아니냐. 그리고 동으로 또 보아라. 약수삼천리에 춘색이 묘연한데 일쌍청조(一雙靑鳥)가 날아든다. 남으로 또 보아라. 대해망망 천리파(大海茫茫千里波)에 대붕(大鵬)이 비진(飛盡)하여 수여남(水如藍)에 푸른 물결, 요식봉강(遶飾峰崗) 둘러 있다. 북으로 또 보아라. 청천삭출 금부용(靑天削出今芙蓉)이요 진북명산(鎭北名山)이 저기로다. 중앙을 쳐다보아라. 백로 탄 여동빈(呂洞賓), 고래를 탄 이적선(李謫仙), 기경비상천(騎鯨飛上天)하는구나.”

방자는 거짓으로 속는 체하고 배비장이 가리키는 대로 살펴보니 배비장은 그동안 여인을 보기에 바쁘다.

배비장이 그 여인을 한참 바라볼 때에 방자는,

“저 눈은 일을 낼 눈이로다.”

하였다.

배비장은 깜짝 놀라서 두 손으로 눈을 가리면서,

“나 안 본다. 염려 마라.”

배비장은 이렇게 말하면서 어쩔 줄을 모른다.

이렇게 할 때 방자가 뜻밖에도 기침을 한 번 하니 저 여인은 깜짝 놀라는 체하고 몸을 웅크리며 소스라치게 물 밖으로 뛰어나와서 속곳 치마를 안고 백포장 녹림간으로 얼른 뛰어들어간다.

그 모습은 보름밤 밝은 달이 구름 속에 들어가는 듯하였다.

배비장은 그것만을 보다가 눈이 캄캄하여 온몸이 벙벙하고, 정신을 잃고 앉았다가 하는 말이,

“이놈, 네 기침 한번이 낭패로다. 고약한 놈 같으니.”

라고 자탄을 하였다.

그러다가 배비장은 이윽고 다시금 입을 연다.

“얘, 방자야.”

“네!”

“너는 저 백포장 밖에 가서 문안을 한번 드리고 그 여인께 전갈을 하여라.”

방자는 아무 대답을 하지 않고 배비장을 바라보았다.

“문안을 하되 ‘이 산에 온 과객이 화유등림(花遊登臨)하다가 행역(行役)에 노곤하고 기갈이 자심하니 혹시나 음식이 있거든 기한을 면하게 하여 주시면 천만 감사하겠습니다’ 하고 여쭈어라.”

배비장의 말을 들은 방자놈은 대답하기를,

“나는 죽으면 죽었지 그런 전갈은 하지 못하겠습니다. 부지초면에 어떻게 남의 여자에게 음식을 달라고 하겠습니까? 그러다가는 난장박살(亂杖撲殺)당하기에 꼭 알맞겠습니다.”

방자의 말에 배비장은 무료히 하는 말이,

“방자야! 만일 매를 맞을 지경이라면 매는 내가 맞을 것이니 너는 달아나 버리면 그만이 아니냐?”

배비장의 말에 방자가 하는 말이,

“나리 정경을 보오니 몽치 바람에 죽는대도 그렇게 할 수밖에 더 있겠습니까?”

하고, 설렁설렁 그곳으로 건너갔다.

방자는 헛절을 한 번 꾸벅 하고서는 잠시 후에,

“쉬! 애랑아. 배비장이 벌써 너에게 반하였으니 무슨 음식이 있거든 좀 차려주렴.”

방자의 말을 들은 애랑은 방긋이 웃으면서 음식상을 차릴 때, 온갖 힘을 다하여 산중귀물(山中貴物)로 정갈하게 차리었다.

대모(玳瑁) 쟁반 금채화기(金彩花器)를 벌여놓고 빛좋은 청유백분 두견화전(杜鵑花煎) 한 접시를 소담하게 담아놓고 붉은 홍시 홍산백산 벌여놓고 동정추파 맑은 술을 자라병에 가득 넣어 옥수로 내어주며 하는 말이,

“너의 나리 무례하지만 기갈이 자심하다기에 이 음식을 보내니 그도 먹고 너도 먹고 양인대작 산화개(兩人對酌山花開)라, 일배일배 부일배(一盃一盃復一盃)에 양인이 포식한 후, 그곳 잠시 잊지 말고 군자는 견기이작(君子見機而作)이라고 하였으니 속거속거(速去速去)하여라.”

그 사연을 드리고 음식을 올리니 배비장이 얼씨구나 하고 음식을

받아 앞에 놓고 칭찬하며 말하기를,

“겉볼안이라 하니 내 이러할 줄을 알았거니와, 저 감에 이빨자국이 났는데 이게 어찌된 일이냐?”

방자놈이 말하기를,

“그 여인이 감꼭지를 이로 물어뗐습니다.”

방자의 말을 듣고 배비장은 탈기(奪氣)하여 껄껄 웃으면서,

“이 음식 너 다 먹어라. 나는 감이나 한 개 먹고 말겠다.”

이 말을 들은 방자놈은 짓궂게 감을 집으면서,

“이빨자국이 난 것이라 그 여인의 침이 묻어 더러우니 소인이나 먹겠습니다.”

하고 말을 했다.

“이놈! 기막히는 소리 하지 말고 어서 이리 내놓아라.”

배비장은 감을 뺏어 껍질째 달게 먹은 후에 그 여인에게 방자를 시켜 전갈을 하였다.

“이같이 좋은 음식을 보내주어서 잘 먹었습니다 하고, 또 무례한 말씀이오나 천생양(天生陽)하고 지생음(地生陰)하니 음양배합(陰陽配合)은 인개유지(人皆有之)라, 방탕한 화류객이 홀등차산(忽登此山)하여 탐화봉접(探花蜂蝶)의 마음을 지지우지지(知之又知之)하옵소서 하고 여쭈어라.”

방자는 배비장의 분부대로 그 여인에게로 가서 전갈을 하였다.

방자가 여자에게 다녀와서 하는 말이,

“그 여인이 답례불청(答禮不聽)하고 큰 탈 날 것이니 속거속거(速去速去)하라고 합니다.”

배비장은 무료하여 길게 탄식을 하면서,

“할 수 없다. 이제는 내려가자.”

하고, 자리를 일어서는 것이었다.

배비장이 침소로 돌아와서 그 여인을 잊지 못하여 신음상사(呻吟想思) 하는 말이,

“한라산 맑은 정기를 제가 모두 타고 나서 그리 곱게 생겼는지 못잊

어서 한이로다. 동방이 적막한데 님생각이 그지없다. 춘풍에 우는 새는 회포를 머금은 듯 정제(庭際)에 푸른 별루(別淚)를 뿌리는 듯 신음상사병이 골수에 깊이 들어 청춘원혼(靑春寃魂)되겠으니 복당에 학발양친, 춘규(春閨)에 홍안처자 다시 보기 어려워라. 애고애고 이 일을 어찌할꼬?"

이처럼 애절히 생각을 하던 배비장은,

"에라! 죽더라도 말이나 한번 건네 보고 죽으리라."

하고, 굳은 결심을 하였다.

"얘야, 방자야!"

"네, 부르셨습니까?"

"어서 이리로 좀 오너라. 나는 또 죽을 병이 들었구나."

"무슨 병환이 드셨기에 그처럼 신음을 하십니까? 패독산(敗毒散)이나 두어 첩 잡수어 보시지요."

"아니다. 패독산 먹고서 나을 병이 아니다."

"그러면 망령병환이 드셨나 보군요. 망령병에는 딴 약보다 당약이 제일이지요."

"무슨 약이란 말이냐?"

"젊은 양반 망령에는 홍두깨를 삶아서 먹는 것이 당약이라고 합니다."

"아니다. 나의 병에는 약이 있기는 하다마는 얻기가 어렵구나."

"그 무슨 약이기에 그처럼 어렵다고 말씀을 하십니까? 하늘에 있는 별도 따는데요."

"방자야! 그 말만 들어도 속이 시원해지는구나. 그러면 내가 살고 죽기에는 방자 네게 달렸으니 날 좀 살려다오."

"아따 나리도, 죽이긴 누가 죽이오? 어서 말씀이나 하시구려."

"오냐 오냐. 방자야, 너는 알다시피 어제 한라산(漢拏山) 수포동(水布洞) 녹림간에 목욕하던 여인을 보고서 나는 자연히 병이 되어 죽을 지경이로구나. 네가 그 여자를 조금 보게 해주려무나."

"그러십니까? 그러나 그 여자는 규중(閨中)에 내외가 깊사오니 만나볼 길은 없을 줄로 아옵니다.

방자의 말을 들은 배비장은 무료하여 할 말이 없다.

“그러면 고담(古談)이나 얻어 오너라, 방자야!”

배비장은 방자에게 이렇게 분부를 하였다.

남원부사(南原府使)의 자제 이도령이 춘향을 생각하면서 글읽듯 하니라.

삼국지(三國誌), 구운몽(九雲夢), 경업전(慶業傳) 다 후리치고 숙향전(淑香傳) 내어놓고 보아갈 때,

“숙향아! 숙향아 불쌍하다. 그 모친 이별할 때 아가 아가 잘 있거라. 애고 어머니 나도 가세.”

“아서라, 다 던지고 녹림간 수포동에 목욕하던 그 여자의 가는 허리를 담쑥 안고 놀아보자.”

이렇게 중얼거리며 배비장은 책을 던져 버린다.

옆에서 이 모양을 바라보고 있던 방자놈은,

“나리! 저는 그것이 숙향전인 줄로 알았더니 상포동 수포동전이오 그려.”

하였다.

“음! 자꾸 말이 그리로만 가는 것을 어찌하느냐?”

배비장은 길게 한숨을 내쉬었다.

“애야 방자야! 너와 나와 종요지담으로 말을 하자꾸나. 그 여자가 음식 차려 보내는 것을 보니 궐녀(厥女)도 내게 불무심(不無心)이라, 혹시 언급이나 하여보자.”

“어디에다가 언급을 한단 말씀이시옵니까?”

“그 여인에게 말이다.”

“나리! 그것은 어림도 없는 일이옵니다. 그 여인의 성정(性情)이 악남이요, 절개가 도구이니 그런 생각은 절대로 하지 마옵시오.”

배비장은 이렇게 말하는 방자를 잡고서,

“애야! 되든지 안되든지 편지를 내가 써 줄 터이니 전해 보아라. 일만 잘 되면 구전으로 삼백 냥을 네게 주마! 방자야, 어떠하냐?

응?”

방자놈은 구전을 많이 준다는 말에 군침이 흘렀다.

관문(官門) 속에서 졸업한 놈이기 때문에 돈냥이나 얻어볼 생각으로 은근히 기대는 것이다.

“소인은 그 편지 가지고 가지 못하겠나이다.”

“방자야! 그게 무슨 말이냐? 내가 천리 밖에 와서 통정(通情)을 하고 지내는 하인이 너밖에 없지 않느냐? 네가 이내 마음을 몰라 주고 가지 않는다면 또 누가 있단 말이냐! 그러니 방자야, 잘 생각을 하고 나의 이 안타까운 마음을 풀어다오! 애, 방자야.”

“나리! 소인이 나리와의 정의를 생각하옵는다면 물이고 불이고 사양을 하지 않고 뛰어 들어가겠습니다. 그러나 그러지 못할 사정이 있습니다.”

“사정이란 그 무슨 사정이냐? 어서 말해 보아라.”

“소인이 세 살에 아비는 죽었으며 늙은 어미에게 길러져서 열 살부터 방자 구실을 하여 왔습니다. 그러니 한 달에 관가에서 주시는 것이라고는 돈 두 냥 뿐이옵니다. 그러니 온갖 심부름을 하노라면 신발값이나 되겠습니까? 먹고 사는 것은 각방(各房) 나리님네 진지 대궁이나 얻어서 어미와 그날 그날 연명을 하여 가는 형편이옵니다.”

방자의 말을 들은 배비장은 매우 측은한 눈초리로 방자를 바라보면서,

“음!”

하고, 길게 한숨을 내쉬었다.

방자는 말을 계속하였다.

“소인 사정이 이러하오니 사불여의(事不如意)하여 소인이 죽고 사는 것은 원통치 않습니다. 그러나 병신되어 나리도 모실 수 없고 늙은 어미도 먹일 수 없게 되면 소인의 신세는 어떻게 되겠습니까? 그러니 그렇게 위태로운 곳에는 가지를 못하겠나이다. 나리께서 양찰하여 주옵소서.”

방자는 슬쩍 이렇게 말을 하였다.

방자의 말을 들은 배비장은 얼굴에 미소를 머금고,

"그런 일이라면 아무 염려를 하지 말아라. 만일에 매를 맞을 경우라면 내가 낫도록 하여 줄 것이요, 너의 늙은 어미는 내가 먹여 살리겠다. 그러니 아무 염려하지 말고 어서 이것이나 갖다 주어라."

배비장은 궤문을 덜컥 열더니 돈 일백 냥(一百兩)을 내어 방자에게 주는 것이었다.

"이것이 약소하지만 우선 너의 어미에게 갖다 주어 양식이나 팔아 먹도록 하여라."

배비장은 진정으로 간청을 하였다.

방자는 그제야 못 견디는 척하고 여쭈기를,

"나리께서 정 그러시다면 이 목숨이 위태롭다 하더라도 갖다주겠사오니 편지나 잘 써주십시오."

하고, 응낙을 하였다.

배비장은 크게 기뻐하면서 편지를 써서 방자에게 주면서 백 번 천 번 당부하기를,

"일이 잘 되고 못되는 것은 너의 수단에 달렸으니 부디 눈치있게 잘 하여라."

하였다.

방자는 편지를 받아가지고 애랑에게로 갔다.

편지의 첫머리에 쓰기를 이렇게 하였다.

'제막(濟幕) 걸덕쇠(乞德釗)는 돈수재배하옵고 공감일봉서(恐鑑一封書)를 낭자 전에 부치오니 부디 양찰하여 주기 바라노라.

슬프다, 이내 몸이 호탕자로 공명 불성(不成)하여 영주도(瀛州島) 수천 리에 남의 편비(扁裨)되어 와서 물색에 뜻이 없고 기암절승을 안하에 희롱터니, 어제 등유하여 한라산 화전놀이 하고 녹림간 회로(回路) 중에 옥안을 잠깐 보고 눈이 혼미하여 집으로 돌아왔으나 욕망(欲望)이 난망이요, 생각을 버릴 수가 없노라. 식불감미(食不甘味)하고 밤에 잠을 잘 수 없어 마침내 골수에 병이 드니 장탄식 단

장성(斷腸聲)은 탁문군(卓文君)의 회심사(懷心思)라. 활짝 핀 꽃과
도 같은 낭자의 아름다운 몸도 매일장춘(每日長春) 젊어 있을까?
부득이 장춘도 저절로 늙어 홍안이 백수(白首)되면 때는 다시는 찾
아오지 않는 법이라. 상사고(想思苦)로 말미암아 깊이 든 병, 신농
씨(神農氏)의 백초약(百草藥)이 무영(無靈)하도다. 수절고행(守節高
行)하여도 부질없는 일이며 활인적덕(活人積德)하는 것이 제일 으
뜸이니 장부 생사는 낭자에게 달려 있으며 낭자처신은 한 마디의 말
에 달려 있으니 결장부생사(決丈夫生死)하소서. 만단비회(萬端悲懷)
를 일필난기로다.

　총망중 잠시 적사오니 세세참상(細細參商) 있은 후 답장하옵기를
복걸(伏乞)하며 다시금 복걸하는 바이라.’
애랑이 이런 편지를 다 읽고 난 후에 방자가 애랑에게 이른 말이,
“답장을 하되 허수이 하지 말고 애를 타게 하여라.”
하였다.
　배비장은 애랑으로부터 편지를 받아 들었다.
　배비장은 대학지도(大學之道)나 읽는 듯이 두 손으로 공손히 받들고
무릎을 꿇고 여러번 진퇴를 하다가 읽는 것이었다.
　그 편지의 내용은 이러하였다.
‘애중첩신(哀中妾身)은 답서일편(答書一片)을 제막탑하(濟幕榻下)에
부치나니 불면부지중(不面不知中)에 서사(書詞) 상통이 오활(迂闊)
하도다. 욕망난망(慾望難望)이 괴이하고 불사이자사(不思而自思)가
가소롭다. 병환을 모르거든 신병 소약(所藥)을 내 어찌 알며 보신탕
을 내가 알게 뭣인가? 탁문군(卓文君)을 희롱하니 미친 호걸 또 있
던가. 군자는 인신(人臣)으로 옛글을 모르시오. 사군충(事君忠)과
종부지절　천지지상경(天地之常經)이요,　고금지통의(古今之通義)어
늘 남의 정절 앗으려고 하니 충절유무(忠節有無)를 어차가지(於此可
知)로다. 또한 유부녀 뜻한 일은 절통구박(切痛懼怕)에 사연이 무궁
오활(無窮迂闊)하도다. 미친 인사는 마음을 바로잡고 물러가라.’
배비장이 편지를 읽어 내려가다가 물러가라는 말에 깜짝 놀라,

“대사이의 (大事已矣)로다. 다 보아 무엇하리! 애고 이 일을 어찌 할꼬? 도중원혼(島中寃魂) 되겠구나.”

방자는 곁에 섰다가,

“여보 나리, 실심 마시고 그 아래를 더 읽어 보십시오. 연(然)자가 있소그려.”

배비장이 다시 보아 내려가다가,

“옳지, 연(然)자의 뜻을 알았다.”

하고, 무릎을 치면서 읽어 내려가는 것이다.

‘연(然)이나 장부후신(丈夫厚身)으로 유아이득병(由我而得病)이라고 하니 기의가긍(其意可矜)이라. 나는 규중첩신(閨中妾身)으로 출입을 임불(任不)하여 상봉하기 매우 어려우니 월락심야(月落深夜)에 벽헌당(碧軒堂)을 찾아와서 은근히 내입즉 여군동침(來入卽與君同枕)하려니와 약실차처(若失此處)하면 그 몸의 생사는 위혜(危兮)로다. 만일 오실려면 가내 번거하고 계견(鷄犬)이 많사오니 북창 헌 틈으로 연보유경(蓮步猶輕)하여 신지(愼之) 신지하라.’

4

배비장의 눈은 휘둥그래졌다. 그렇게도 못 견디게 정신이 몽롱하고 온 몸이 쑤시던 병도 감쪽같이 나아졌다.

강호에 병이 들어 덧없이 죽겠더니 낭자 회답이 하늘처럼 반가웠다.

삼경에 기약 두고 해가 지기만을 바라더니 이윽고 해는 석양에 뉘엿뉘엿 넘어가기 시작하였다.

방자는 입시(入侍)보내고 빈 방 안에 문을 닫고 그 여자에게 잘 보이려고 다시금 의관을 차리었다.

배비장은 외올망건에 정주탕건(定州宕巾), 쾌자(快子) 전립(氈笠), 관대띠에 *패동개를 제법하고 빈방 안에 혼자 우뚝 서서 도깨비 들린

---

*패동개 —— 화살을 넣을 수 있는 통.

듯이 혼자서 투덜거리며 습의(習儀)하고 하는 말이,

"가만 가만 걸어가서 여자 문전에 들어서며 기침 한번을 가만히 하면 그 여인이 알아채고 문을 펄쩍 열렸다. 걸음을 한번 대학지도(大學之道)로 이리 걸어 들어가서 수인사 후에 대천명(待天命)이라 하니 여자에게 한번 이리 군례(軍禮)로 보여야겠다."

한창 이리 습의를 하고 있을 때 방자놈이 뜻밖에도 문을 펄쩍 열어젖히면서,

"나리, 무엇을 하오?"

하였다.

배비장은 깜짝 놀라서,

"네 벌써 왔느냐?"

하였다.

"네! 군례(軍禮) 전에 대령하였소."

"이놈, 내 깜짝 놀라서 진땀이 나는구나."

하면서, 패동개한 채로 썩 나서니 오오제산월락(五烏啼山月落)하고 어화수(漁火水)에 불이 비친다.

전계(前溪)에 인귀(人歸)하고 춘풍에 학이 운다. 전 기약맺은 낭자이 밤중에 어서 가자. 거들거들 갈 때 방자놈이 하는 말이,

"나리 소견 바이 없소. 밤중에 유부녀 통간 가시면서 금의야행(錦衣夜行)으로 저렇게 하고 가다가는 될 일도 안될 것이니 그 의관 모두 벗으시오."

"벗기는 초라하구나."

"초라하게 생각이 드시오면 가지를 마옵시고."

"애야! 요란스리 굴지를 마라. 내 벗으마."

배비장은 방자의 말을 따라 의관을 훨훨 벗어 버리고,

"애야, 알몸으로 어찌하란 말이냐?"

하고, 덜덜 떠는 것이다.

"그것이 좋습니다. 그러나 누가 보면은 한라산 매사냥꾼으로 알겠습니다. 제주 인물 복색으로 차림을 차리시오."

“제주인물 복색은 어떤 것이냐? 방자 네가 차려보려무나.”

“개 가죽 두루마기에 놋벙거지를 쓰십시오.”

“얘야! 그것은 나에게 너무 초라하지 않느냐?”

“초라하게 생각이 들거들랑 가지 마십시오.”

“아니다 방자야. 네가 입으라면 개가죽 아니라 내 도야지 가죽이라
도 뒤집어 쓰마.”

이렇게 말하더니 구록피(狗鹿皮) 두루마기에 놋벙거지를 쓰고 나서
앞뒤를 살펴보면서,

“얘야, 범이 보면 개로 알겠다. 군기총 한자루만 내어서 들고 가
자! 그것이 안전하지 않겠니?”

“그렇게도 겁이 나고 무섭거든 차라리 가지 마오.”

“얘야! 네 성정이 그러한 줄 나는 정말 몰랐구나. 네가 못 갈 터이
면 내가 업고서라도 가마! 어서 가자 방자야! 어서.”

배비장은 방자의 뒤를 따라가면서 하는 말이,

“기약 둔 사랑 여자 어서 가서 반겨보자. 서입죽창(西入竹窓) 돌아
들어 동편송계(東便松階) 다다르니 북창(北窓)에 밝게 켠 불 고등
(孤燈)은 일점이요 야색은 삼경이라.”

높은 담 구멍 찾아가서 방자 먼저 기어들매,

“쉬! 나리, 잘못하다가는 큰 일 날 것이니 두 발을 한데 모아 묘리
있게 들이미시오.”

배비장은 방자의 말을 옳게 듣고서 두 발을 모아 들이미니 방자놈
이 안에서 배비장의 두 발목을 모아 쥐고 힘껏 잡아당기니 부른 배가
걸려서 들어가도 나아가지도 못하였다.

배비장은 두 눈을 희게 뜨며 바드득 이를 갈면서,

“얘야 조금만 놓아다오.”

하면서, 곧 죽어가면서도 문자는 쓰는 것이었다.

“포복불입(飽腹不入)하니 출분이기사(出糞而幾死)로다.”

배비장의 이 말을 들으며 방자는 웃었다.

방자 갑자기 배비장의 다리를 탁 놓으니 배비장은 곤두박질하여 일

48

어나 앉으면서,

"매사가 순리로 안되니 대패로구나. 산모의 해산법으로 말하여도 아이를 머리부터 낳아야 순산이라 하니 상투를 내가 먼저 들이밀 겠다. 그러니 너는 상투를 잘 잡고 안으로 몰아 들여라."

방자놈은 배비장의 상투를 놋벙거지 쓴 채로 왈칵 잡아당기니 아무리 하여도 나올 줄을 모르겠다.

사지복생(死地復生)이라, 원명(元命)이 재천이로다. 펑하고 들어가니 배비장은 아프다는 말도 하지 못하고,

"어허 애야! 내 등에는 아마도 꼰질곤자 판을 놓았나보다."

그리할 때 방자는,

"불을 켠 방으로 들어가서 욕심대로 얼른 하고 날이 새기 전에 나오십시오."

하고, 은신을 하고 배비장의 거동을 엿보았다.

배비장은 한편으로는 매우 기쁘기도 하고 한편 조심도 되어 가만가만히 자취도 없이 들어가서 이리 기웃 저리 기웃 문 앞에 가서 사뿐사뿐 손가락에 침을 발라 문구멍을 뚫고 한 눈으로 보았다.

배비장은 정신이 아찔하였다.

삼경 등하에 앉은 저 여인 연재이팔(年纔二八) 고운 태도 밝은 등불로 너를 보니 어두워지는구나.

피는 도화가 곱다고 하더라도 너를 보니 무색한 듯 저 여인 거동보소. 김해간죽(金海簡竹) 백동관(白銅管)에 삼등초(三登草)를 사뿐 담아 청동화로(靑銅火爐) 백탄(白炭)불에 사뿐 질러 빨아내니 향기로운 담뱃내가 일조향등 생자연(一條香燈生紫烟)의 붉은 안개되어 돌 듯 일점이 점점 풍기어서 창궁가로 돌아오니 그 담배를 손으로 웅키어 먹다가 생담뱃내가 콧구멍으로 들어가서 재채기를 한번 왈칵 하니 저 여인이 놀랐는지 문을 펄쩍 열어 젖히면서,

"도둑이야."

하고 소리를 치니, 배비장은 겁에 질려 몸을 부들부들 떨면서 겨우,

"문안드리오."

하는 것이다.

여인이 배비장의 꼴을 보다가 하는 말이,

"화호불성(畵虎不成)이로고. 아마도 누구네 집 미친 개가 길을 잘못 들어왔나보다."

전반으로 한 번 지끈 치니 배비장이 하는 말이,

"나는 개 아니오."

하였다.

"그러면 무엇이냐?"

"배걸덕쇠요."

계집은 배비장의 꼴을 보고 웃고 나서며,

"이밤 기약의 님이 왔네. 손목 잡고 들어가서 자리하고 불을 끄세."

하는 것이었다.

방자놈이 언성을 변하여 고함을 치면서 들어갔다.

"불 켜놓고 문 열어라. 항문볼랑은 내가 막으마."

여인은 깜짝 놀라는 체하고 일신을 떨며 당황해할 때 방자놈은 다시금 언성을 높이어,

"요기롭고 고얀 년, 내 몸 하나 옴짝하면 문 앞에 신 네 짝이 떠날 날이 없으니 어느 놈과 미쳐서 두런두런하느냐? 이 연놈을 한주먹에 쇄골박살(碎骨撲殺)하리라."

장담하고 들어오니 배비장은 혼겁하여 황당하나 외문집이 되어 도망할 수도 없다.

배비장은 할 수 없이 알몸으로 이불을 쓰고 여자에게 하는 말이 당장에 죽어도 문자는 쓰는 것이었다.

"야장과반(夜將過半)에 내호개문(來呼開門)하니 호령자(號令者)는 수야(誰也)오?"

여인이 대답하기를,

"오가출두천(吾家出頭天)이오."

하였다.

배비장은 이어서 물었다.

“그것이 본부낭군(本夫郞君)이오? 성품이 어떠한고?”

“성품이 매우 악남이옵니다. 거기에 미련하기는 도척(盜跖)이요, 기운은 항우(項羽) 같사옵고 술을 좋아하고 제 마음에 화가 나면 백주에도 칼을 뽑아 피보기를 홍문연(鴻門宴) 번쾌(樊噲) 방패(防牌) 쓰듯 하고 상산의 조자룡(趙子龍)이 장창(長槍) 쓰듯 합니다. 그리고 공중용검 획 찌르면 맹호라도 쇄골하고 철벽이라도 뚫어지니 그대는 고사하고 옛날의 장비(張飛) 복판 떼는 범강장달(范江張達)이라도 살아보기는 틀렸으니 불쌍한 그대 목숨 나 때문에 죽게 되니, 내가 죽고 그대를 살려 주려면 힘들 일이 아니옵니다.”

계집의 말을 들은 배비장은 여인에게 애걸복걸하면서 이르는 말이,

“옛날 진궁녀(秦宮女)는 형가(荊軻)의 커다란 주먹에 소매를 잡혀 죽을 진왕(秦王)을 탄금(彈琴)하여 살렸으니 낭자도 의사를 내어 나를 제발 살려주게.”

계집은 흉계를 꾸며 커다란 자루를 언제 장만하여 두었던지 자루를 꺼내어 아구리를 벌리면서,

“이리로 들어가시오.”

하였다.

배비장은 하도 이상하고 겁에 질려 덜덜 떨리는 음성으로,

“거기에는 왜 들어가라는 거야?”

하고 묻는다.

“그리로 들어가면 살 도리가 있으니 어서 바삐 들어가시오.”

계집은 어서 자루 속으로 들어가기를 배비장에게 재촉하였다.

배비장은 절에 간 새색시 모양 반색을 하지 못하고 자루 속으로 들어갔다.

계집은 배비장을 자루에 담은 후에 자루 끈을 모두어 상투에 감아매고 등잔 뒤 방구석에 세워놓고 불을 껐다.

이때 방자놈이 문을 왈칵 열고 성큼 들어서며 사면을 둘러보았다.

이윽고 굵직한 음성으로,

“저 방구석에 세워 놓은 것은 무엇이냐?”

"그것은 알아서 무엇하시겠어요?"

계집은 간드러지게 대답을 하였다.

"이년아, 내가 묻는데 대답을 할 것이지 반색이 웬일이냐? 이년이 주릿방망이 맛을 보고 싶으냐! 맛을 보고 싶거든 보여주지."

이때 계집은 더욱 간사한 음성을 내어 대답을 한다.

"거문고에 새 줄을 달아 세워놓은 것입니다."

이때 방자놈은 수그러지는 체하고 수그러진 음성으로,

"음! 거문고면 좀 타보게."

하는 것이었다.

그리고 방자놈은 대꼬치로 배부른 등을 탁탁 치니 배비장은 질색을 하여 참을 길이 없다.

그러나 꿈틀거릴 수는 없는 일이다. 배비장은 아픈 것을 꾹 참고 자루 속에서 참대꼬치로 때릴 때마다,

"둥덩 둥덩."

하고, 소리를 내었다.

"음! 그놈의 거문고 소리가 매우 웅장한데. 대현(大絃)을 쳤으니 소현(小絃)을 또 쳐 보아야 하겠군그래."

이렇게 말을 하면서 코를 탁 치니,

"둥덩 둥덩."

하고, 배비장은 역시 소리를 낸다.

"음! 그놈의 거문고가 이상하다. 아래를 쳐도 위에서 소리가 나고 위를 쳐도 위에서 소리가 나니 말이다. 이 어떻게 된 놈의 거문고냐?"

계집이 대답을 했다.

"무식한 말을 하지도 마시오. 옛날에 여와씨(女媧氏) 때에 생황오음 육률(笙簧五音六律)을 내실 때에 궁상각치우(宮商角徵羽)를 청탁으로 울리오니 상청음(上淸音)도 화답이랍디다."

이때 계집의 말을 그대로 믿는 듯이 매우 말투가 부드러워졌다.

"네 말이 당연하다. 세사(世事)는 금삼척(琴三尺)이요, 생애(生涯)

는 주일배(酒一杯)라 서정강상월(西亭江上月)이요, 동각설중매(東閣雪中梅)라 술 한잔 날 권하고 줄을 골라라. 오늘밤에 놀아보자. 내 소피하고 들어오겠다.”

하고, 문 밖에 나와 서서 기척없이 귀를 기울이고 엿들었다.

배비장이 자루 속에서 가만 가만히 하는 말이,

“여보, 궐자(厥者)가 거문고를 좋아하는 수가 분명 내어 볼 듯하니 다른 데로 나를 이사 시켜주오.”

이때 계집은 윗목에 놓인 피나무 궤를 열고,

“이곳으로 바삐 드시오.”

하였다.

배비장은 궤를 보고 문자를 잊지 않고 또 쓰는 것이었다.

“체대궤소(體大机小)하니 하이은신(何以隱身)할꼬?”

이 말을 듣고 계집은,

“그 궤가 밖으로 보기는 적사오나 속이 넓어 은신(隱身)할 만한 곳이니 잔말 말고 바삐 들어가시오.”

하였다.

배비장은 할 수 없이 궤문을 열고 두 눈을 지그시 감고 궤속으로 들어갔다.

그 속에 들어가서 보니 굽지도 못하고 접지도 못하여 몸을 옹송그리고 생각하니 한심하고 점점 슬퍼지는 것이었다.

그러나 그것이 모두 자기가 믿고 데리고 있는 방자의 계교라는 것을 어찌 알 수 있으랴.

배비장은 궤속에서 길게 탄식을 하면서,

“나 같은 호색남자 궤중에 고혼되니 누구를 원망할 수 있으랴.”

계집은 궤 문을 닫고 쇠를 덜커덕 채우니 이제는 함정에 든 범이요 우물에 든 고기였다.

배비장은 점점 숨이 가빠왔다.

이때 그놈 또 들어오면서,

“내 이제 아무것도 흥황이 없다. 아까 눈이 저절로 감기어 꿈을 꾸니 백수 노인이 나를 불러 이르기를, 너의 집에 거문고와 피나무궤가 있느냐 하고 묻기에 내 말이 있노라고 대답을 한즉, 그 노인은 말하기를 금신(金神)이 혈입궤중(穴入机中)하여 무수작란(無數作亂)하니 그 궤가 유즉여가망(有則汝家亡)이요, 무즉여가흥(無則汝家興)이라 역력히 현몽하니, 저 궤를 불에 태워버리라. 어서 짚 한 단을 갖다가 불 놓아라!"

이때 궤 속에 든 배비장은 그 말을 듣고 탄식을 하였다.

"이제는 바로 화장하는구나. 이 일을 어찌한단 말이냐. 뛰쳐 나가지도 못하고."

이때 계집이 악을 썼다.

"조상에서 전하여 내려온 기물로 저 궤 속에 업귀신(業鬼神)이 들어 있어 우리집 여러 식구가 먹고 입고 쓰고 남음이 있게 하는 업궤인데 그것을 불사르라니 안될 말이오."

계집의 말을 듣고 그놈은 화를 벌컥 내면서,

"이년아, 네 행실이 저러하니 나는 너를 데리고 못살겠다. 가장집물(家藏什物) 귀치 않고 절색소첩(絶色小妾) 너도 싫다. 업궤 하나 가졌으면 내가 어디에 가서 못살겠니?"

하고, 궤를 덜컥 어깨에 걸머지고 밖으로 나서면서,

"이년! 본부구정(本夫舊情) 나를 버리고 간부신정(間夫新情)을 너는 취하니, 가대(家垈) 차지하고 잘 살아라."

하였다.

이때 여인은 궤를 붙들고서 하는 말이,

"업궤를 임자가 가져가면 나는 폐가하란 말이오? 이 궤는 못놓겠소. 가대 차지를 임자가 하고 이 궤 내게 주소."

"그렇다면 양편이 가난치 않게 이 업궤 한 가운데다 먹줄을 그어 가를 테니 나 한 토막 너 한 토막 가지기로 하자. 그러면 서로가 평등하지 않느냐?"

하고, 대뜸 커다란 톱을 가져다가 궤짝 위에 얹어놓고 이렇게 말을 하는 것이었다.

"자 어서 톱을 마주잡고 당기어라. 톱질이야 실근실근 당기려무나. 행실부정(行實不精)하고 몹쓸년을 나는 모르고 이때까지 두었더니 오늘에야 비로소 알았구나. 월로결승(月老結繩) 처음 연분 이 톱으로 잘 켜보자꾸나. 이 궤를 갈라내어 윗토막은 너를 주고 아랫토막은 내가 가지면 나는 소부(小富)되고 너는 대부(大富)되어 분복대로 각기 살자. 이 톱을 바삐 당기어라. 어서 당겨."

배비장은 궤속에서,

"아뿔싸! 벌써 톱이 드는데 이제는 바로 요참(腰斬)하는구나."

이렇게 속으로 생각하니 정신이 아찔하여지고 겁에 질려 벌벌 몸이 떨리었다.

그러나 이대로 더 참을 수는 없는 노릇이다.

배비장은 이윽고 겁결에 이렇게 말을 하였다.

"여보소. 미련도 하오. 하룻밤을 자도 만리장성을 쌓는다는데 데리고 살던 계집에게 그 궤 모두 돌려주오. 토막을 내면 반실이 되고 말지 않소?"

이때 이놈은 톱을 내던지며 하는 말이,

"아뿔싸! 업궤신(業机神)이 도생(倒生)하여 인사가 되었으니 화침(火針)으로 찌르자."

하고, 끝이 뾰족한 가락 송곳을 불에 달구어 쑥 찌르니 배비장의 왼편 눈으로 내려왔다.

배비장은 기가 막히어,

"어허 이제는 통제사를 하는구나! 이제는 정말 꼼짝달싹 못하고 죽었구나."

이렇게 생각하고 배비장은 다시금 결심을 했다.

"이제 죽기는 일반이니 악이라도 한번 써보고 죽자꾸나."

이렇게 생각한 배비장은 큰 소리로,

"여보, 아무리 무식하기로서니 눈망자가 보물이 아니오?"

이렇게 말하니, 그놈은 화침을 버리면서 하는 말이,

"에그! 궤신이 저 상할 줄 미리 알고 애걸하니 정상이 가긍하구나.

제몸 상치 않게 궤를 져다가 물에다 넣어 버리자."

이놈은 이렇게 말하면서 질방을 걸어 궤짝을 지고 문을 열면서 썩 나서서 상두꾼의 소리를 한다.

'워 너머차 너호 어와 원산에 안개 돌고

근촌에 닭이 운다.

워 너머차 너호 양곡(兩谷)에 젖은 안개

월봉으로 돌아든다.

워 너머차 너호 어장촌(漁庄村)에 개는 짖고

회안봉 구름 떴다.

동방을 바라보니 명성일점(明星一點) 샛별 뜨고 벽해천리(碧海千里) 그늘진다. 고고천변 일륜홍(日輪紅)은 부상(扶桑)에 둥실 높이 떴다.

워 너머차 너호 어와 이 궤를 져다가 저 물에 내어칠까.'

이처럼 지고 가면서 소리를 하니 어디서 한 사람이 쑥 나서면서 하는 말이,

"네가 진 것이 무엇이냐?"

하였다.

"업궤(業机)요."

"그 궤를 내게 팔라."

"이건 사다가 뭣에 쓰려고 그러시오?"

"업궤신 자지가 장질(長疾)병에 약이라니 그것을 사다가 자지만 베고 궤는 집에 놓고 쓰지."

배비장은 궤속에서 이 말을 듣고 혼자 생각을 하였다.

'밑천은 없어도 목숨만 살았으면 얼마나 다행한 일이냐!'

배비장은 궤속에서 소리를 질러 말을 하였다.

"여보! 그 누구신지는 모르거니와 그 홍정 놓치지 마시오. 성애는 내가 하리다."

이놈은 궤짝을 져다가 사또 있는 동헌 마당에 놓으면서 물에다 넣는 듯이 하는 말이,

“궤중귀신 너는 들어라! 네 이 죄목은 만사무석(萬死無惜)이다. 이 창파 가운데 띄울 테니 천릿길을 떠나거라.”

그 놈은 찬물을 가져다가 옆에 놓고 궤 틈으로 물을 부으면서 흔들흔들 정신을 잃게 요동을 하였다.

배비장은 생각하기를,

“어허 궤가 벌써 물에 떴나 보구나. 물이 들어오면 틀림없이 가라앉을 터이니 이제는 신체도 찾을 길이 없구나.”

하고, 길게 탄식을 하였다.

“못보겠다, 못보겠다. 천리고향 백발부모 홍안처자 이제는 못보겠다. 물 속에 죽는다 해도 멱라수(汨羅水) 아니거늘 굴원(屈原)의 *소절(素節)되며 오강수(吳江水) 아니어든 자서(子胥)의 충절이 되랴! 이름 없고 남모르게 탐색망신(耽色亡身) 죽게 되니 내가 잡놈이 틀림없구나. 이런 때 배나 지나가면 목숨이나 살아볼 것을.”

이와같이 탄식을 할 때 사또는 하인을 불러 분부를 하였다.

“너희들은 일시에 배가 지나가는 듯이 소리를 하여라.”

하인들은 삼문을 삐드득삐드득 곤장을 뚝딱 뚝딱거리면서,

“어이여차! 어기여차……. ”

하고 소리를 하였다.

배비장은 궤속에서 생각하기를,

“옳지, 삐드득 하는 소리는 닻 감는 소리요, 출렁 출렁하는 소리는 노 젓는 소리구나.”

하고 소리를 질렀다.

“강동(江東)으로 가는 배 장한(張翰)인가 날 살리오. 오백인 싣고 입해도중(入海島中) 빨리가는 배 서시(徐市)인가 날 살리오. 기경태백(騎鯨太白) 소식듣고 풍월 실어가는 저 배 초강어부(楚江漁夫)나 날 살리소. 임술추(壬戌秋) 적벽강에 범주유(范舟遊) 너 왔느냐, 소자첨(蘇子膽)아 날 살려라. 청산만리(靑山萬里) 함께 가자, 일고주(一孤舟)야 날 살리오. 원포고범(遠浦孤帆) 지나는 배 이 궤 실어 날

---

*소절(素節)——깨끗한 절개.

　　살리오."
　배비장은 궤속에서 더욱 큰 소리로 외쳤다.
　"저기 가는 저 배 말을 좀 물어 보세."
　곁에 있던 사령놈은 이때 사공인 체하고 앞으로 쑥 나서면서,
　"무슨 말이오?"
하였다.
　"거기 가는 배는 어디로 가는 배란 말이오?"
　"제주 배람네."
　"무얼 실었나?"
　"미역, 전복, 해삼 실었네."
　"가지 말고 내 말 듣게."
　"무슨 말인가?"
　"어렵지만 이 궤를 좀 실어다가 죽을 사람 살려주오."
　한참 이렇게 수작을 할 때 한 사람이 나서면서,
　"무변대해 저 수중에 궤속에서 들리는 그 말이 매우 이상하다. 우리
　배에 부정 탈라. 상앗대로 떠 밀쳐라."
하였다. 배비장은,
　"난 잡것 아니오. 사람이니 부디 살려주오."
　"사람이어든 거주성명을 일러라."
　"제주에 배걸덕쇠요."
　이때 또 다른 한 사람이 나가면서,
　"제주라 하는 곳이 물색지지(物色之地)라, 분명 유부녀 통간 갔다가
　저 지경이 되었구나."
　"네 옳소이다. 누구신지는 모르거니와 제 신세 맞추었소."
하고, 배비장은 실토를 한다.
　"하늘이 도우시는 것인가, 헌원씨(軒轅氏) 배를 모아 이제불통(以濟
　不通)하온 뜻은 나를 살리려는 배이구나. 물에서 죽을 이 몸 살리어
　적덕(積德)이니 적덕하여 나를 제발 살려주오."
　"우리 배는 부정이 탈까 못 올리겠고 궤문이나 열어 줄 것이니 헤엄

이나 쳐서 가지.”

“그것은 염려마시오, 내가 용산(龍山), 삼개 왕래할 때 개헤엄이나 배웠소.”

“이 물은 짠물이니 눈에 들면 멀 것이니 눈을 꼭 감고 헤엄을 치도록 하게.”

“눈은 생전 멀지라도 어쨌든 목숨이나 살려주오.”

“그럴 지경이면 눈이 멀지라도 나를 원망은 하지 마오.”

이렇게 말하고 함정같이 잠긴 금거북쇠를 덜커덕 열어 놓으니, 배비장은 알몸으로 썩 나서면서 그래도 소경이 될까 염려되어 두 눈을 잔뜩 감고 이를 악물고 왈칵 두 손을 짚으면서 허우적거린다.

한참 동안 이 모양으로 헤엄쳐 갈 때 동헌 댓돌에다가 대가리를 부딪히니 배비장은 눈에서 불이 번쩍 나서 두 눈을 번쩍 뜨고 자세히 살펴보니, 동헌에 사또가 앉고 대청에 삼공형(三公兄)이며 전후 좌우에 기생들과 육방관속 노령배(奴令輩)가 일시에 두 손으로 입을 막고 참는 것이 웃음이다.

이때 사또는 웃으면서 하는 말이,

“자네, 그 꼴이 웬일인고?”

하고, 물으니,

배비장은 어이가 없어 고개를 푹 수그리고,

“소인의 친산(親山)이 동소문 밖이옵더니, 근래 곤손풍(坤巽風)이 들어 이 지경이 되었나이다.”

하고, 대답을 하였다.

사또 웃으며 의복 내어 입힌 후에,

“이 일로 혐의 두지 말고 애랑이 방비 들여 있는 동안 잘 지내소.”

하고, 여러 동임들도 위로가 분분하더라.

雍固執傳

옹달우물과 옹연(雍淵)못이 있는 옹진(雍眞)골 옹당촌(雍堂村)에 한 사람이 살았으니, 성은 옹가(雍哥)요, 이름은 고집이라 부르니라.

성미가 매우 괴팍하여 풍년이 드는 것을 싫어하고, 심술 또한 맹랑하여 매사를 고집으로 버티더라.

살림 형편을 살펴보건대, *석숭(石崇)의 재물이나 도주공의 드날린 이름과 위세(威勢)를 아니 부러워하겠더라. 앞뜰에는 노적이 쌓여 있고 뒤뜰에는 담장이 높직한데, 울 밑으로 벌통 놓고, 잎 넓은 오동으로 정자(亭子)를 대신하고, 송백(松柏) 심어 앞가리며, 사랑 앞에 파 놓은 연못에는 석가산(石假山)이 오똑하다. 석가산 위에 아담한 초당을 지었는데, 네 귀에 풍경이 달렸으매 바람따라 쟁그렁 맑은 소리 들려오며, 연못 속의 금붕어는 물결 따라 뛰놀더라. 동편 뜨락 모란꽃은 봉오리가 반만 벌어지고, 왜철쭉과 진달래는 활짝 피었더니 춘삼월 모진 바람에 모두 떨어졌으되, 서편 뜨락 앵두꽃은 담장 안에 곱게 피고, 영산홍(映山紅) 자산홍(紫山紅)은 바야흐로 한창이요, 매화꽃도 복사꽃도 철을 따라 만발하니 사랑치레가 찬란하다.

*팔작집(八作家) 기와지붕에 어간대청(御間大廳)엔 삼층난간이 둘려 있고, 세살창의 들장지와 영창(映窓)에는 안팎걸쇠, 구리사복이 달려 있고, 쌍룡을 새긴 손잡이는 채색도 곱게 반공중에 들떠 있다. 방 안을 들여다보니, 별앞닫이에 팔첩(八疊) 병풍이요, 한녘으로 놋요강, 놋대야를 밀쳐 놓았더라.

며늘아기는 명주 짜고 딸아기는 수놓으며, 곰배팔이 삿자리 엮고 앉은뱅이 머슴놈은 방아찧기 바쁘거니와, 팔십당년(八十當年) 늙은 모친은 병들어 누워 있거늘 불효막심 옹고집은 닭 한 마리, 약 한 첩도 봉양을 아니하고, 조반석죽(朝飯夕粥) 겨우 바쳐 남의 구설 틀어 막고 냉돌방(冷突房)에 홀로 뉘어 두더라.

늙은 어미 섧게 울며 탄식하기를,

"너를 낳아 길러낼 제 애지중지(愛之重之) 보살피며, 보옥(寶玉)같이

---

*석숭(石崇)——중국 진나라 때의 거부.
*팔작집(八作家)——네 귀에 모두 추녀를 달아 지은 집.

귀히 여겨 어루면서 은자동(銀子童)아, 금자동(金子童)아, 고이 자란 백옥동(白玉童)아, 천지만물 일월동(日月童)아, 아국사랑 간간동아, 하늘같이 어질거라, 땅같이 너릅거라! 금을 준들 너를 사며 은을 준들 너를 사랴? 천생인간(天生人間) 무가보(無價寶)는 너 하나뿐이로다. 이같이 사랑하며 너 하나를 키웠거늘, 천지간에 이러한 어미 공을 네 어찌 모르느냐? 옛날에 *왕상(王祥)이는 얼음 속의 잉어를 낚아 모친봉양하였거늘, 그러지는 못할망정 불효는 면하렷다!"

불측한 고집이놈, 어미 말에 대꾸하되,

"진시황(秦始皇) 같은 이도 만리장성 쌓아놓고, 아방궁(阿房宮)을 이룩하여 삼천 궁녀 두루 돌아 찾아들며 천년만년 살고지고 하였으되, 그도 또한 이산(離山)에 한 분총(墳塚) 무덤 속에 죽어 있고, 백전백승 초패왕(楚覇王)도 오강(烏江)에서 자결하였고, 안연(顔淵) 같은 현학사(賢學士)도 불과 삼십 세에 요절하였거늘 오래 살아 무엇하리? 옛글에 일렀으되 인간칠십 고래희(人間七十古來稀)라하였으니, 팔십이 된 우리 모친 오래산들 쓸데없네, 오래 살면 욕심이 많아진다〔壽則多慾〕하니, 우리 모친 그 뉘라서 단명하랴? *도척(盜跖)같이 몹쓸놈도 천추에 유명하거늘, 어찌 나를 시비하리요?"

이놈의 심사 이러한 가운데에, 또한 불교(佛敎)를 업신 여겨 허물 없는 중을 보면 결박하고, 귀뚫기와 어깨타고 뜸질하기가 일쑤더라. 이놈의 심보가 이러하니, 옹가집 근처에는 동냥중이 얼씬도 못하것다.

이 무렵, 저 멀리 월출봉(月出峯) 취암사(翠庵寺)에 도사 한 분이 있으니, 그의 높은 술법은 귀신도 알아 내지 못하겠더라. 도사가 학대사를 불러 이르기를,

"내 들건대, 옹달촌에 옹좌수(雍座首)라 하는 놈이 불도를 업신여겨 중을 보면 원수같이 군다 하니, 네 그놈을 찾아가서 책망하고 돌아

---

*왕상(王祥)──중국 진나라 때의 효자.
*도척(盜跖)──중국 춘추시대의 악인.

오라.”

　분부 받고 학대사는 나섰것다. 헌 굴갓 눌러 쓰고 마의장삼(麻衣長衫) 걸쳐 입고, 백팔염주(百八念珠) 목에 걸고, 육환장(六環杖)을 거머 짚고 허위적허위적 내려오니, 계화(桂花)는 활짝 피고 산새는 슬피 울며 가는 길을 재촉한다.

　석양녘에 옹가집에 다다르니, 어간대청 너른 집에 네 귀에 풍경 달고, 안팎 중문 솟을대문이 좌우로 활짝 열렸기에, 목탁을 딱딱 치며 권선문(勸善文)을 펼쳐놓고 염불로 배례할새,

　“천수천안(千手千眼) 관자재보살(觀自在菩薩), 주상전하(主上殿下) 만만세, 왕비전하 수만세(壽萬歲), 시주 많이 하옵시면 극락세계로 가오리다. 아미타불 관세음보살…….”

　중문에 기대어서 이 광경을 보던 할미종이 넌지시 이르는 말이,

　“노장(老長), 노장, 여보 노장, 소문도 못 들었소? 우리댁 좌수님이 춘곤(春困)을 못이기사 초당에서 낮잠이 드셨으매, 만일 잠을 깰라치면 동냥은 고사하고 귀뚫리고 갈 것이니 어서 바삐 돌아가소.”

　학사가 대답하되,

　“고루거각(高樓巨閣) 큰 집에서 중의 대접이 어찌하여 이러할까? ‘적악지가(積惡之家)에 필유여악(必有餘惡)이요, 적선지가(積善之家)에 필유여경(必有餘慶)이라’ 이르나이다. 소승은 영암(靈岩) 월출봉(月出峯) 취암사에 사옵는데, 법당이 퇴락하여 천릿길 멀다 않고 귀댁에 왔사오니 황금으로 일천 냥만 시주를 하옵소서.”

　합장배례하고 다시 목탁을 두드리니, 옹좌수 벌떡 일어나 밀창문을 드르르 밀치면서,

　“어찌 그리 요란하냐?”

　종놈이 조심조심 여쭈기를,

　“문 밖에 중이 와서 동냥 달라 하나이다.”

　옹좌수 발칵 화를 내어 성난 눈알 부라리며 소리 질러 꾸짖기를,

　“괘씸하다 이 중놈아! 시주하면 어쩐다냐?”

　학대사는 이 말 듣고 육환장(六環杖)을 눈 위로 높이 들어 합장 배

례로 대답하기를,

"황금으로 일천 냥만 시주하옵시면, 소승이 절에 가서 수륙제(水陸祭)를 올릴 적에, 아무면 아무촌 아무개라 외우면서 축원을 드릴 제 소원대로 되나이다."

옹좌수가 쏘아붙이되,

"허허, 네놈 말이 가소롭다! 하늘이 만백성을 마련할 제, 부귀빈천(富貴貧賤), 자손유무(子孫有無), 복불복(福不福)을 분별하여 내셨거늘, 네 말대로 한다면 가난할 이 뉘 있으며 무자(無子)할 이 뉘 있으리? 속세에서 일러오는 인정 마른 중이렷다! 네놈 마음 고약하여 부모은혜 배반하고, 머리 깎고 중이 되어 부처님의 제자인 양, 아미타불 거짓 공부하는 듯이 어른 보면 동냥 달라, 아이 보면 가자 하니, 불충불효(不忠不孝) 태심하며, 불측한 네 행실을 내 이미 알았으니 동냥 주어 무엇하리?"

학대사는 다시금 합장배례 삼가하며 공손히 하는 말이,

"청룡사(靑龍寺)에 축원 올려 만고영웅 소대성(蘇大成)을 낳아 갈충보국(竭忠報國)하였으며, 천수경공부 고집하여 주상전하(主上殿下) 만수무강하옵기를 조석으로 발원하니, 이 어찌 갈충보국 아니오며, 부모보은(父母報恩)아니리까? 그런 말씀 아예 마옵소서."

옹좌수 하는 말이,

"네 무엇을 배웠기로 그렇듯 말하느냐? 지식이 있을진댄 나의 관상(觀相) 보아다오?"

학대사가 일러 주되,

"좌수님의 상을 살피건대, 눈썹이 길고 미간(眉間)이 넓으시니 성세(聲勢)는 드날리되, 누당(樓堂)이 곤하시니 자손이 부족하고, 면상이 좁으시니 남의 말을 아니 듣고, 수족(手足)이 적으시니 횡사(橫死)도 할 듯하고, 말년에 상한병(傷寒病)을 얻어 고생하다 죽사오리다."

이 말 듣고 옹좌수 성을 내며 종놈들을 소리 질러 부르는데,

"돌쇠, 몽치, 깡쇠야! 저 중놈을 잡아내라!"

이에 종놈들 거동 보소. 눈들을 부릅뜨고 천동같이 달려들어 헌 굴갓은 벗겨 내던지고 육환장도 내던지며 두 귀를 덥썩 잡아 높은 석상(石像)을 휘휘 둘러 내동댕이치니, 옹좌수가 호령하되,

"미련한 이 중놈아! 들어 보라. 진도남 같은 이도 중을 불가하다 하고서 운림처사(雲林處士) 되었거늘, 너 같은 완승(頑僧)놈이 거짓 불도(佛道) 평계하여 남의 전곡(錢穀) 턱없이 달라 하니, 너 같은 놈 그저 두고 보지 못하렷다!"

하고 중을 눌러잡고, 꼬챙이로 귀를 뚫고 태장 삼십도(太杖 三十度)를 호되게 내리쳐서 이윽고 내치니라. 그러나 학대사는 술법(術法)이 높은지라, 까딱 없이 돌아가서 사문(寺門)에 들어서니 여러 중이 내달아 영접하여 연고를 캐물으니, 학대사는 태연자약 대답하기를,

"이러저러 하였노라."

중 하나가 썩 나서며,

"스승의 높은 술법으로 염라대왕(閻羅大王)께 전갈하여 강임도령 차사(差使) 놓아 옹고집을 잡아다가 지옥 속에 엄히 넣고, 세상에 영영 나지 못하게 하옵소서."

학대사는 대답하되,

"그는 불가하다."

다른 중이 나서면서,

"그러하오면 *해동청(海東靑) 보라매 되어 청천운간(靑天雲間) 높이 떠서 서산에 머물다가 날쌔게 달려들어, 옹가놈 대갈통을 두 발로 덥석 쥐고 두 눈알을 꼭지 떨어진 수박 파듯하사이다."

학대사는 움찔하며 대답하되,

"아서라, 아서라! 그도 못하리라."

또 한 중이 썩 나서며,

"그러하오면 만첩청산(萬疊靑山) 맹호되어 야삼경(夜三更) 깊은 밤에 담장을 넘어 들어 옹가놈을 물어다가, 사람 없는 험한 산 외진 골에서 뼈까지 먹사이다."

---

*해동청(海東靑)──송골매.

학대사는 여전하게,

"그도 또한 못 하리라."

다시 한 중이 여쭈기를,

"그러하오면 신미산 여우되어 분단장 곱게 하고 비단옷 맵시내어, 호색(好色)하는 옹고집 품에 누어 단순호치(丹脣皓齒) 빵긋 벌려 좋은 말로,

　　'첩은 본디 월궁선녀(月宮仙女)이옵는데, 옥황상제(玉皇上帝)께 죄를 얻어 인간계(人間界)로 내치매 갈 바를 몰랐더니, 산신님이 불러 들여 좌수님과 연분이 있다 하여 지시하옵기로 이에 찾아왔나이다. '

하며 온갖 교태(嬌態) 내보이며 옹고집을 속일 적에 호색하는 그놈이라 필경에는 대혹하여, 등치고 배 만지며 온갖 희롱 진탕할지니 *촉풍상한(觸風傷寒) 덧들려서 말라 죽게 하옵소서."

학대사 벌떡 일어나며 하는 말이,

"아서라, 그도 못 하리라."

술법 높은 학대사는 괴이한 꾀 나는지라, 동자 시켜 짚 한 단을 끌어내어 허수아비 만들어 놓고 보니 영락없는 옹고집의 불측한 상이렷다. 부적을 써 붙이니 이놈의 화상, 말대가리 주걱턱에 어디로 보나 영락 없는 옹가더라.

허수아비 거드럭거드럭 옹가집을 찾아가서 사랑문 드륵 열며 분부할 제,

"늙은 종 돌쇠야, 젊은 종 몽치, 깡쇠야, 어찌 그리 게으르고 방자하냐? 말콩 주고 여물 썰어라! 춘단이는 바삐 나와 방 쓸어라."

하며 태연히 앉았으니 이리보나 저리보나 분명한 옹좌수라.

이때 실옹가(實雍哥) 들어서며 하는 말이,

"어떠한 손이 왔기로, 이렇듯 사랑채가 소란하게 구느뇨?"

허옹가(虛雍哥)가 이 말 듣고 나앉으며,

"그대 어쩐 사람이기로 남의 집에 들어와 주인인 체 하느뇨?"

---

*촉풍상한(觸風傷寒)──찬바람에 의해 생긴 병. 감기, 급성열병, 폐렴 같은 것.

실옹가 버럭 성을 내며 호령하되,

"네가 나의 형세 유족함을 듣고 재물을 탈취코자 안으로 당돌히 들었으니 내 어찌 그저 두랴! 깡쇠야 이놈을 잡아내라."

노복들이 얼이 빠져 이도 보고 저도 보고, 이리 보고 저리 보나 이옹 저옹이 같은지라, 두 옹이 아옹다옹 맞다투니 그옹이 그옹이요, 백운심처(白雲深處) 깊은 곳에 처사(處士) 찾기는 쉬울 망정, 백주당상(白晝堂上) 이 방 안에 우리 댁 좌수님 찾을 가망 전혀 없어, 입다물고 말없더니 안채로 들어가서 마님께 아뢰기를,

"일이 났소, 일이 났소! 아씨님 일이 났소! 우리댁 좌수님이 둘이 되었으니 보던 중 처음일세. 집안에 이런 변이 세상에 또 있는가?"

마님이 이 말 듣고 대경실색(大驚失色)하는 말이,

"애고 애고, 이게 웬 말이냐? 좌수님이 중만 보면 당장에 묶어 놓고 악한 형벌 마구 하여 불도를 업신여기며, 팔십당년 늙은 모친 박대한 죄 어찌 없을까 보냐? 땅신령이 발동하고 부처님이 도술 부려 하늘이 내리신 죄, 인력(人力)으로 어찌하리?"

마나님은 춘단 어미를 불러들여 분부하되,

"바삐 나가 네가 진위(眞僞)를 가려 보라."

춘단 어미가 사랑으로 바삐 나가, 문틈을 살짝 열고 기웃기웃 엿보는데, '네가 옹가냐? 내가 옹가다!'하고 서로 고집하며 호령, 호령하니 말투와 몸놀림이 똑같은데, 이목구비(耳目口鼻)도 두 좌수가 흡사하니, 기가막혀 하는 말이,

"뉘라서 까마귀 암수를 알아 보리요, 뉘라서 두 좌수의 진위를 가리리요?"

춘단 어미 허겁지겁 안으로 들어서며,

"마님 마님! 두 좌수님 모두가 흡사하와, 소비(小婢)는 전혀 알아 볼 수 없소."

마나님이 생각난 듯 하는 말이,

"우리집 좌수님은 새로이 좌수되어 도포를 성급히 다루다가 불똥이

떨어져서 안자락이 탔으므로, 구멍이 나 있으니, 그것을 찾아보면 진위를 가릴지라, 다시 나가 알아 오라."

춘단 어미 다시 나와 사랑문을 열어 젖히면서,

"알아볼 일 있사오니 도포를 보사이다. 안자락에 불똥 구멍 있나이다."

실옹가(實雍哥)가 나앉으며 도포자락 펼쳐 뵈니, 구멍이 또렷하니 우리댁 좌수님이 분명하것다. 허옹가(虛雍哥)도 뒤따라 나앉으며,

"예라, 이년! 요망하다. 가소롭다! 남산위에 봉화 들 때 종각인경 치고, 사대문을 활짝 열 때 순라군이 제격이라, 그만 표는 나도 있다."

허옹가가 앞자락을 펼쳐 뵈니 그도 또한 뚜렷하것다.

알길이 전혀 없는지라, 답답한 춘단어미 안으로 들어서며 마님 불러 아뢰기를,

"애고 이게 웬 변일꼬? 불구멍이 두 좌수께 다 있으니 소비는 전혀 알 수 없소이다. 마님께서 몸소 나가 보옵소서."

마나님이 말 듣고 낯빛이 흐려지며 탄식하되,

"우리 둘이 만났을 제 여필종부(女必從夫) 본을 받아 서산에 지는 해를 긴 노로 잡아매고 길이 영화 누리면서 살아서 이별 말고 죽어도 한날 죽자 이렇듯이 천지(天地)에 맹세하고 일월도 보았거늘, 뜻밖에 변이 나니 꿈인가 생시인가? 이 일이 웬일일꼬? 도덕 높은 공부자(孔夫子)도 양호(陽虎)의 화액을 입었다가 도로 놓여 성인이 되셨으매, 자고로 성인들도 한때 곤액(困厄) 있거니와, 이런 괴변 또 있을꼬? 내 행실 가지기를 송백(松栢)같이 굳었거늘, 두 낭군을 어찌 새삼 섬기리요? 이렇듯 탄식할새 며늘아기 여쭈기를,

"집안에 변을 보매 체모가 아니 서니 이몸이 밝히오리다."

사랑방문 퍼떡 열고 들어가니, 허옹가 나앉으며 이르기를,

"아가 아가, 게 앉아 자세히 들어보라. 창원땅 마산포(馬山浦)서 너 신행하여 올 제, 십여 필 바리바리로 온갖 기물 실어 두고 내가 후행으로 따라올 제, 상사마(相思馬) 한 놈이 암말 보고 날뛰다가 뒤뚱

거려 실은 것을 파삭파삭 결단내어, 놋동이 한복판이 뚫어져서 못
쓰게 되었기로 벽장에 넣었거늘, 이도 또한 헛말이냐? 너의 시아
비는 바로 내로다!"
기가 막힌 실옹가 앞으로 나섰더니,
"애고 저놈 보게. 내가 할 말 제가 하니, 애고애고 이 일을 어찌하
리? 새아가, 내 얼굴을 자세히 보라! 네 시아비는 내 아니냐?"
며느리가 공손히 여쭈기를,
"우리 아버님은 머리 위로 금이 있고, 금 가운데 흰머리가 있사오
니, 이 표를 보사이다."
실옹가가 얼른 나 앉으며 머리 풀고 뵈니, 골통이 차돌 같아 송곳으
로 찔러 본들 물 한 점, 피 한 방울 아니 나겠더라. 허옹가도 나앉으
며 요술 부려 그 흰털 뽑아 내어 제 머리에 붙인지라, 실옹가의 표적
은 없어지고 허옹가의 표적이 분명하것다.
"며느리야! 내 머리를 자세히 보라."
하니, 며늘아기 살펴보고,
"틀림없는 우리 시아버님이오."
실옹가는 복통할 노릇이라, 주먹으로 가슴 치고 머리를 지끈지끈
두드리며,
"애고애고 허옹가를 아비 삼고 실옹가를 구박하니, 기막혀 나 죽겠
네! 내 마음에 맺힌 설움 누구 보고 하소연하랴?"
종놈들 거동 보니, 남문 밖 사정(射亭)으로 걸음을 재촉하여 서방님
을 찾아간다.
"가사이다. 가사이다. 서방님 어서 바삐 가사이다! 일이 났소, 변
이 났소. 우리댁 좌수님이 두 분이 되어 있소."
서방님이 이 말 듣고, 화살전통 걸어멘 채 천방지축 집에 와서 사랑
으로 들어가니, 허옹가가 태연자약 나앉으며,
"저 건너 최서방이 작전(作錢) 열 냥 가져왔더냐? 네게 주라 일렀
는데, 네가 받아 두었거든 그 돈에서 한 냥 내어 어서 가서 술 사오
라. 원통하고 분하도다. 저놈이 우리 세간 앗아 가려 이리 한다!"

실옹가가 나앉으며 탄식하되,

"애고애고 저놈 보게. 내가 할 말 제가 하네."

아들놈의 거동 보니, 맥맥상간(脈脈相看) 살펴보나 이도 같고 저도 같아 알 길이 전혀 없어 어리둥절 서 있것다. 허옹가가 나앉으며 실옹가의 아들 불러 재촉하여 이르기를,

"너의 모께 알아보게 좀 나오라 하여다고! 이렇듯이 가변(家變) 중에 내외할 것 전혀 없다!"

하니, 실옹가 아들놈이 안으로 들어가서,

"어머님, 어머님, 사랑방에 괴변 나서 아버님이 둘이오니, 어서 나가 자세히 살펴보소서."

내외도 불구하고 마나님이 사랑에 썩 나서니, 허옹가가 실옹가의 아내 보고 앞질러 하는 말이,

"여보 임자! 내 말을 자세히 들어보오. 우리 둘이 첫날밤 신방으로 들었을 때, 내가 먼저 동품하자 하였더니 언짢은 기색으로 임자가 돌아 앉기로, 내 다시 타이르며 좋은 말로 임자를 호릴 적에 이같이 좋은 밤은 백년에 한번 있을 뿐인지라 어찌 서로 허송하랴? 하니, 그제야 임자가 순응하여 서로 동품하였으니, 그런 일을 더듬어서 진위를 분별하소."

실옹가의 아내가 굽이굽이 생각하니, 과연 그 말이 맞는지라, 허옹가를 지아비라 일컬으니, 실옹가는 복장을 꽝꽝 치나 눈에서 불이 날 뿐 어찌 할 수 없으렷다.

실옹가 아내 측은하여 하는 말이,

"두 분이 똑같으니, 소첩인들 어이 아오? 애통하오, 애통하오! 애고애고 내 팔자야! 여필종부 옛말대로 한 낭군 모셨거늘, 이제와 이도 같고 저도 같은 두 낭군이 웬 변인고? 전생에 무슨 득죄하였기로 이년의 드센 팔자 이렇듯 애통할꼬? 애고애고 내 팔자야!"

이럴 즈음 구불촌 김별감이 문 밖에 찾아와서,

"옹좌수 게 있는가?"

하니, 허옹가가 썩 나서며,

"이게 뉘신가? 허허 이거 김별감 아닌가. 달포를 못 보았는데, 그 새 댁내 무고한가? 나는 요새 집안에 변괴 있어 편치가 못하다네. 어디서 온 누구인지 말투와 몸놀림에 형용도 흡사한 나와 같은 자 들어와서 옹좌수라 일컬으며, 나의 재물 빼앗고자 몹쓸 비계(秘計) 부리면서 낸 체하고 가산(家産)을 분별하니 이런 변이 어디 또 있을 꼬? '그의 아내는 알지 못하되 그의 벗은 알지로다〔其妻不識也其友 識之〕'하였으니, 자네 나를 모를까보냐? 나와 자네는 지기상통(志 氣相通)하는 우리 뜻을 명명백백 분별하여 저놈을 쫓아주게."

실옹가는 이 말 듣고 가슴을 쾅쾅 치며 호령하기를,

"애고애고 저놈 보게! 제가 낸 체하고 천연히 들어앉아 좋은 말로 저렇듯 늘어놓네! 이놈 죽일 놈아, 네가 옹가냐, 내가 옹가제!"

이렇듯이 두 옹가 아옹다옹 다툴 적에, 김별감은 이리 보고 저리 보 나 어이 없어 하는 말이,

"양옹이 옹옹하니 이옹이 저옹 같고 저옹이 이옹 같아 양옹이 흡사 하니 분별치 못하겠네! 사실이 이럴진대 관가에 바삐 가서 송사나 하여 보게."

양옹이 이 말을 옳게 여겨, 서로 잡고 관정(官庭)에 달려가서 송사 를 아뢰니라. 사또가 나앉으며 양옹을 살피건대, 얼굴도 흡사하고 의복도 같은고로 형방(刑房)에게 분부하되,

"저 두 놈 옷을 벗겨 가려 보라."

하니, 형방이 썩 나서며 양옹을 발가벗기것다.

차돌 대갈통이 같거니와, 가슴, 팔뚝, 다리, 발이 모두 같고 불알마 저 흡사하니, 그 진위(眞僞)를 뉘라서 가리리요?

실옹가가 먼저 아뢰기를,

"민(民)이 조상대대로 옹당촌에 사옵는데, 천만의외로 생면부지 모 르는 자가 민과 행색 같이 하고 태연히 들어와서, 민의 집을 제 집 이라, 민의 가솔(家率) 제 가솔이라 이르오니 세상에 이런 변괴 어 디 또 있나이까? 명명하신 성주(城主)께서 저놈을 엄문하와 변백 (辨白)하여 주옵소서."

허옹가도 또한 아뢰기를,

"민이 사뢰고자 하던 것을 저놈이 다 아뢰매 민은 다시 사뢸 말씀 없사오니, 명철하신 성주께서 샅샅이 살피시와 허실(虛實)을 밝혀 가려 주옵소서. 그러면 죽사와도 여한이 없겠나이다."

사또가 엄히 분부하되,

"양옹은 각기 보수(報讐)를 말렸다."

하고, 육방(六房)의 아전이며 내빈행객(來賓行客) 불러내어 두 옹가를 살펴보게 하였으나, 실옹이 허옹 같고 허옹이 실옹 같아 전혀 알 수 없는지라, 형방(刑房)이 아뢰기를,

"두 백성의 호적을 상고하여 보사이다."

사또는,

"허허 그 말이 옳도다."

하고, 호적색(戶籍色)을 불러놓고, 양옹의 호적을 강(講) 받을 때, 실옹가가 나앉으며 아뢰기를,

"민의 아비 이름은 옹송이옵고 조(祖)는 만송이옵나이다."

사또가 이 말 듣고 하는 말이,

"허허 그놈의 호적은 옹송망송하여 전혀 알 수 없으니, 다음 백성 아뢰라."

이때 허옹가 나앉으며 아뢰기를,

"자하골 김동네 좌정하였을 적에, 민의 아비 좌수(座首)로 거행하며 백성을 애휼(哀恤)하온 공으로 말미암아 *연호잡역(煙戶雜役)을 삭 감하였기로 관내에 유명하오니, 옹돌면(雍乭面) 제일호 유생 옹고 집이요, 고집의 나이 삼십칠 세요, 부학생(父學生)은 옹송이온데 절충장군(折衝將軍)이옵고, 조는 상이오나 오위장(五衛將) 지내옵 고, 고조는 맹송이요, 본은 해주이오며, 처는 진주 최씨요, 아들놈 은 골이온데 나이는 십구 세, 무인생이요, 하인으로 천비(賤婢) 소 생 돌쇠가 있소이다. 다시 민의 세간을 아뢰리다. 논밭곡식 합하여 이천 백 석이요, 마구간에 기마가 여섯 필이요, 암수퇘지 합하여

─────────────

*연호잡역(煙戶雜役)── 서민들의 부역.

72

스물두 마리요, 암탉 장닭 합 육십 수요, *기명(器皿) 등 안성 방자 유기 열 벌이요, 앞닫이 반닫이에, 이층장, 화류문갑, 용장, 봉장, 왜궤수리, *산수병풍, 연병풍(蓮屛風) 다 있사옵고, 모란 그린 병풍 한 벌은 민의 자식 신혼시에, 매화 그린 한 폭이 없어져 고치고자 다락에 따로 얹어 두었사오니 그것으로도 아옵시고, 책자로 말하오면 천자(千字)·추구(抽句), 당음(唐音)·당률(唐律), 사략(史略)·통감(通鑑), 소학(小學)·대학(大學), 논어(論語)·맹자(孟子), 시전(詩傳)·서전(書傳), 주역(周易)·춘추(春秋), 예기(禮記)·주벽(周壁), 총목(總目)까지 쌓아 두었소이다. 은가락지가 이십 걸이, 금반지는 한 죽이요, 비단으로 말하오면 청·홍·자색 합쳐서 열세 필이요, 모시가 설흔 통이요, 명주가 마흔 통이온 중, 한 필은 민의 큰 딸아이가 첫몸을 보았기로 가점을 명주통에 낑기더니, 피가 조금 묻었으매, 이것을 보아도 명명백백 알 것이요 진신·마른신이 죽이요, 쌍코 *줄변자가 여섯 켤레 중에 한 켤레는 이달 초사흘 밤에 쥐가 코를 갉아 먹어 신지 못하옵고 안벽장에 넣었으니, 이것도 염문(廉問)하와 하나라도 틀리오면 곤장 맞고 죽사와도 할 말이 없사오나, 저놈이 민의 세간 이렇듯이 넉넉함을 얻어 듣고, 욕심내어 송정(訟庭) 요란케 하오니, 저렇듯 무도한 놈을 처치하사 타인을 경계하옵소서."

관가에서 듣기를 다하더니 이르기를,

"그 백성이 참 옹좌수라."

하고 당상으로 올려 앉히며 기생을 불러들이더니,

"이 양반께 술 권하라."

하더라.

일색(一色) 기생이 술을 들고 권주가를 부르는데,

"잡으시오, 잡으시오, 이 술 한 잔 잡으시오. 이 술 한 잔 잡으시면

---

*기명(器皿)——살림에 쓰는 그릇붙이.

*산수병풍——산수의 풍경을 그린 병풍.

*줄변자——신의 도리 밑에 자주빛 비단을 두른 마른 신.

천년 만년 사시리라. 이는 술이 아니오라 한무제(漢武帝)가 *승로반
(承露盤)에 이슬 받은 것이오니 쓰나 다나 잡수시오.”

흥이 나는 옹좌수가 술잔을 받아 들고 화답하여 하는 말이,

“하마터면 아까운 가장집물 저놈한테 빼앗기고, 이러한 일등미색
(一登美色)의 이렇듯 맛난 술을 못 먹을 뻔하였구나! 그러나 성주
께서 흑백을 가려 주시니, 그 은혜는 백골난망이옵니다. 겨를을 내
시어서 한 차례 민의 집에 나오시오. 막걸리로 한 잔 술 대접하오리
다.”

“그는 염려 말게. 처치하여 줌세.”

뜰 아래 꿇어 앉은 실옹가를 불러 분부하되,

“네놈은 흉측한 인간으로서, 음흉한 뜻을 두고 남의 세간 탈취코자
하였으니, 죄상인즉 마땅히 의률정배(依律定配)할 것이로되, 고의
안세하니 바삐 끌어내어 물리쳐라.”

대곤 삼십도(大棍三十度)를 매우 치고, 죄목을 엄히 문초하되,

“네 이놈! 차후에도 옹가라 하겠느냐?”

실옹가는 곰곰이 생각건대, 만일 다시 옹가라 우길진대 필시 곤장
밑에 죽겠기에,

“예, 옹가가 아니오니, 처분대로 하옵소서.”

아전이 호령하기를,

“*장채 안동(眼同)하여 저놈을 월경(越境)시키라.”

하니, 군노사령 벌떼같이 일시에 달려들어 옹가놈의 상투를 움켜잡고
휘휘 둘러 내쫓으니, 실옹가는 할 수 없이 걸인신세 되니라.

고향산천 멀리 하고 남북으로 빌어먹을새, 가슴을 탕탕치며 대성통
곡하며 하는 말이,

“답답하다 내 신세야! 이 일이 꿈이냐 생시냐? 어찌하면 좋을는
고? 이른바 낙미지액(落眉之厄)이로다.”

무지하던 고집이놈 어느덧 허물을 뉘우치고 애통하여 하는 소리가,

---

*승로반(承露盤)—— 한무제가 이슬을 받고자 건장궁에 세운 구리 쟁반.
*장채—— 가마 따위의 긴 채.

“나는 죽어 싼 놈이로되, 당상학발(堂上鶴髮) 우리 모친 다시 봉양
하고 싶고, 어여쁜 우리 아내 월하의 인연 맺어 일월로 다짐하고 천
지로 맹세하여 백년종사하렸더니, 독수공방 적막한데, 임도 없이
홀로 누워 전전반측 잠 못 들어 수심으로 지내는가? 슬하에 어린
새끼 금옥같이 사랑하여 어릴 적에 ‘섬마둥둥 내 사랑아! 후두둑
후두둑, 엄마 아빠 눈에 암암 나 죽겠네, 나 죽겠어! 이 일이 생시
는 아니로다. 아마도 꿈이리, 꿈이거든 어서 바삐 깨어나라!”
이럴 즈음 허웅가 거동 보게. 송사에 이기고서 돌아올 때 의기양양
하는 거동, 진소위 제법이것다. 얼씨구나 좋을시고! 손춤을 휘저으
며 노랫가락 좋을시고! 이리저리 다니면서 조롱하여 하는 말이,
　“허허, 흉악한 놈 다 보것다! 하마터면 고운 우리 마누라를 빼앗길
　뻔하였구나.”
하고, 집으로 들어서며 희색이 만면하니, 온 집안 식솔들이 송사에 이
겼다는 말을 듣고 반가이 영접할새, 실웅가의 마누라가 왈칵 뛰쳐 내
달으며 허웅가의 손을 잡고 다시금 묻는 말이,
　“그래 참말 송사에 이겼소이까?”
　“허허 그리 하였다네. 그 사이 편안히 있었는가? 세간은 고사하고,
　자칫하면 자네마저 놓칠 뻔하였다네! 원님이 명찰(明察)하여 주시
　기로, 자네 얼굴 다시 보니 이런 경사 또 있는가? 불행 중 다행이
　로세!”
그럭저럭 날 저물매, 허웅가는 실웅가의 아내와 더불어, 긴긴 밤을
수작타가 원앙금침(鴛鴦衾枕) 펼쳐놓고 한자리에 누웠으니, 양인 심사
깊은 정을 새삼 일러 무엇하랴!
　이같이 즐기다가 잠이 들어 실웅가의 아내가 한 꿈을 얻으매, 하늘
에서 허수아비가 무수히 떨어져 보이기에 문득 깨달으니 남가일몽(南
柯一夢)이라. 허웅가한테 몽사(夢事)를 말하니, 허웅가 고개를 끄덕이
며,
　“그 일이 분명하면 아마도 태기가 있을 듯하나, 꿈과 같을진대 허수
　아비를 낳을 듯하네마는, 장차 내 두고 보리라.”

이러구러 십삭(十朔)이 차매 실옹가의 아내 몸이 고단하여 자리에 누워 몸을 풀새 진양(晋陽) 성중 가가조에 개구리 해산하듯, 돼지가 새끼 낳듯 무수히 퍼낳는데 하나 둘 셋 넷 부지기수로다. 이렇듯이 해산하니 보던 바 처음이며 듣던 바 처음이다.

실옹가의 마누라는 자식 많아 좋아라고 괴로움도 다 잊으며 주렁주렁 길러내더라.

이렇듯이 즐거이 지낼 무렵, 실옹가는 할 수 없이 세간 처자 모조리 빼앗기고 팔자에 없는 곤장 맞고 쫓겨나니 세상에 살아본들 무엇하리? 애고애고 내 팔자야. 죽장망혜(竹杖芒鞋) 단표자(單瓢子)로 만첩 청산 들어가니 산은 높아 천봉(千峰)이요, 골은 깊어 만학(萬壑)이라. 인적은 고요하고 수목은 빽빽한데 때는 마침 봄철이라. 출림비조(出林飛鳥) 산새들은 쌍거쌍래 날아들새, 슬피 우는 두견새는 이내 설움 자아내어 꽃떨기에 눈물 뿌려 점점이 맺어 두고 불여귀(不如歸)를 일로 삼으니 슬프다 이런 공산 속에서는 아무리 철석 같은 간장(肝腸)이라도 아니 울지는 못하리라.

이렇듯이 슬피 울새 한 곳을 쳐다보니 층암절벽 벼랑 위에 백발도사(白髮道師) 높이 앉아 *청려장(青黎杖)을 옆에 끼고 반송(盤松)가지를 휘어 잡고 노래 불러 하는 말이,

"뉘우쳐도 미치지 못하느니라. 하늘이 주신 죄이거늘, 누구를 원망하며 누구를 탓하고자 하는가?"

실옹가는 이 말을 다 들으매 어찌 할 줄 모르는 듯, 도사 앞에 급히 나아가 합장배례 급히 하며 애원하되,

"이몸의 죄 돌이켜 생각하면 천만번 죽사와도 아깝지 아니하오나, 밝으신 도덕하에 제발 덕분 살려주사이다. 당상(堂上)의 늙은 모친, 규중(閨中)의 어린 처자 다시 보게 하옵소서. 이 소원 풀고 나면 지하로 돌아가도 여한이 없을 줄로 아나이다. 제발 덕분 살려주옵소서."

온갖 정성 다 기울여 애걸하니 도사가 소리 높여 꾸짖기를,

---

*청려장(青黎杖)——명아주 대로 만든 지팡이.

　"천지간에 몹쓸놈아! 이제도 팔십당년 병든 모친 구박하여 냉돌방
에 두려는가? 불도(佛道)를 업신 여겨 못된 짓 하려는가? 너 같은
몹쓸놈은 죽여 마땅하되, 정상이 가긍하고 너의 처자 불쌍하기로
풀어 주겠으니 돌아가 개과천선(改過遷善)하렷다!"
　도사는 부적 한 장을 써 주면서 일러 두길,
　"이 부적 간직하고 네 집에 돌아가면 괴이한 일이 있으리라."
하고 슬며시 사라지니 도사는 간데 온데 없는지라, 실옹가 할 수 없
어 돌아서니라.
　즐거운 마음으로 고향에 돌아와서 제 집 문전 다다르니, 고루거각
(高樓巨閣) 높은 집에 청풍명월 맑은 경개는 이미 눈에 익은 풍취로
다. 담장 안의 홍련화(紅蓮花)는 주인을 반기는 듯, 영산홍(映山紅)아
잘 있었느냐? 자산홍(紫山紅)아 무사하냐? 옛일을 생각하매 오늘이
옳으며 어제는 잘못임을 깨닫고[覺今是而昨非], 옛집을 찾아오니 죽을
마음 전혀 없다.
　"가소롭다, 허옹가야! 이제도 네가 옹가라고 장담할 것이냐?"
하며 들어가니 늙은 하인 내달으며,
　"애고애고 좌수님, 저놈이 또 왔소이다. 천살 맞았는지 또 와서 지
랄하니 이 일을 어찌 하오리까?"
　이럴 즈음에, 방에 있던 옹가는 간데 없고, 난데 없는 짚 한 뭇이
놓여 있을 따름이요, 허옹가의 수다한 자식들도 홀연히 허수아비 되
므로, 온 집안이 그제야 깨달은 듯 박장대소하더라.
　좌수가 부인에게 하는 말이,
　"마누라, 그 사이 허수아비 자식을 저렇듯이 무수히 낳았으니, 그놈
과 한가지로 얼마나 좋아하였을꼬? 한상에서 밥도 먹었는가?"
　얼이 빠진 부인은 아무말 못하고서, 방안을 돌아다니며 허옹가의
자식들을 살펴보니, 이를 보아도 허수아비요, 저를 보아도 허수아비
라, 아무리 다시 보아도 허수아비 무더기가 분명하더라. 부인은 실옹
가를 맞이하여 반갑기 그지 없되 일변 지난 일을 생각하고 매우 부끄
러워하더라.

도승의 술법(術法)을 탄복하여, 옹좌수 그로부터 모친께 효성하며 불도를 공경하여 잘못을 뉘우치고 착한 일 많이 하니, 모두들 그 어짊을 칭송하여 마지 아니하더라.

대저 이 책은 사람을 훈계하는 것이매, 보는 사람이 남녀를 물론하고 부모께 효성하고 남에게 적선(積善)할지니 만일 적선과 효성을 아니 할진대는 옹고집의 처음 마음과 같을지라, '천작얼(天作孽)은 말할 수 있으되, 자작얼(自作孽)은 그렇지 못하니라'하니, 모든 사람, 이를 명심명심하여 부디부디 효성을 다하라.

李春風傳

1

숙종대왕 즉위초에 인화세풍(人和歲豊)하고, 국태민안(國泰民安)이라. 우순풍조(雨順風調)하고 가급인족(家給人足)하여 산무도적(山無盜賊)하고 도불습유(道不拾遺)하니 요지일월(堯之日月)이요 순지건곤(舜之乾坤)이라.

이때 서울 다락골에 한 사람이 있으되 성은 이(李)요 명은 춘풍(春風)이라. 그의 부모 형세 가장 요부(饒富)하여 장안의 거부로서 다만 혈육이 춘풍뿐이라. 부모 매양 사랑하여 교동(嬌童)으로 길러내니 인물이 옥골(玉骨)이요 헌헌장부(軒軒丈夫)라, 타인과 달라 못하는 것이 전혀 없더라.

그렇듯 지내다가 양친이 일시에 구몰(俱歿)하니 춘풍이 망극하여 삼상을 마친 후, 강근친척(强近親戚)이 없어 춘풍을 경계할 이 없으매, 춘풍이 외입하여 하는 일마다 방탕하고 세전지물(世傳之物) 누만금(累萬金)을 남용하여 없이할 제 남북촌 외입쟁이와 한가지로 휩쓸려 다니며 호강하여 주야로 노닐 적에, 모화관(慕華舘) 활쏘기와 *장악원(掌樂院) 풍류(風流)하기, 산영에 바둑 두기, 장기, 골패, 쌍윷, *수투전(數鬪牋), 육자배기, 사시랑이, 동동이, 엿방망이하기와, 아이 보면 돈주기, 어른 보면 술대접하여 고은 양자 맑은 소리, 맛좋은 일년주(一年酒)며 벙거짓골 열구지탕(悅口之湯) 너비할미 갈비찜에 일일장취(日日長醉) 노닐 적에, 청루미색(靑樓美色) 달려들어 수천금을 시각에 없이 하니 천하부자 석숭(石崇)인들 그 무엇이 남을손가. 티끌같이 없어지고 진토같이 다 마른다. 전에 놀던 청루미색 나를 보면 헤어진다.

춘풍이 할 일 없이 제 집에 돌아와 제 처더러 하는 말이,

"가빈(家貧)에 사현처(思賢妻)라, 옛글에 일렀건만 애고 이제 어찌 할꼬."

---

*장악원(掌樂院)——이조 때 음률(音律)의 교열(校閱)을 맡아 보던 관아.
*수투전(數鬪牋)——노름 제구의 한 가지.

가련하다 춘풍 아내 하는 말이,

"여보소 내 말 듣소. 대장부 되어나서 문무간(文武間)에 힘을 써서 춘당대(春塘臺) 알성과(謁聖科)에 문무참례하여 계수화(桂樹花)를 숙여 꽂고 청라삼(靑羅衫) 떨쳐입고 부모전에 영화 뵈고 후세에 이름내어 장부의 사업을 하면 패가를 할지라도 무엄치나 아니할꼬 그렇지 못하면 치산(治産)을 그리 말고 농업에 힘써서 처자를 굶기지 말고, 의식이나 호강으로 지내다가 말년에 이르러서 자식에게 전장(傳庄)하고 내외가 종신토록 환력평생(還曆平生)하게 되면, 그도 아니 좋을손가. 부귀공명 마다하고 이녁이 어찌 굴어 부모의 세전지물(世傳之物) 일조일석 다 없애고, 수다한 노비 전답(田畓) 뉘게 다 전장하고 처자를 돌아보지 않고 주지탐색(酒池貪色) 수투전(數鬪牋) 주야로 방탕하여 저렇듯이 되었으니 어이하여 사잔 말고, 마오 마오 그리마오, 주색잡기(酒色雜技) 좋아 마오. 자고로 외입한 사람 뉘 아니 탕패(蕩敗)한가, 내 말 잠깐 들어 보소, 미나리골 이패두(李牌頭)는 청주미색 즐기다가 나중에 신세 글러지고 동문 밖의 오청두(吳聽頭)도 투전잡기 즐기다가 말년에 걸인되고, 남산골목 화전이도 소년의 부자로서 주색잡기 즐기다가 늙어서 그릇 죽고 모시전(廛) 김부자(金富者)도 술 잘 먹고 허랑하기 장안에 유명터니, 수만금을 다 없애고 기름장사 다니네, 일로 두고 볼지라도 주색잡기 다시 마오."

이렇듯이 만류하니 춘풍이 대답하는 말이,

"자네 내 말 들어 보소, 사환(使喚) 대실이는 술 한 잔을 못 먹어도 돈 한 푼을 못 모으고, 이각동이는 오십이 되도록 주색을 몰랐어도 남의 집 사환을 못 면하고, 탑골 북동이는 투전 골패 몰랐어도 수천금을 다 없애고 굶어 죽었으니, 일로 볼작시면 주색잡기 하다가도 못 사는 이 별로 없데. 자네 차차 내 말 잠깐 들어 보소. 술 잘 먹는 이태백(李太白)도 *노자작(鸕鷀杓) *앵무배(鸚鵡杯)로 백년 삼만 육

---

*노자작(鸕鷀杓)—— 술잔의 이름.
*앵무배(鸚鵡杯)—— 자개 껍질로 만든 앵무새 부리 모양의 술잔.

천일, 일일수경(一日須傾) 삼백배(三百杯)에 매일 장취하였대도 한림학사(翰林學士) 다 지내고, 자골전 일손이는 주색잡기하였어도 나중에 잘 되어서 일품(一品) 벼슬하였으니, 일로 볼지라도 주색잡기 좋아하기 남아의 상사(常事)로다. 나도 이리 노닐다가 일품벼슬하고 이름을 후세에 전하리라."

이처럼 허랑하여 조석을 이룰 수 없이 탕진한지라, 춘풍이 할 일 없어, 그제야 회과자책(悔過自責) 절로 나서 아내에게 사과하고 지성으로 비는 말이,

"자네 부디 노여워 마오. 자네 부디 설워 마오. 내 마음 생각하니 각금시이작비(覺今時而昨非)로세, 이왕지사 고사하고 가난하여 못 살겠네. 어찌하면 좋단 말고. 오늘부터 가중범사(家中凡事)를 자네께 맡길 것이니 자네 임의로 제가(齊家)하여 의식이나 줄이지 말게 하소."

춘풍의 처 하는 말이,

"부모조업 누만금을 주색에 다 없애고 이 지경이 되었으니, 이후에 혹시 *침재 길쌈 방직하여 돈푼을 모을지라도 그 무엇을 아낄쏜가?"

춘풍이 대답하되,

"자네 말이 내 행세를 믿지 못하니, 이후 주색잡기 않기로 수기(手記)를 써줌세."

하고 지필을 내어 수기를 쓰는구나.

'모년 모월 모일 기위전수기(記爲傳手記)라. 우수기(右手記) 단(段)은 외입 방탕하기로 선세조업 누만금을 청루잡기로 진산(盡散)하고, 각금시이작비(覺今時而昨非)하고서 회개에 막급(莫及)이라. 차일 후로 가중지사를 진부어실 김씨(金氏) *하거온〈爲遺焉〉. 김씨 치산(治産) 후로는 누만금지재(財)라도 진시(眞是) 김씨지재요, 가부(家夫) 이춘풍은 일푼전(一分錢) 일두속(一斗粟)을 불부담당지지로

---

*침재——바느질하는 재주, 솜씨.
*하거온〈爲遺焉〉——하므로, 하건대.

여시(如是) 수기하오니, 일후에 약유(若有) 잡기지패(雜技持牌)여든 지차수기(持此手記)하고 관변정사(官卞政事)라. *증필(證筆)에 가부 이춘풍이라.'

책명(策名)하여 주니, 춘풍아내 거동보소,

"수기말씀이 지차수기(持此手記)하고 관변정사(官卞政事)라 하였으나, 가장 걸어 송사(訟事)할쏜가?"

춘풍이 이 말 듣고 수기를 고쳐,

'차여중(此如中) 김씨전수기(金氏前手記)라. 종금이후(從今以後)로 약유잡담(若有雜談)이거든 가위(可謂) 비부지재라, 지차문기 빙고사(持此文記憑考事)라.'

하여 주니, 김씨 받아 함농에 넣어 두고 이날부터 치가한다.

2

침재 길쌈 능란하다. 오푼 받고 새버선 짓기. 서푼 받고 새김 볼 박기, 두푼 받고 한삼(汗衫) 짓기, 서푼 받고 헌 옷 깁기, 네돈 받고 장옷짓기, 닷돈 받고 도포(道袍)하기, 엿돈 받고 천익(天翼)짓기, 입곱돈 받고 금침(衾枕)하기. 한냥 받고 돌찌누비, 세냥 받고 긴옷누비, 두냥 받고 바지누비, 넉냥 받고 관복(官服)지며 겨울이면 무명나이, 여름이면 삼베 길쌈, 가을이면 염색하기, 이렇게 사시장철 주야로 쉴 새 없이 사오년을 모은 돈을 *장변이면 월수놓아 수천금을 모았고나, 의식이 넉넉하고 가세가 풍족하여 그릴 것이 바이 없다.

3

이때에 춘풍이 아내 덕에 의복관망(衣服冠網) 치레하고 고량진미(膏粱珍味) 함포고복(含哺鼓腹)하여 제 집 술로 매일 장취하는구나. 가래

---

*증필(證筆)——문권(文券)에서 증인과 집필한 사람.
*장변——장에서 꾸는 돈의 변리.

침 고두 받고 곤자소니 기름지니 마음이 교만하여 이전 행실 절로 난
다.

떵떵거리고 내달아서 호조(戶曹) 돈 이천냥을 대돈변으로 얻어내어
방물군자(方物君子)인 체하고 평양으로 장사가려 하니, 춘풍아내 거동
보소. 이말 듣고 대경하여 춘풍더러 하는 말이,

"여보시오 서방님, 내말 잠깐 들어 보소. 이십전에 부모조업 탕진하
고 그 사이 오년을 격단하고 앉았다가 물정(物情)도 소리(疎離)한데
평양장사 가지 마오. 평양 물정 내 들었소. 번화 사치하고 *분벽사
창(粉壁紗窓) 청루미색(靑樓美色) 단순호치(丹脣皓齒) 반개하고 청
가일곡(淸歌一曲)으로 교태하여 돈 많고 허랑한 자는 제 세워 두고
벗긴다는데 평양물정 이렇다니 부디 장사 가지 마오."

지성으로 만류하니 춘풍이 하는 말이,

"나도 또한 사람이지. 이십전 패가하고 원통하기 골수에 박혔으니
천금진산환부래(千金盡散還復來)라 하였으니 낸들 매양 패가할까.
속속히 다녀옴세."

춘풍아내 이른 말이,

"연전에 *치패(致敗)하여 일푼전 일두속을 참견 아니할 뜻으로 비부
지재라 수기 써서 내 함농에 넣었거든 그 사이 잊었는가. 의식을 내
게 믿고, 편안히 앉아먹고 부디부디 가지 마오."

춘풍이 이 말 듣고 대로하여 어질고 착한 아내 머리채를 *선전시전
(縇廛市廛) 비단 감듯, *상전시전(床廛市廛) 연줄 감듯, 사월 파일 등
대 감듯 뱃사공의 닻줄 감듯, 휘휘 청청 감아쥐고, 이리 치고 저리 치
며

"천리원정(千里遠程) 장삿길에 요망한 계집년이 잔말을 이리 하니,
이런 변 또 있는가?"

---

*분벽사창(粉壁紗窓)——아름다운 여자가 거처(居處)하는 곳.

*치패(致敗)——살림이 결딴남.

*선전시전(縇廛市廛)——장거리에서 비단을 팔던 가게.

*상전시전(床廛市廛)——장거리에서 잡화를 팔던 가게.

제 아내 욱지르고 집안 재물 다 떨어서 말에 싣고 떠날 적에 불쌍하다, 춘풍아내 아무리 여러 말로 말리어도 무가내일러라.

이때 춘풍이 이천 오백 냥 삯말내어 실어 놓고 발행할 제 좋은 말 반부담에 갖추 차려 호피(虎皮) 돋움 높이 하고 내려간다.

의기양양 내려갈 제 연소문(延詔門) 얼른 지나서 무학재〔舞鶴峴〕 얼른 지나 평양길 내려갈 제 청석동(靑石洞) 다다르니, 정신이 쇄락(灑落)하여 좌우산천 바라보니 이때는 춘삼월 호시절이라. 고을 고을에 꽃은 날려 청파에 던지고 수양(垂楊)은 천만사(千萬絲)에 황앵(黃鶯)이 날아들고 온갖 산수 구경한다. 황성천도 벽사월에 창오원 중 늙은 고목 주유낙일 절벽간에 님을 그려 상사나무, 옥조중랑 축분춘하 이월중난 계수나무, 층암절벽(層岩絶壁)에 펑퍼진 반송나무, 늘어진 양류는 춘풍에 흥을 겨워 우쭐우쭐 춤을 춘다. 또 한편을 바라보니, 무슨 짐승 노닐더냐 춘알(春鴠)새랑 창경새는 피는 꽃을 따려 하고 *포곡조(布穀鳥)는 최춘종(崔春鍾)을 취풍은 가는 말을 재촉하고 옥동도화(玉洞桃花) 만수춘(萬樹春)은 가지가지 봄빛이라. 피는 꽃 푸른 잎은 산책을 가리우고 나는 나비와 우는 새는 봄철을 희롱한다.

동선령(洞仙嶺)을 바삐 넘어 황주(黃州) 병영(兵營) 구경하고 중화(中和)로 평양을 바라보고 형제교를 얼른 지나 십리장림(十里長林)을 지나 대동강을 다다라서 모란봉(牡丹峰) 쳐다보니 그 아래 부벽루(浮碧樓) 둘러 있고 물색도 좋을시고. 대동문(大同門) 연광정(練光亭) 제일강산이 여기로다. 기자(箕子) 단군(壇君) 이천년의 보통문(普通門) 유전(遺傳)일다. 정자도 좋거니와 영명사(永明寺) 극히 좋다. 성내에 들어서니 인가도 번성하고 물색도 번화하다.

4

춘풍의 거동 보소. 최성루 돌아들어 좌우 산천 구경하고 또 한편 바라보니 옛 마음이 절로 난다. 이런 변이 또 있는가. 청루(靑樓) 앞을

---

*포곡조(布穀鳥)──뻐꾸기.

썩 지나서 객사동편 주인하고, 열두 바리 실어 온 돈 차례로 들여놓고 삼사일 유숙하며 물정을 살피더니, 하루는 난간에 의지하여 한 집을 바라보니 집치레도 좋거니와 저 집 주인 거동 보소. 일색 추월(秋月)이라. 얼굴도 일색이요 노래도 명창이요 연광은 십오 세라. 성중의 호걸손과 팔도의 소년 한량 한번 보면 수삼백 석 쓰기를 물같이 쓰는구나.

이때 서울 부상대고(富商大賈) 이춘풍이 수천 냥 싣고 와서 뒷집에 주인했단 말을 듣고, 추월이 넌짓 춘풍을 홀리려고 벽계수(碧溪水) 청류상에 사창(紗窓)을 반개하고 표연한 교태로 녹의홍상(綠衣紅裳) 다시 입고 천연히 앉은 모양 춘풍이 얼른 보니 얼굴태도 청천명월 같고, 모란화 아침 이슬에 반쯤 핀 형상이요, 그 절묘한 맵시는 해당화가 그늘 속의 그림이요, 월궁의 *항아(姮娥)로다. 천생 생긴 태도는 앵도화가 무르녹고 *아미산(娥眉山) 반륜월(半輪月)이 맑은 강에 비침 같고 서시(西施)가 부생(復生)이요, 양귀비(楊貴妃) 다시 온 듯, 청루상에 홀로 앉아 오동복판(梧桐腹板) 거문고를 무릎 위에 얹어 놓고, 탁문군(卓文君)을 꾀어내던 사마상여(司馬相如) 봉황곡(鳳凰曲)을 동홍동동 지동당 타는 소리에 춘풍의 심신이 황홀하여 미친 마음 절로 난다. 제가 본디 계집이라 하면 화약 한 섬을 지고 모닥불에 보금자리 치고 괴발에 덕석이라. 일신의 정신 있는 대로 모두 그리 간다.

춘풍의 거동 보소. 좋은 의복 금사전의(錦紗氈衣)에 혼반(婚班)찾듯, 자미시에 걸승(乞僧)찾듯, 삼국풍진(三國風塵) 요란할 제 한종실(漢宗室) 유황숙(劉皇叔)이 와룡선생(臥龍先生) 찾아가듯, 서왕모(西王母) 요지연(瑤池宴)에 주목왕(周穆王) 찾아가듯, 위수변(渭水邊)의 강태공(姜太公)을 주문왕(周文王)이 찾아가듯, 공명(孔明)이 청병(請兵)하려 강동(江東)으로 찾아가듯, 도연명(陶淵明)이 심양(潯陽)으로 찾아가듯, 기러기 동정호(洞庭湖)로 찾아가듯, 꾀꼬리 양류목(楊柳木)을 찾아가듯, 봉접이 꽃밭을 찾아가듯, 맹상군(孟嘗君)의 갈짓자 걸음으

---

*항아(姮娥)——달 속에 있다는 선녀.
*아미산(娥眉山)——중국 사천성 서부에 있는 산. 중국 사대 명산의 하나임.

로 중문(中門) 안에 들어서니 추월의 거동 보소. 춘풍이 오는 양을 얼른 보고 옥안(玉顔)을 번듯 들어 계하에 내려서서 춘풍의 나삼(羅衫)을 휘어잡고 난간에 올라서서 좌우를 살펴보니 집치레도 황홀하다. 사면팔자 입구자로 육간대청 전후퇴에 이층 난간 맵시있다. 방 안을 살펴보니 각장(角壯) 장판 소란(小欄) 반자 국화 새긴 완자창(卍字窓)과 산수병(山水屛)의 미인도가 아름답다. 묵화로 죽엽(竹葉) 쳐서 벽 창문에 붙여 두고 원앙금침(鴛鴦衾枕) 잣베개를 자리장에 개어놓고 분벽주련(粉壁柱聯) 둘러보니 동중서(董仲舒)의 책문(策文)이며 제갈량(諸葛亮)의 출사표(出師表)며, 적벽부(赤壁賦), 양양가(襄陽歌)를 귀귀마다 붙였구나. 놋촛대 광명두리 여기저기 놓여 있고 요강과 재떨이며, 청동화로 수박화로 삼층 들이 화류장(樺榴欌)을 드문듬성 벌여 놓고, 벼루상의 양무머리 장목비며 용담 백담 화문석(花紋席)에 계자다리 옷걸이, 좋은 의상 내려 두고 추월의 거동 보소. 추파를 반만 들어 영접하여 앉은 모양 아리땁고, 고운 태도 팔자청산(八字靑山) 두 눈썹에 반분대(半粉黛)를 다스리고, 삼단 같은 채머리를 휘휘슬슬 흘려 빗겨 금봉채(金鳳釵)로 단장하고 의복치레 볼작시면 백방사(白紡紗) 수화주(水禾紬) 고장바지, 무명 주단 단속곳, 세백 수화주 너른 바지, 통명주 깨끼적삼 남대단 홑단치마 잔살잡아 떨쳐입고, 노리갠들 범연할까. 이궁전 인물향과 밀화(蜜花) 불수(佛手) 금도끼를 줄룩줄룩 얽어차고 백주(白紬) 화주(禾紬) 겹버선에 도리불숙 꽃당혜(唐鞋)를 날출자로 제법 신고, 단순호치 반개하여 웃는 양은 춘풍도리(春風桃李) 화개시(花開時)에 반만 핀 홍련(紅蓮)이다. 섬섬옥수(纖纖玉手)로 전라도 진안초(鎭安草)에 평안도 삼등초(三登草)를 설설펴서 얼른 담아 청동화로(靑銅火爐) 백탄숯불 불 붙여서, 춘풍전에 드릴 적에 향내가 진동하니 춘풍이 받아 물고 하는 말이,

“나도 경성에 생장하여 청루미색 결연하다가 여기를 나려와서 객회가 적막키로 가련금야 숙창가(可憐今夜宿倡家)오, 창가소부불수빈(倡家少婦不羞賓)하라. 동작의 생황진을 네 들을쏘냐.”

하니, 추월이 잠깐 웃고 여쭈오되,

"원로 경성에서 평안히 오시니까. 뒷집에 사처하여 사오일 유숙하되 어이 그리 더디던고."

이말 저말 다 버리고 추월이 분부하되 주찬을 차려올 제 국화새긴 통영반(統營盤)에 주전자 들이놓고, 조로록 엮은 홍합 생선찜 오화당(五花糖) 사탕, 귤병(橘餠), 당대추며, 반달 같은 개피떡과 먹기 좋은 꿀합떡과 보기 좋은 화전(花煎)에 *산승, *웃기로 고여놓고, 꺽꺽 우는 *생치 들여 정월 맏배 영계찜을 곁들이고, 대모(玳瑁) 양각(羊角) 큰 접시에 현초초 전복을 갖추어 곁들이고, 어회 겨자 초장 생청을 틈에 끼워 놓고 청실레 홍실레 벗긴 생률, 접은 *준시(蹲柿), 은행, 대추, 청포도, 흑포도며, 머루, 다래, 유자, 석류, 감자, 능금, 참외, 수박을 갖추어 왔는데, 병치레를 볼작시면 벽해상(碧海上)의 거북병과 목 움츠러진 자라병과 만경창파 오리병, 왜화병, 당화병, 일출병, 월출병을 갖추어 벌여 놓고. 술치레를 볼작시면 이태백의 포도주며 도연명의 국화주(菊花酒)며, 안기생(安期生)의 과하주(過夏酒)며, 석달 열흘 백일주며, 소주, 황소주(黃燒酒), 일년주(一年酒), 계당주(桂當酒), 감홍로(甘紅露), 향기로운 *연엽주(蓮葉酒), 산중처사 송엽주(松葉酒)를 갖춰 놓았는데, 노자작(鸕鶿杓) 앵무배(鸚鵡杯)에 섬섬옥수로 졸졸 퐁퐁 가득 부어 춘풍에게 드리거늘, 춘풍이 하는 말이,

"평양이 소강남(小江南)으로 들었으니 권주가나 들어보세."

추월이 단순을 반개하여 청가일곡으로 권주가를 부를 적에,

"잡으시오 잡으시오, 이 술 한잔 잡으시오. 백년 삼만 육천일 살아서도 우락중분미백년(憂樂中分未百年)이니 권할 적에 잡으시오. 일생 백년 못 살 인생 아니 놀고 어이할까. 이 술은 술이 아니라 한무제(漢武帝)의 승로반(承露盤)에 이슬 받은 것이오니, 쓰나 다나 잡

---

*산승——찹쌀가루를 반죽한 후 얇게 밀어 모지거나 둥글게 만들어 기름에 지진 떡.

*웃기——합이나 접시 등에 떡을 괴고 모양을 내기 위해 그 위에 얹은 떡.

*생치——익히지 아니한 꿩.

*준시(蹲柿)——꼬챙이에 꿰지 않고 납작하게 말린 감.

*연엽주(蓮葉酒)——찹쌀과 누룩을 비무려 연잎에 싸서 빚은 술.

수시오. 역려(逆旅)의 건곤(乾坤)에 초로 같은 우리 인생 한번 돌아 가면 뉘라 한번 먹사오리 살았을 제 먹사이다."
춘풍이 받아 먹고 흥에 겨워 노는구나.
"추월 춘풍 연분 맺어 한가지로 놀아볼까."
추월이 대답하되,
"이백도홍 유록시(李白桃紅柳綠時)에 춘풍도 좋거니와 노백풍청황국시(露白風淸黃菊時)에 추월이 밝았으니, 춘풍이 좋을씨고, 진실로 그럴 양이면 추월 춘풍 연분 맺어 놀아볼까."
춘풍이 추월 두고 차운(次韻)하였으되,
"아미산반륜월(峨眉山半輪月), 도기영문양추월(到記迎門良秋月), 북당야야인사월(北堂夜夜人事月), 동정월(同庭月), 관산월(關山月), 황산능명월(黃山陵明月), 오주(吳州)에 여견월(如見月), 이월 삼월 뿐이로다. 월백풍청(月白風淸) 여차양야(如此良夜)에 나는 춘풍 너는 추월 우리 둘이 배필되면 천지가 변하기로 풍월이야 변할쏘냐."
추월이 대답하되,
"서방님은 월자운(月字韻)을 달았으니 나는 풍자운(風字韻)을 달아볼까. 수수산(洙水山)에 서북풍(西北風), 낙양성(洛陽城)에 견추풍(見秋風), 만국병전(萬國兵前) 초목풍(草木風), 무협장취(巫峽長醉) 만리풍(萬里風), 양류수사(楊柳垂絲) 만강풍(滿江風), 취적강산(吹笛江山) 낙원풍(樂園風), 삼월 화신풍(三月花信風) 동지섣달 설한풍(雪寒風), 이제 풍자 다 버리고 추월 춘풍 배필되어 대동강이 마르도록 추월이야 변할쏜가. 좋을씨고 청풍명월 야삼경에 양인심사(兩人心事) 양인지(兩人知)라. 화류봉접(花柳蜂蝶) 좋은 연분(緣分) 어이 인제 만났는고."
춘풍이 대희하여 생증장액수고란 호취개렴접쌍연이라. 허랑한 이춘풍이 장사에 뜻이 없고 이날부터 이천 오백 냥을 마음대로 쓰는구나. 장취불성(長醉不醒) 맑은 소리로 일삼으며 주야로 노닐거늘 추월이는 수천 냥을 홀리려고 교태하여 이른 말이,
'통한단 쌍문초(雙文綃), 도리 불수(佛手) 능라단(綾羅緞), 초록 저

고리감만 날 사주오. 은죽절 금봉채 가진 노리개 날 해주게, 두리 소반 주전자 화로 양푼 대야 날 사주게, 동래반상(東萊飯床), 안성 유기(安城鍮器) 구첩반상 실굽다리 날 사주오. 요강 타구 새옹 냄비 청동화로 날 사주게, 백통대 은대 금대 수복 담뱃대 날 사주게, 문 어 전복 편포 안주하게 날 사주게, 연안백천(延安白川) 상상미(上上 米)로 밥쌀하게 팔아주오, 동래울산(東萊蔚山) 장곽해의(長藿海衣) 날 사주오.'

온가지로 헤어내니 허랑한 이춘풍이 일호(一毫)나 사양할까. 수천 여 냥 돈을 비일비재 내어주니 청산유수 아니어든 오랠쏜가. 일년이 못다가서 *낭탁(囊橐)이 비었구나. 철 없는 춘풍이 의식을 염려없이 추월에게 부쳐두고 배부르게 자빠져서 추월의 간교를 추호나 알쏜가.

5

추월의 거동보소. 춘풍의 재물을 빼앗고 괄시하여 내쫓으니 춘풍의 슬픈 거동 가련하다.

"내 눈에 보기 싫다."

석경 면경 헷던지고 생증내어 구박할 제, 성외 성내 한량에게 의논 하되 들경막의 장작인가, 전당(典當)집의 은촛댄가, 썩은 나무 박힌 뿌리런가. 이러할 줄 몰랐던가.

"어디로 갈랴시오. 노자가 부족하면 한 때나 보태시오."

돈 한 돈 내어주며 바삐 나가라 재촉하니 춘풍의 거동 보소. 분한 마음 폭발하여 추월더러 하는 말이,

"우리 둘이 갓만나서 원앙금침 마주 누워, 불원상리(不願相離) 굳은 언약 태산같이 언약하여, 대동강이 마르도록 떠나가지 말자더니, 이렇듯 깊은 맹세 농담인가 진정인가 이제 이 말 웬말인가."

추월이 이 말 듣고 변색하여 하는 말이,

"이 사람아 내 말 좀 들어보소. 청루 물정 몰랐던가. 장낭부 이낭청

---

*낭탁(囊橐)── 자기가 차지한 물건.

도 동가식(東家食) 서가숙(西家宿)하고, 노류장화(路柳墻化)는 인개가절(人皆可折)이라 평양기생 추월 성식 몰랐던가. 자네가 가져온 돈냥 혼자 먹던가.”

이같이 구박하여 등 밀치며 어서 바삐 가라 하니, 춘풍이 분한 중에 탄식하며 전면 기둥 비켜서서 이리저리 생각하니 한심하고 가련하다. 집으로 가자하니 무면 도강동(無面渡江東)이요, 처자도 부끄럽고, 또한 막중 호조돈 이천 냥을 내어다가 한 푼 없이 돌아가면 금부옥에 가두고 주장대로 지르면 속절없이 죽겠으니 서울로도 못 가겠고, 불원천리 가자하되 노자 한 푼 없었으니 그도 또한 못 하겠다. 이를 장차 어찌하리. 이럴 줄 몰랐던가, 후회막급 창연하다. 대동강 깊은 물에 풍덩 빠져 죽자 하니 그도 차마 못 하겠고, 석자 세치 지자 수건 목을 매어 죽자 하니 이도 차마 못 하겠네. 답답한 이내 일을 어찌하면 옳단 말고.

평양 성내 걸인되어 이집 저집 빌리자 하니, 노소인민(老少人民) 아동 주졸 이놈 저놈 꾸짖으니 걸식도 못하리라. 어디로 가잔 말가. 이리저리 생각하다가 추월 앞에 나가 앉아 간절히 비는 말이,

“추월아 추월아. 내 말 잠깐 들어봐라. 우리 조선이 인정지국(人情之國)이어든 어찌 그리 박절한가. 날 살리게. 내가 자네 집에 도로 있어 물이나 긷고 불 사환이나 하고 있으면 어떠할꼬.”

추월이 거동 보소. 눈을 흘겨보면서,

“여보소, 이 사람아. 자네가 전 행실을 못 고치고 ‘하네’ 소리 하려면 내집 다시 오지마소.”

이렇듯이 구박하니, 춘풍이 하릴 없어 ‘아가씨’말이 절로 나고 존대가 절로 난다.

춘풍이 이날부터 추월의 집 사환하는 일, 생불여사라 가련하다.

그렇게 지낼 적에 토상(土狀)바랑 현순백결(縣鶉百結)로 이리저리 다닐 적에 거동 볼짝시면 종로의 상거지라. 조석 먹는 거동보면, 이빠진 헌 사발에 누른 밥에 토장덩이 제격이라 수저도 없이 뜰아래나 부엌에서 먹는 거동, 제 신세 스스로 생각하니 목이 메어 못 먹겠네.

주야로 한량들은 청산에 구름 모이듯 *수륙재(水陸齋)에 노승(老僧) 모이듯, 개성부(開城府)에 장사 모이듯, 추월의 집으로 모여와서 온갖 희롱 다하면서, 좋은 술 별 안주에 배반(杯盤)이 낭자하며 청가일곡 화답하여 한창 이리 노닐 적에 이때 춘풍의 거동 보소. 뜰아래서 방안을 엿보니 눈에는 풍년이요 입에는 흉년이라, 제 신세를 생각하고,

"세상사 가소롭다. 나도 경성 장부로 왈자 벗님 취담(醉談)하여, 청루미색 가무 중에 수만금을 허비하고, 또 왜 시골 내려와서 주인을 작첩하여 불원생리하겠더니 이 지경이 되었으니 세상사 가소롭다."

이때는 엄동이라 일락서산하고 바람은 솔솔하고 월색은 조용한데,

"울고 가는 저 기러기야 내 진정을 들어보고 내 고향에 전하여라. 우리 처자 그리워라. 나를 그려 죽었는가 살았는가 이리저리 생각하니 대장부 일촌간장(一寸肝腸) 봄 눈 슬듯하는구나. 그런 정 저런 정 다 버리고 전에 하던 가사나 하여보세."

매화타령(梅花打令)을 한다.

"매화야 옛 등걸에 봄철이 돌아온다. 핌즉도 하다마는 백설이 분분하니 필지 말지, 어화 세상사 가소롭다."

이때 추월의 방에 놀던 한량들이 노래를 듣고 의심하니 추월이 무색하여 하는 말이,

"내 집의 사환하는 놈인, 서울 이춘풍이라 하는 놈이 소리를 하니 신청치 말으소서."

한량들이 이 말 듣고 하는 말이,

"서울 산다 하니 불쌍하다."

하고 술 한 잔 가득부어 주니, 춘풍이 갈지우갈(渴之又渴)하여 받아 먹으니 가련하더라.

6

각설(却說), 이때 춘풍의 처 가장을 이별하고 백가지로 생각하며 주

---

*수륙재(水陸齋)——불가에서 수륙의 잡귀를 위해 올리는 법회.

야로 탄식하는 말이,

　"멀고 먼 큰 장사에 소망 얻어 평안히 돌아오기 천만 축수 기다리
　오."

하되 춘풍이 아니오고, 풍편에 오는 말이 서울 사는 이춘풍이 평양 장
사 내려가서 추월을 작첩하여 호강으로 노닐다가, 수천금 재물 다 없
애고 추월에게 구박맞아 사환한단 말을 듣고, 가슴을 두드리며 통곡
하는 말이,

　"애고 애고 이 말이 웬말인고. 슬프다 이내 가장(家長) 나와 같이
　만났건만, 어이 그리 허랑한고. 청루미색에 한번 치패도 어렵거든
　천리 타향에 막중국전(莫重國錢)을 대돈변으로 내어 가지고, 또 낭
　패하단 말인가. 애고 답답스런지고, 뉘를 바라고 산단 말인가. 전
　생에 무슨 죄로 여자가 되어나서 가장 한번 잘못 만나 평생 고생하
　는구나. 이내 팔자 이렇도록 되었는가. 어찌하여 살잔 말인가. 박
　명한 이내 팔자 도망하기 어렵도다. 종남산 다다라서 물명주 질긴
　수건 한 끝은 나무에 매고 한 끝은 목에 매어 죽고지고. 여자가 되
　어나서 이런 팔자 또 있는가. 염마국(閻魔國) 십전대왕(十前大王)
　아귀사자(餓鬼使者) 빨리 보내어 내 목숨을 잡아가오."

이를 갈며 하는 말이,

　"평양을 찾아가서 추월의 집 찾아 불문곡직 달려들어 추월의 머리
　채를 감아 쥐고, 춘풍에게 달려들어 허리띠에 목을 매어 죽으리
　라."

악을 내어 울다가 도로 풀쳐 생각하되,

　"이리도 못 하리라 어이하여 살잔 말인가. 내 가장을 경성으로 데려
　다가 살릴지라도 어찌하리요. 아무리 생각하여도 할 수가 전혀 없
　다. 소년에 패가하여 일신을 돌아보지 아니하고, 주야로 품을 팔아
　전곡 빚을 갚은 후에 의식걱정 아니하고 우리 양주 백년 화락하쟀
　더니, 원수로다, 평양장사 원수로다."

이렇듯이 지내는데 뒷집의 참판댁(參判宅)이 있어, 노대감(老大監)
은 돌아가고 맏자제 문장으로 소년급제 하여 갖은 청환(淸宦) 다 지내

고 참판으로 근년에 평양감사 부망(副望)으로 불구(不久)에 평양감사
한단 말 듣고 춘풍의 처 계교를 생각더니, 그 댁이 빈한하여 국록을
타서 수다 식구 사는 중에, 그 대부인 있단 말을 듣고 침재품(針才品)
을 얻으려고 그댁에 들어가니, 후원별당 깊은 곳에 참판의 대부인이
평상에 누워 형세 가난키로 식사도 부실하고 초췌하다. 춘풍아내 생
각하되, 이 댁에 붙이어서 가장을 살려내고 추월을 설치하여 보리라.
마음을 단단히 먹고 침재품을 힘써팔아 얻은 돈냥 다 들여서 참판댁
대부인 조석진지 차려가니, 부인이 의외에 때마다 받아먹고 감지덕지
하여 생각하되,
  "이 깊은 은혜를 어찌 할꼬."
  주야로 근심하더니, 하루는 춘풍의 처더러 이르는 말이,
  "네가 형세도 어렵고 침재품으로 살아간다 하는데, 날마다 차담상
  (茶啖床)을 지어오니 먹기는 좋다마는, 도리어 불안하다."
  춘풍아내 여쭈오되,
  "소녀집에 음식 있어 혼자 먹기 어렵삽기로, 마나님 잡수실까 하와
  드린 것이옵나니 황송하여이다."
  대부인이 이 말 듣고 매일 사랑하고 기특히 여겨 못내 생각하더라.
  하루는 참판 영감 문안하고 여쭈오되,
  "요사이 무슨 좋은 일이 계신지 화기 만안(滿顔)하시니까?"
  대부인 말씀하되,
  "앞집의 춘풍의 처가 좋은 음식 차담상을 연일 차려오니 내 기운 절
  로 나고, 그 계집의 정성 감격하다."
  참판이 이 말 듣고, 춘풍의 처를 청하여 보고 치사하니 더욱 기특히
보고 매일 사랑하더라.

    7

  천만 의외에 참판 영감이 평양 감사를 하였구나. 희희낙락 즐길 적
에, 춘풍의 처 대부인께 온공히 여쭈오되,

"이번에 천은으로 평양 감사 하셨으니 이런 경사 없사이다."
대부인이 말씀하되,
"나 평양가려 하니, 너도 함께 내려가서 춘풍이도 찾아보고 구경이나 하는 것이 어떠하뇨?"
춘풍의 처 여쭈오되,
"소녀는 고사하고 오래비 있사오니, 비장(裨將) 한몫 주시기 바라나이다."
대부인이 이 말 듣고,
"네 청이야 아니 들을소냐?"
하고 감사께 통기하니, 감사 허락하고,
"제가 비장할 양이면 바삐 거행하라."
하니, 춘풍의 처 없는 오래비 있다 하고, 제가 손수 가려고 여자 의상 벗어놓고 남자 의복 치장한다. 외올 망건(網巾) 대모관자(玳瑁貫子) 당줄 졸라 질끈 쓰고, 깨알 같은 제주탕건(濟州宕巾), 삼백 쉰 돌임 계양태 제모립에 엿돈 오푼짜리 은구영자(銀鉤纓子) 산호격자(珊瑚格子) 두 귀밑에 달아놓고, 통해전(通海氈)의 삼승(三升)버선, 쌍코신에 쥐눈징을 다문다문 그어서 맵시 있게 지어 신고, 양색단(兩色緞) 웃저고리 자개묘초 양등거리, 양피두루마기 희천주(熙川紬) 겹 창의(氅衣)에 갑사쾌자(甲紗快子) 장패(將牌)띠로 융낭을 눌러 띠고 *서피(黍皮) 돈피(獤皮) 만선두리 두 귀 담숙 눌러쓰고, 대모장도(玳瑁粧刀) 내외고름 비껴차고, 소상반죽(瀟湘斑竹) 왜금선을 이궁전선 초달과 한삼소매 늘어지게 쥐고 흐늘흐늘 걸어가는 거동 황홀한 귀남자라. 감사댁에 들어가서 하인을 단속하고, 황혼을 기다려서 차담상 별로 차려 대부인께 드릴 적에 복지하여 여쭈오되
"춘풍의 처 문안드리나이다."
부인이 경아하여 왈,
"춘풍의 처면 남복은 무슨 일인고."
비장이 여쭈오되,

---

*서피(黍皮)──담비 종류. 동물의 모피에 대한 총칭.

"소녀 지아비 방탕하여 청루에 외입하여 두세 번 패가하고, 호조돈 이천 냥을 대돈변으로 얻어내어 평양 장사 가서 추월을 작첩하여 주야로 즐기다가, 이천 오백 냥 돈을 달리 한 푼 아니 쓰고, 추월에게 다 없애고 추월의 집 사환되었다 하옵기로, 소녀의 마음이 매양 절통하옵더니, 천행에 사또 덕택으로 비장이 되어 내려가서 추월도 설치하고 호조돈 수쇄(收刷)하고, 지아비 데려다가 백년동락하게 되면 마나님 덕택이니 의심없이 하옵소서."

대부인 청필(聽畢)에 대소왈,

"네 말이 그러하니 불쌍하고 가련하다. 소원대로 하여주마."

이때 마침 감사 안에 들어오다가 이 거동 보고, 대로하여 호령하되,

"이놈이 어떤 놈이관대 임의로 대청에 출입하니, 저놈을 바삐 결박하라."

천둥같이 분부하니, 대부인이 웃으며 감사더러 춘풍의 처 소관사를 자세히 이르시니 감사 대소하고 당장에 불러들여 기특하다 칭찬하고, 좌우를 불러 구외불출(口外不出)하라 하고, 삼일 잔치 연후에 현신하니 감사 하나 외에 다 초면이라. 수군수군 하는 말이,

"회계 비장 잘도 났다마는, 수염이 없으니 그것이 흠이로다."

뉘 아니 칭찬하리요.

명일 발행하여 떠날 적에 기구도 찬란하고 위엄도 엄숙하다. 빛좋은 백마등에 쌍교(雙轎), 독교(獨轎), 사인교(四人轎)며 좌우청장 호강 있게 내려갈 제, 전배비장(前陪裨將) 후배비장(後陪裨將) 책방(冊房)까지 치레하고, 호피(虎皮)도돔 높이 타고 금선의 이군전은 일광을 가리우고 평양을 내려갈 제, 호사도 장할씨고. 이방(吏房), 호방(戶房), 예방(禮房), 수배(首陪), 인배(引陪), 통인(通陪), 관노역마부(官奴驛馬夫)며 각청 방자(房子), 군노(軍奴), 나장(邏將)이 좌우에 늘어서서 홍제원(弘濟院)을 바라보고, 구파발(舊把撥) 막 지나 숫돌고개〔礪峴〕 얼른 넘어 파주읍(坡州邑)에 숙소하고 임진강 다다라서 전후창병(前後蒼屛) 둘러보니 보던 바 제일이라. 임술지추(壬戌之秋) 칠월기망(七月旣望)에 소자첨(蘇子瞻) 놀던 적벽강산(赤壁江山) 수한경(水閑境) 여기저

기 구경하고, 동파역(東坡驛) 얼른 지나 장단읍(長湍邑)에 중화(中火)하고 취석교 건너가서 소파 가서 숙소하고, 청석골 다다라서 좌우산천 구경하니 벽제(辟除)소리 권마성(勸馬聲)에 산천이 다 울린다. 금천읍(金川邑)에서 중화하고 도저울 지나서 웃고개 넘어서니 평산(平山) 땅이라. 앞고개 넘어서서 태백산성 바라보고 남창역에 말을 먹여 총수관(蔥秀館)에 숙소하고, 홍주원 다다라서 병풍바위 말을 몰아 구월산을 다다르니 산세도 기묘하다. 봉산읍(鳳山邑)에 중화하고 동선령(洞仙嶺) 넘어서서 정방산성 바라보니 좌우산성(左右山城) 경개 좋다. 수목이 우거지고 비금(飛禽)은 날아들고 취타소리 더욱 좋다. 황주병영(黃州兵營) 숙소하고 진동에 말을 몰아 중화읍(中和邑)에 숙소하고 형제교(兄弟橋)를 다다르니, 영본부(營本部) 관수(官守)들이 읍정(邑庭)에 지대하여 도임차로 들어간다. 작대 대소관 현신하고 전배비장 후배비장 전후로 모시는데, 천총(千摠) 파총(把摠)이 작대하여 군문에 늘어서서 좌청룡 우백호에 동서남북 청홍흑백 어지러이 늘어섰고, 길나장 군악대 새면치는 소리 산천을 진동하고 *육각(六角) 풍류 취타(吹打)소리 더욱 좋다. 아름다운 미색들은 녹의홍상으로 좌우에 늘어섰고, 전배 후배 비장들은 좋은 말에 높이 앉아 법제 있게 들어갈 제 장임을 다 지나서 대동강변 다다르니 녹수청파 두교산은 적벽강 큰 싸움에 방사원(龐士元)의 연환계(連環計)로 육지같이 모았는데, 대동문 들어갈 제 전후 좌후 구경꾼은 성지위가 무너질듯 초성루를 지나 객사에 현알하고, 문에 들어가서 선화당(宣化堂)에 좌기(坐起)하고 방포삼성(放砲三聲)후에, 백여 명 기생들이 낱낱이 현신한다.

　사또 분부하되,

　"비장 책방 다 현신하라."

하더라.

　일일은 사또께서 회계 비장더러 농담으로 조롱하되,

　"각처 비장 책방까지 수청(守廳)을 두었으되, 자네는 어이하여 평양 같은 물색에 독수공방한다 하니 그 말이 참말인가?"

＊육각(六角)——북·장구·해금·피리 및 대평소 한 쌍의 총칭.

회계비장 여짜오되,

"소인은 소첩으로 사오년을 단방하와 색에 뜻이 없나이다."

회계 비장 숨은 회포 사또밖에 뉘 알손가. 기특히 여기더라. 백사 더욱 진실하고 사또 날로 사랑하여 일마다 미루어 맡기어 수삼 각에 수만 냥을 상급하니 뉘 아니 칭찬하리.

8

이때 회계 비장 춘풍 추월의 일을 염탐하여 자세히 듣고, 하루는 비장이 추월을 찾아갈 제 사또께 귀속하고, 그 년의 집 찾아가서 중문에 들어가니 물통지는 춘풍 저놈 형용도 참혹하고 모양도 가련하다. 봉두난발(蓬頭亂髮) 헙수룩한 놈 낯조차 못 씻던가, 추잡하기 그지없다. 삼년이나 아니 빤 옷 주루룩이 누덕여서 얽어 입고 앉은 것이 제 서방인 줄 알았으되, 춘풍이야 제 아내인 줄 어찌 알랴. 비장이 슬프고 분한 마음 서려담고 추월의 방에 들어가서 간사한 추월이 회계 비장 또 홀리려고 교태하여 수작하다가 각별히 차담상을 만반진수로 차려 드리거늘, 비장이 약간 먹는 체하고 사환하는 걸인을 내어 주며,

"불쌍하다, 네가 본디 걸인이냐? 네 어찌 이 지경이 되었느냐?"

춘풍이 복지 대왈,

"소인도 경성사람으로 이리 온 사정이야 어찌 다 여쭈오리까? 나리 잡수시던 차담상을 소인 같은 천한 몸을 주시니 은혜 감사무지하여이다."

비장이 미소하고 처소에 돌아와서 수일 후에 사령을 불러 분부하되, 춘풍을 잡아들여 형틀에 올려매고,

"이놈 네 들으라. 네가 이춘풍이냐?"

춘풍이 대왈,

"과연 그러하오이다."

"막중 호조돈 수천 냥을 가지고 사오 년이 되도록 일푼 상납 아니하니, 호조관자(戶曹官字) 내어 너를 잡아죽이라 하였으니, 너는 그

돈을 다 어찌하였는가. 매우 치라.”
 분부하니, 사령님이 매를 들고 십여도를 중타(重打)하니 춘풍의 다
리에 유혈이 낭자하거늘 비장이 보고 차마 더 치지 못하고,
 “춘풍아, 네 그 돈을 어디다 없앴느냐? 바로 아뢰라.”
 춘풍이 대왈,
 “호조돈을 가지고 평양 와서 일년을 추월과 놀고 나니 일푼도 남지
 않고, 달리 한푼 쓴 일 없삽나이다.”
 비장이 이 말 듣고 이를 갈고 사령에게 분부하여 추월을 바삐 잡아
들여 형틀에 올려매고 별태장(別笞杖) 골라 잡고,
 “일분도 사정없이 매우 쳐라.”
 호령하여 십여 장을 중치(重治)하고
 “이년 바삐 다짐하라. 네 죄를 모르느냐?”
 추월이 정신이 아득하여 겨우 여쭈오되,
 “춘풍의 돈은 소녀에게 부당하여이다.”
 비장이 대로하여 분부하되,
 “네 어찌 모르리요. 막중 호조돈을 영문에서 물어주랴, 본부에서 물
 어주랴? 네 먹었는데 무슨 잔말 아뢰느냐? 너를 쳐서 죽이리라.”
 주장(朱杖)대로 지르면서,
 “바삐 다짐하라.”
 오십 도를 중히 치며 서리같이 호령하니, 추월이 기가 막혀 질겁을
내어 죽기를 면하려고 아뢰되,
 “국전(國錢)이 지중하고 관령이 지엄하니, 영문 분부대로 춘풍의 돈
 을 다 물어 바치리이다.”
 비장이 이르되,
 “호조에 관자하여 너를 죽이라 하였으되, 네가 먼저 죄를 알고 돈을
 순순히 바치마 하니 그런고로 너를 살리나니 호조돈을 지체 말고
 오천 냥을 바치라.”
하니 추월이 여쭈오되,
 “십일 말미만 주시면 오천냥을 바치리다.”

다짐 써 올리니, 춘풍과 추월을 형틀에서 내려놓고 춘풍더러 이르
되,
　"십일내에 오천 냥 받아 가지고 서울로 올라오라. 내가 유고하여 먼
　저 올라가니 내 뒤를 미처 올라와 집을 찾아오라."
하니, 춘풍이 황황하여 아뢰되,
　"나리 덕택으로 호조돈을 다 수쇄하오니 은혜 백골난망이로소이다.
　서울 가서 댁에 먼저 문안하오리다."
하고 여쭙더라.

9

비장이 사또께 여쭈오되,
　"추월 설치(雪恥)하고 춘풍도 찾삽고 호조돈도 수쇄하오니, 은혜 감
　축무지하온 중 소인 몸이 외람히 존중한 처소에 오래 있삽기 죄송
　하와 떠날 줄로 아뢰나이다."
　감사 그러히 여겨 허락하니, 이튿날 감사께 하직하고 상급한 돈 오
만냥을 환전(換錢) 부쳐놓고, 떠나서 여러 날 만에 집에 와 정돈하고
환전도 찾은 후 남복을 벗어놓고 춘풍 오기 기다리더니,
　이때 사또 평양 비장에게 회계 비장을 겸하고 분부하여 추월을 잡
아들여 돈 오천 냥 바치라 하시니 뉘 영이라 거역할까? 성화같이 재
촉하여 불일내에 받아가니 춘풍이 비장덕에 돈 받아 실어놓고 갓 망
건 의복 치레하여 은안준마(銀鞍駿馬) 높이 타고 경성을 올라와서 제
집을 찾아가니, 이때 춘풍의 처 문 밖에 썩 나서서 춘풍의 소매 잡고
깜짝 놀라며 하는 말이,
　"어이 그리 더디던고. 장사에 소망 얻어 평안히 오시니까?"
　춘풍이 반기면서,
　"그새 잘 있던가?"
　춘풍이 이십 아리 돈을 여기저기 벌여놓고 장사에 남긴 듯이 의기
양양하니 춘풍아내 거동보소. 주찬을 소담히 차려놓고,

"자시오."

하니 저 잡놈 거동 보소. 없던 교태(嬌態) 지어내어 제 아내 꾸짖되,

"안주도 좋지 않고 술 맛도 무미하다. 평양서는 좋은 안주로 매일 장취하여 입맛이 높았으니, 평양으로 다시 가고 싶다. 아무래도 못 있겠다."

젓가락으로 그릇 박고 고기도 씹어 뱉아 버리며 하는 말이,

"평양일색 추월이와 좋은 안주 호강으로 지냈더니 집에 오니 온갖 것이 다 어설프다. 호조돈이나 다짐하고 약간 전량 수쇄하여 전 주인에게 환전 부치고 평양으로 내려가서, 작은 집과 한가지로 음식을 먹으리라."

그 거동은 차마 못 볼러라, 춘풍아내 보소, 춘풍을 속이려고 상을 물려놓고 황혼시에 밖에 나가 비장복색 다시 하고, 오동수복(烏銅壽福) 화간죽(花竿竹)을 한발이나 삐쳐 물고 대문 안에 들어서서 기침하고,

"춘풍아 왔느냐?"

춘풍이 자세히 보니 평양서 돈 받아주던 회계 비장이라 춘풍이 황겁하여 버선발로 뛰어 내달아 복지하여 여쭈오되,

"소인이 오늘 와서 날이 저물어 명일에 댁 문하에 문안코저 하옵더니, 나리 먼저 행차하옵시니 황공만만하여이다."

비장이 답왈,

"내 마침 이리 지나가다가, 너 왔단 말 듣고 잠깐 들렀노라."

방 안에 들어가니, 춘풍이 아무리 제 안방인들 어찌 들어올까? 문밖에 섰노라니,

"춘풍아 들어와서 말이나 하여라."

춘풍이 여쭈오되,

"나리 좌정하신 데 감히 들어가오리까?"

비장이 가로되,

"잔말 말고 들어오라."

춘풍이 마지못하여 들어오니 비장이 가로되,

“그때 추월에게 돈을 진작 받았느냐?”

춘풍이 왈,

“나리 덕택에 즉시 받았나이다. 못 받을 돈 오천 냥을 일조에 다 받았사오니, 그 덕택이 태산 같사이다.”

“그때 맞던 매가 아프더냐?”

“소인에게 그런 매는 상(賞)이로소이다. 어찌 아프다 하리이까?”

비장이 왈,

“네 집에 술이 있느냐?”

춘풍이 일어서서 주안을 드리거늘 비장이 꾸짖어 왈,

“네 계집은 어디 가고 네게 일을 시키느냐? 네 계집 빨리 불러 술 준비 못 시킬까?”

춘풍이 황겁하여 아무리 찾은들 있을쏘냐? 들며 나며 찾아도 무가내라 제 손수 거행하니 한두 잔 먹은 후에 취담으로 하는 말이,

“네 평양에서 추월의 집 사환할 제 형용도 참혹하고 걸인중 상거지라, 추월의 하인되어 봉두난발 헌 누더기 감발버선 어떻더냐?”

춘풍이 부끄러워 제 계집이 문 밖에서 엿듣는가 민망하건마는, 비장이 하는 말을 제가 어찌 막을쏜가. 좌불안석(坐不安席)하는 꼴은 혼자 보기 아깝더라. 비장 왈,

“남산 밑 박승지댁에 갔다 술이 대취하여 네 집에 왔더니 시장도 하거니와, 해갈(解渴)이나 하게 *갈분(葛粉)이나 한 그릇 하여 오라.”

춘풍이 황공하여 밖으로 내달아서 아무리 제 계집을 찾은들 어디 간 줄 알리요. 주적주적하더라. 비장이 꾸짖어 왈,

“네 계집을 어디 숨기고 나를 아니 뵈는고?”

차왈피왈하니,

“너는 벌써 잊었느냐? 평양 일을 생각하여 보라. 네가 집에 왔다고 그리 체중한 체하느냐?”

춘풍이 갈분을 가지고 부엌에 내려가 죽 쑤는 꼴은 차마 볼 수 없더라. 한참 꿈적여서 쑤어 드리거늘, 비장이 조금 먹는 체하고 춘풍을

---

*갈분(葛粉)——칡뿌리를 짓찧어 물에 가라앉힌 후 말려서 만든 가루.

주며,

　“먹어라, 추월의 집에서 깨어진 헌 사발에 누룽밥 토장덩이에 이지
　러진 숟가락도 없이 먹던 생각하고 먹어라.”

　춘풍이 받아 먹으며 제 아내가 밖에서 다 듣는가, 속으로 민망하여
여기더라. 비장이 왈,

　“밤이 깊었으니 네 집에서 자고 가리라.”

하고 의복 벗고 갓 망건을 벗으니, 춘풍이 감히 가란 말은 못하고 속
마음으로 해포만에 그리던 아내 만나서 잘 잘까 하였더니 비장이 잔
다 하니 속으로 민망히 여기더라. 관망탕건 벗어놓고 웃옷을 훨훨 벗
은 후 일어서니 완연한 제 계집이라. 춘풍이 깜짝 놀라 자세히 보니
분명한 제 계집이라. 춘풍이 어이없어 묵묵무언 앉았으니 춘풍의 처
달려들며,

　“이사람아, 아직도 나를 모르는가.”

　춘풍이 그제야 아주 깨닫고 깜짝 놀라며, 두 손을 마주잡고,

　“이것이 웬 일인가? 평양 회계 비장이 지금 내 아내 될 줄 어이 알
　리. 이것이 생시인가 꿈인가, 태중인가, 귀신이 내 눈을 어리어 이
　러한가?”

하며, 파경(破鏡)이 부합(附合)하여 원앙금침에 구정을 다시 이뤄 은
근한 정이 비할 데 없더라. 춘풍 하는 말이,

　“어떻게 평양 비장으로 내려왔으며, 또 내가 아무리 잘못하였기로
　가장을 형틀에 올려매고 볼기를 친들 그다지 몹시 치니 그때 자네
　마음이 상쾌하던가?”

　춘풍 처 말하기를,

　“그때 자청하여 일푼전 일두속을 불부 착수할 뜻으로 맹세하고 수
　기 써서 내 함농에 넣어놓고, 무슨 미친 마음으로 호조돈 수천 냥을
　내어 가지고 평양 장사 갈 제 말린다고 이리치고 저리 치고, 가게도
　한푼 없이 거지꼴 되었으나 그후 저는 참판댁과 친근하여 참판댁
　대부인께 침재품 판 돈으로 차담상을 자주 차려 정성으로 대접하고
　비장으로 내려 갈 제는, 임자를 보게 되면 반만 죽이려 하였으나 만

나보니 차마 불쌍하여 더 치지 못하고 용서하였거든, 사오 년에 고
생하던 생각하면 그때 맞던 매가 깨소금이오."
하며, 내외가 서로 웃고 전후사를 서로 타이르며, 호조돈을 다 수보하
고 춘풍이 개과하여 주색잡기 전폐하고, 치가(治家)를 일삼아 형세도
요부하고 유자 생녀하고, 감사가 과만(瓜滿)하여 올라온 후 안팎 없이
다니며 평생 신(信)을 끊지 않고 대대손손이 섬기더라. 이에 춘풍의
아내를 여중호걸이라 하더라.

玉丹春傳

숙종대왕(肅宗大王) 즉위(卽位) 후 십년 동안 나라가 태평하고 백성이 편안하며 집집마다 유족하고 자손이 번영하였으므로, 그야말로 요지일월(瑤池日月)이요, 순(舜) 임금의 천하 같은 좋은 세상이었다. 이런 태평세월에 백성은 배불리 먹고 논밭에서는 즐거운 격양가(擊壤歌)를 높이 부르게 되었다.

이때 서울에 유명한 두 명의 재상이 있었다. 하나는 이정승(李政丞)이요, 하나는 김정승(金政丞)이었는데 서로 정의가 매우 깊었다. 또한 서로 아들이 없어서 같은 사정을 위로하며 지냈다. 하루는 이정승의 꿈에 청룡이 오색 구름을 타고 여의주(如意珠)를 희롱하다가 난데없는 백호(白虎)가 달려오매 한강으로 쫓아버리고 하늘로 올라감을 보고 그 달부터 이정승 부인에게 태기가 있더니 십삭 만에 아들을 낳았으므로 이름을 혈룡(血龍)이라고 지어 불렀다.

김정승도 같은 때에 꿈을 꾸었는데, 백호가 산을 넘어서 한강을 건너려다가 용감한 청룡을 만나서 강물에 빠졌다. 이 꿈을 부인과 이야기하고 이상히 여겼는데 그 달부터 태기가 있어 십삭 만에 신기한 아들을 낳았으므로 이름을 진희(震喜)라고 지어 불렀다.

이 두 재상의 아들은 모두 무럭무럭 자라, 기골이 장대하고 풍모가 늠름하였다.

김진희와 이혈룡은 한 글방에서 공부하였는데 모두 총명한 재주로서 옛 사람들을 능가하였다. 어려서부터 같이 공부한 그들의 정의는 동골동태(同骨同胎)의 친형제 같았다. 두 집이 대대로 친구로 사귀어 오는 사이라 후세의 자손들도 자연 *세의(世誼)를 저버릴 수는 없었던 것이다. 진희와 혈룡은 소년 시절에 서로 장래를 언약하였다.

"우리 두 사람의 정리를 생각하면 살아 있는 동안은 물론이요, 우리 자손들까지 조상이 하신 듯이 세의를 이어서 저버리지 말자. 세상의 복록이란 변화 무쌍해서 어찌 될지 모르니, 네가 먼저 귀하게 되면 나를 도와 주고 내가 먼저 귀하게 되면 너를 도와 주기로 약속하자."

---

*세의(世誼)── 대대로 사귀어 온 정의.

　서로 이처럼 태산같이 맺어서 언약하고, 금석(金石)같이 맺어서 맹약하고 의좋게 지내었다. 그런데 뜻밖에도 김정승과 이정승이 우연히 얻은 병으로 백약의 효험이 없는 천명이라 회생하기가 어렵게 되었다.

　점점 병세가 위중하여지자 상감께서 대경실색하고 만조백관(滿朝百官)을 모아놓고 하시는 말씀이,

　"과인의 수족 같은 신하 김정승과 이정승이 공교롭게도 함께 병으로 백약이 무효하고 위중하니 어떻게 회생시킬 수 없겠는가?"

　백관이 상감의 걱정하시는 말을 듣고 황송히 여겼다.

　"전하께 황송하고 우의로써 애석하오나 천명은 인력으로 어찌할 수 없사오니 천행을 기다려 보는 수밖에 없습니다."

　상감은 어의(御醫)를 불러서,

　"전의는 급히 가서 두 재상의 병을 구해보라."

하고 명하여 보냈다. 그러나 벌써 병세가 기울었으므로 비록 편작 같은 명의라도 살릴 수는 없었다.

　두 승상이 마침내 같은 날에 함께 별세하매, 두 집의 유족과 친척들이 앙천통곡하였다. 상감이 이 슬픈 보고를 들으시고 슬퍼하시며 금은 삼백 냥을 각각 부의로 내려주셨으므로 양가(兩家)에서 천은에 감격하고 초종지례(初終之禮)를 극진히 지내고, 이어서 삼년상을 지성으로 모셨다.

　이때 김정승의 아들 진희는 가세가 부유하여 잘 살았으나, 이정승의 아들 혈룡은 가세가 점점 기울어져 그날 그날 살아 가기도 곤궁하게 되었다. 게다가 김진희는 운수 또한 좋아서 소년등과(少年登科)하여 평양감사(平壤監司)가 되어서 도임 길을 떠나게 되었다. 도임 행차가 지나는 곳마다 각읍(各邑)의 진공(進供)과 백성들의 도열환영(堵列歡迎)이 역로(驛路)를 메우고 진동하였다. 평양에 당도하자 팔백 명의 나졸이 대로상에 늘어 서고 풍류소리가 원근에 울렸다.

　신임 감사는 찬란한 금마(金馬) 위에서 위엄이 당당하였다. 그리고 영축하는 녹의홍상(綠衣紅裳)의 평양기생들은 각별히 곱게 단장하고,

구름 같은 머리채를 반달같이 둘러 얹고, 버들잎 같은 눈썹을 여덟 팔(八)자로 다듬고, 옥 같은 연지 볼은 삼사월 초시절의 꽃송이 같고, 박 속 같은 잇속은 두 이(二)자로 반만 벌리고서 방그레 웃고, 흰 모래밭에 금자라 같은 걸음으로 아기작 아기작 왕래하니 어느 눈이 황홀하지 않으랴.

평양 감사 김진희는 도임 후에 각읍 수령(各邑守令)들의 *연명을 받고, 삼일 후에 육방(六房) 점고도 마친 다음, 기생 점고를 할 적에, 영주선이, 김선월이, 옥문이, 옥단춘(玉丹春)이 등등 앵무같이 곱게 꾸민 얼굴과 옷모양과 걸음걸이와 갖은 아양으로 미색을 다투어 감사의 눈에 들어서, 영광의 수청을 들까하는 광경이 저희들끼리 시기와 질투의 암투를 하고 있었다.

그 중에서 옥단춘이라는 기생은 지체가 비록 기생이나 행실이 송죽 같고 본심이 정결하여 도임하는 수령들과 감사들이 반해서 수청을 들라는 엄명을 하여도 모두 거절하고 글공부에 힘쓰며 세월을 보내고 있었다. 기적(妓籍)에 매인 몸이라 점고는 받을망정 행실이야 변하랴. 정조를 굳게 지키고 있었다.

김감사가 기생을 일일이 점고한 끝에 옥단춘의 모양이 가장 귀엽게 보였으므로, 통인을 불러서 오늘부터 옥단춘을 수청으로 정하라고 분부하였다. 호장이 감사의 분부를 듣고 옥단춘의 집으로 달려가서,

"춘아 춘아, 옥단춘아, 버들잎에 피어난 춘아. 사또께서 너를 불러 수청 들라 명하시니 아니 가진 못하리라. 네가 만일 이번에도 수청을 거역하면, 너 때문에 나 경치니 단장하고 어서 가자."

옥단춘이 깜짝 놀라서 다시 물었다.

"여보 호장, 들어 보소. 내가 비록 기생이나, 공부하는 처녀인데, 수청이라니 웬 말이오."

"네 사정은 그러하나, 사또 분부 엄중하니, 아니 가진 못하리라, 우리 또한 난처하니 잔말 말고 어서 가자."

옥단춘은 하는 수 없이 옷을 채복으로 갈아 입고 미친 여자 모양으

---

*연명——감사나 수령이 부임할 때에 궐패(闕牌) 앞에서 왕명을 전포하는 의식.

로 들어가자, 순사또 거동 보소. 갑자기 옥단춘의 손을 잡아 앉힌 후에 홍겨운 수작을 서슴지 않았다. 옥단춘이 하는 수 없이 수응수답(酬應酬答) 건성으로 감사의 비위만 맞추고 어물쩍하였다. 감사는 옥단춘에게 짝사랑에 빠져서 정사에는 마음이 없어 풍악과 주색을 일삼았다.

이때 이혈룡은 가세가 곤궁하여 늙은 모친과 처자를 데리고 살 길이 막연하였다. 날품을 팔자하니 배우지 못한 상일이요, 빌어 먹자하니 가문을 더럽힐까 두려웠고, 굶어서 죽자해도, 늙은 모친과 연약한 처자를 두고, 차마 죽지도 못하는 처지였다.

하여 자기 배가 아무리 고파도 노모에게 그런 눈치를 보이지 않으려고 참았다. 팔아 먹을 것도 없어진 혈룡은 자기 머리〔髮〕를 베어서 팔아다가 싸되와 바꾸어서 한 끼를 먹기까지 하였으나 그것도 그때뿐이고, 머리 또한 빨리 자라 줄 리도 없었다.

이때 그는 친구 김진희가 평양감사가 되어 갔다는 소문을 듣고 깜짝 놀랐다.

'내가 이렇게 죽을 지경에 친구가 큰 벼슬을 하였다니 듣던 중 반가운 말이다.'

그 친구의 도움을 받을 생각으로, 모친에게 상의하였다.

"김정승 아들 진희와 그전에 친히 지낼 적에 맺은 언약이 있었는데, 지금 들으니 그가 평양감사로 갔다 합니다. 옛날 정분과 약속을 생각해도, 제가 찾아가면 괄시는 하지 않고 살려줄 것이니 가 볼까 합니다. 그러나 재상가 자손으로 구걸 모양으로 갈 수도 없고, 노자한 푼도 없으니 그 일조차 막연합니다. 그러나 의식(衣食)이 없으니 무슨 염치를 차리겠습니까. 좌우간 빨리 다녀오겠으니 고생이 되더라도 용서하고 기다려주십시오."

하고 평양까지 갈 일을 생각하니, 날아 갈까, 뛰어 갈까 하고 마음만 초조하였다. 그 친구를 찾아서 가기만 하면 기갈을 면할 것이요, 돈냥이나 얻어 가지고 집으로 돌아올 듯하나, 노자 한 푼 없이 먼길을 걸어갈 도리가 막연하였다.

‘우리 집과 똑같은 충신의 자손으로서 그는 저렇듯 귀하게 되었는데 나는 왜 이토록 곤궁이 자심할까. 참으로 슬픈 팔자다.’

혈룡은 통곡하다가 또 혼자 넋두리하였다.

‘내 복록 운수가 부족한지, 죄 주는 귀신이 나를 시기하는 천운이 이러하니 누구를 원망하랴.’

모친이 탄식하는 아들을 위로하고,

“너는 너무 슬퍼하지 마라. 남아(男兒) *궁달(窮達)이 때가 있는 법이니, 어찌 하늘이 무심코 너를 시련만 당하게 하랴.”

혈룡이 모친 앞을 물러나와서 아내에게 당부하였다.

“당신은 모친을 모시고 내가 다녀 올 때까지 기다리시오.”

“내 생각에도 당신이 평양에 가시면 그 친구분이 괄시는 아니할 듯하니 우선 가실 방도를 구하시오.”

하고, 우례(于禮) 때 입었던 의복을 팔아서 받은 약간의 돈을 내주면서 노자로 쓰라고 한 뒤 빨리 떠나기를 권하였다. 이에 약간의 노자가 마련된 혈룡은 모친과 아내를 하직하고 떠날 적에,

“나는 가서 한때나마 연명하겠지만, 모친과 처자는 내가 다녀올 동안에 어떻게 연명하겠습니까.”

하고, 통곡하는 소리가 처량하였다. 아내가 빨아 두었던 옷을 갈아 입혀 주었다. 마침내 떠날 때에 모친에게,

“소자는 자식으로서 부모를 봉양하여 은공을 갚지 못하고 유리걸식하러 가오니 어디 간들 이 불효의 몸을 용납하겠습니까.”

혈룡이 눈물로 가족을 작별하고 평양으로 내려갈 제, 자기 신세를 생각하니 슬픔을 측량키 어려웠다.

‘어쩌면 내 행색이 이러할까.’

산을 넘고 물을 건널 때마다 탄식을 금하지 못하는 혈룡은 죽장망혜로 오백 리 길을 걸어서 평양에 이르렀다. 평양은 절승의 강산을 이루고 있었으나 유랑의 흥을 맛볼 겨를도 없이, 감영으로 가서 영문 밖에서 관속에게 성명을 통지하라고 일렀다. 그러나 관원은 남루한

---

*궁달(窮達)──빈궁과 영달.

행각으로 감사를 함부로 만나게 할 수가 없다고 냉정하게 거절하였
다. 이혈룡이 다시 청하며 자기와 감사와의 관계를 말하였다.

"나는 사또와 죽마고우로서 형제같이 지낸 사람이다. 네가 통지만
하면 사또가 반가워할 것이니 염려말고 곧 통지하라."

하고, 문지기에게 재삼 사정하였다.

'이 일을 어찌할까. 애고 애고 어찌할까. 모친과 아내 날 보내고,
배고파서 기진하며, 오늘이나 올라올까, 내일이나 올라올까, 돈 얻
어서 돌아올까, 주야장천 바랄 텐데, 어찌하여 살잔 말가.'

이런 탄식으로 영문에서 길이 막혀, 십여 일이나 주막집에 묵으면
서, 평양감사 김진희를 만나려 애를 썼다. 그러는 동안에 노자는 다
떨어지고, 그대로 돌아가면 모친과 처자를 무슨 면목으로 대할 것인
가. 그러나 높은 벼슬로 엄중한 영문 안에 있는 친구도 만나지 못한
딱한 신세는, 빈손으로 돌아갈래도 노자 한 푼 없어 갈 수 없고 평양
에 있을 수도 없고 서울로 올라갈 수도 없게 되었다.

더구나 밥 값 못 치르는 행각을 주막 주인도 싫어하였으므로 통곡
하매, 그 정상을 듣는 사람이 모두 가엾이 여겼다.

모든 것이 절망이라 눈앞이 캄캄해진 이혈룡은 대동강 깊은 물에
몸을 던져서 죽을 결심도 하였으나 다시 생각하면,

'불쌍한 모친과 처자가 나만 기다리고 있는데, 내가 죽은 기별도 못
하면 차마 죽을 수도 없지 않느냐. 모친과 처자는 내 신세가 지금
이렇게 된 줄도 모르고 돈 푼이나 얻어 가지고 오늘이나 올까, 내일
이나 올까, 주야장천 고대할 것이 아니냐. 그러니 객지에서 죽을
수도 없고 푼전의 노자도 없는 과객을 괄시하는 주막집 주인은 나
가라고 구박하니 이 넓은 천지간에 이런 팔자가 어디 있으랴.'

이런 탄식을 하면서도 굶으면 죽을 목숨이라 입은 옷을 하나씩 벗
어 팔아서 기갈을 면하였으나 그것도 일시뿐이었다. 하루 종일 영문
에 가서 문지기에게 사또 면회를 청하였으나, 처음에는 거지 대접으
로 사또에게 통지 않던 문지기들도 인제는 미친 사람이라고 아예 대
꾸도 하지 않았다. 그의 애걸하는 꼴은 실성한 사람같기도 하려니와,

속옷만 입은 옷이 때 묻고 떨어져서 거지 중에서도 상거지 모양이었다. 그래도 죽지 못한 목숨이라 평양거리를 헤매며 문전걸식을 하던 차에, 하루는 이감사가 각읍 수령을 불러서 대동강변 연광정(練光亭)에서 큰 잔치를 한다는 소문을 들었다.

그날이 되자 대동강변 연광정에 큰 잔치를 베풀고 풍악 소리가 낭자하며, 팔십 명의 기생들이 제각기 노래와 춤을 자랑하며, 모인 세도가들의 흥을 돋우어 주고 있었다.

김감사는 취흥을 못이기며 시조가락으로 농을 하였다.

"백구야 펄펄 날지 마라, 너 잡을 내 아니다. 어허 하수령들네 내
말을 들어 보라, 삼사월 호시절에, 온갖 잡화 다 피었는데, 세류 청
천 저 버들과 좌우편의 저 두견아, 슬피우는 네 소리 들어 보니, 철
석간장 안 녹으랴."

하고, 도도한 취흥으로 멋있게 놀고 있었다. 이때 해룡이 연광정 밑에서 기진 맥진한 빈배를 움켜잡고 그 풍성한 산해진미의 음식을 바라보니 뱃속의 회가 동하였으니 화중지병(畵中之餅)을 어찌 얻어 먹을 수가 있으랴. 원망스러운 눈을 대동강으로 돌려서 보니, 십리 청각에 오리들은 물결을 따라 둥실둥실 떠서 쌍쌍이 놀고, 백리 평사(平砂)에 백구들은 쌍을 지어 한가롭게 놀고 있었다.

이혈룡은 마침내 결심하고 틈을 타서 연회장으로 접근해 가서 갑자기 큰소리로 외쳤다.

"평양감사 김진희야, 너는 여기 와 있는 이혈룡을 몰라 보느냐!"

두세 번 외친 뒤에야 취한 김감사가 알아 듣고,

"호장, 저 놈이 어떤 놈이냐!"

호장이 찔끔하고 뛰어 와서 이혈룡의 뺨을 치고 등을 밀며, 상투를 잡아 끌고 가서 감사 앞에 꿇어 앉혔다. 그러자 김감사가 노성 대발하고,

"너 이놈 들으라, 웬 미친 놈이 와, 감히 나를 희롱하느냐!"

이혈룡이 어이가 없어서, 태연한 태도로,

"나는 서울 이정승의 아들 이혈룡이다. 너를 친구라고 먼 길을 찾아

왔으나 감사의 영문턱이 하도 높아서 성명조차 통기 못하고 달포나 묵느라고 노자도 떨어지고 기갈을 면치 못하여 전전걸식하고 다니다가, 오늘에야 이 자리에서 너를 보게 되니, 죽어도 한이 없다. 그러나 너를 친구라고 찾아 왔는데 어찌 이토록 괄시하느냐? 옛날의 친구도 쓸데 없고 결의형제(結義兄弟)도 쓸데 없구나, 내가 네 처지라면 친구대접을 이렇게는 하지 않을 거다. 그러나 모든 모욕을 참고 한 가지 청을 하겠으니, 네 술잔 값도 안 될 돈냥이라도 주면 기갈 중에 신음하는 노모와 처자를 잠시 먹여 살리겠다."
하고 대성통곡하였다. 그러나 김감사는 불쾌한 안색으로 말이 없었다. 이혈룡은 다시 울음 섞인 음성으로 호소하였다.
"이 몹쓸 김진희놈아, 내가 지금 푼전의 노자가 없으니 멀고 먼 서울 길을 어찌 돌아가랴."
그러자 김감사는 노발대발하고 호통을 쳤다.
"이런 미친 놈 봤나. 내가 너 같은 미친 거지 놈을 언제 봐서 아는 친구라는 거냐."
하고, 대동강의 뱃사공들을 불러서 엄명하였다.
"너희들 이 미친놈을 배에 실어다가 강물 한 복판에 던져서 물고기 밥을 만들어라."
"네에잇!"
사공들이 영을 받고, 이혈룡은 잡아 묶어서 배에 실을 적에 연회장에 있던 기생 옥단춘이 본즉, 의복은 비록 남루하나 얼굴이 비범하므로 가엾게 여기고 김감사에게,
"소녀 금시로 오한이 나고 몸이 괴로워 견딜 수 없습니다."
하고 거짓 엄살을 하였다.
"그러면 물러가서 약을 써서 빨리 치료하라."
"네 황송하옵니다."
하고, 물러나와서 이혈룡을 잡아 가는 사공들에게,
"사공들 잠깐만 기다리오."
하고 불렀다. 사공들이 머무르며 왜 그러느냐고 물었다.

　　“내 이 양반의 몸값을 후히 줄 테니 죽인 듯이 모래를 덮어서 숨겨
　　두고 오시오.”
하고, 은근한 말로 간청하였다. 이런 유혹을 받은 사공들은 귀가 솔깃
해서 서로 얼굴을 쳐다보면서 수군거렸다.
　　“여보게, 자네 생각은 어떤가. 내 생각에는 아무리 사또님 영이지만
　　죄도 없는 사람을 우리 손으로 어찌 죽이겠는가.”
　　“나도 그래. 마침 절개로 유명한 옥단춘 기생 아가씨의 부탁인데다
　　가 활인적덕하고, 큰 돈까지 생기는데 죽일 거야 있겠나.”
하고, 옥단춘에게 눈짓으로 약속하였다. 그리고 이혈룡을 묶은 채 배
에 싣고 대동강에 둥실둥실 젓고 가서 깊은 곳을 향하여 갔다. 혈룡은
옥단춘이가 뱃사공을 매수한 기색을 모르고 있었으므로 속절없이 대
동강 물귀신이 되어 죽는 줄만 알고 하늘을 우러러 방성통곡하였다.
　　“천지 신명은 굽어서 살피소서. 불쌍한 이혈룡의 목숨을 살려 주옵
　　소서. 서울에 남은 노모와 처자가 나를 평양에 보낸 후에 이렇게 죽
　　을 줄은 꿈에도 모르고, 오늘 올까 내일 올까 주야장천 바라는데,
　　내 팔자가 무슨 죄로 갈수록 이같이 기박합니까.”
하고 통곡하므로, 듣는 사람들도 슬퍼하고, 산천초목까지 슬퍼하는
듯하였다. 그런데 사공들의 거동은 백리청강 맑고 깊은 물에 두둥실
높이 떠서, 어기여차 뱃노래하며 파도 따라 떠내려갈 제 좌우 강변의
경치를 바라보니, 장성일면(長城一面)에 용용수(溶溶水)요, 대야동두
(大野東頭)에 점점산(點點山)이라, 글처럼 이 땅의 승경(勝景)이므로
무이산(武夷山) 열두봉은 구름 밖에 솟아 있고, 연광정 내린 물은 대
동강을 따라 있고, 산천초목 좋은 경치 홍홍백백 고운 곳에, 범파창랑
(汎波滄浪) 어부들은 청강홍미(淸江紅眉) 좋은 경치, 백구는 하늘과 물
사이에 너울너울 높이 떠서, 쌍쌍 지어 노는 모양 사람 홍미 자아 내
고, 동정호 추야월(洞庭湖秋夜月)에 어수청풍(魚水淸風) 노니는데, 내
팔자는 무슨 죄로 성은(聖恩)을 못다 갚고, 어복중(魚腹中)의 혼(魂)이
되려는가 하고, 이혈룡은 억울하게 죽는 몸을 탄식하였다.
　　“나 한몸 죽기는 섧지 않으나, 북당(北堂)의 팔십 모친이 나를 보내

시고 주야장천 바라다가 이런 줄 모르시고, 자식 낳아 쓸데 없다 하실 것이요, 가련한 나의 처자는 늙은 모친 모시고서 오늘 올까 내일 올까 밤낮으로 문밖에 나와서 기다릴 제 소식이 묘연하여 나 죽은 줄 모르고서, 모친 처자 잊었는가 야속한 우리 낭군 왜 그리 무정한고 눈물로 보낼지니, 애고 답답 이 신세야, 어찌하면 모친 처자 만나 볼까. 아아 나 죽은 혼백이라도 천리 고향 어찌 갈까."

이혈룡이 슬피 통곡하는 말이 수중고혼의 귀신이 되어 물과 하늘 사이에 다닐 것을 생각하여 또다시 하늘을 향하여 슬피 호소하였다.

"저의 슬픈 마음을 명천이 밝게 살펴서 이 신세를 도와 주옵소서. 여기서 한 번 목숨만 살려 주시면 무슨 고생을 하더라도 생전에 모친과 처자를 만나 보겠습니다. 하늘에 울고가는 저 기러기야 한양성 서울을 지날 적에, 여기서 나를 보았다고 부디부디 전해 다오. 불효자 이혈룡은 대동강의 수중고혼되어 팔십노모 버린 죄로 이승 저승 갈 수 없고 어지중천 떠다니며 애고 통곡 울음 울 제, 모친 처자 머리 위에 나를 어이 보오리까. 남쪽 가는 기러기야 내가 여기 죽는 소식 부디부디 전해 다오. 아아 무심한 저 기러기 창망한 구름 밖에 두 날개 훨훨 치며 대답 없이 울고 가니, 내 마음 둘 데 없다. 애고애고 내 신세야 어찌하면 살겠느냐. 모친 처자 우리 고향 집에 두고 무슨 일로 평양 왔다가 이 모양이 되었는가. 고금사를 생각하니 한심하고 가련하다."

이렇게 울며 호소하는 이혈룡을 실은 배가 대동강을 내려갈 제, 좌우 산천에는 황금같은 꾀꼬리가 버들 속을 왕래하고, 뻐꾹새는 신세 한탄 울음 울고, 저편을 바라보니 한 많은 두견새가 이리 가며 울고 저리 가며 울어서 혈룡의 심사를 더욱 산란케 하는데 때는 마침 춘삼월이었다.

"이같이 슬픈 원정(怨情) 글로 지어 옥황상제께 올리려도 구만리 장천이라 바칠 길이 전혀 없다. 구중궁궐 우리 성군(聖君), 이런 일을 알으시면 선악구별 못하실까."

목을 놓고 우는 소리에 일월이 무광하고 산천초목과 비금주수(飛禽

走獸)도 슬퍼하고, 대동강 맑은 물도 흐르지 않고 울렁출렁 머물었다.

사공들이 비로소 이혈룡을 위로하여 하는 말이,

"여보 그만 진정하고 안심하소. 사또님 영이 비록 엄격하나, 어찌 무죄한 인생을 죽이겠소. 당신은 백사장에 누워 몸 위에 모래를 살짝 덮고 숨어 있다가 해가 지고 어둡거든 멀리멀리 도망하시오. 만일 사또가 당신 살린 비밀을 알면 우리가 잡혀 죽을 테니 조심하여 도망하시오."

사공들은 신신 당부하고 혈룡을 물가에 내려놓았다. 이생원이 결박을 풀어 준 손으로 사공들의 손을 잡고,

"죽게 된 이 인생을 이처럼 살려 주니 성명을 가르쳐 주십시오."

하고 백배사은하며, 후일에 은혜를 갚으려고 성명을 물었다. 사공들이 이생원의 손을 잡고,

"남아하처불상봉(男兒何處不相逢)고? 후일 다시 만납시다."

하고, 성명도 알리지 않고 배를 돌려서 돌아갔다. 혈룡은 사공들의 말대로 모래를 몸에 덮고 누워서 해가 지기를 기다렸다. 그러나 이번에는 배가 고파서 거의 죽게 되었다. 이때 뜻밖에 어떤 사람이 와서 모래를 파헤치면서 일어나라고 두세 번 불렀다. 혈룡이 깜짝 놀랐으나 숨을 죽이고 죽은 듯이 그냥 누워 있었다. 그러자 그 사람이 은근한 말로,

"여보시오, 겁내지 말고 일어나서 정신을 차리고 나를 보십시오. 나는 당신을 죽이려고 찾아 온 사람이 아닙니다. 염려 말고 어서 일어나서 나를 자세히 보고 요기를 하십시오."

이혈룡이 그제야 좀 안심하고 기운을 차려서 눈을 뜨고 바라보니, 어떤 아름다운 여인이 미음 한 그릇을 손에 들고 지성으로 권하지 않는가. 혈룡이 꿈 같은 혼미 중에 생각하되,

'부모 은혜를 하늘이 살피심인가. 내 동갑의 어떤 사람이 원통하게 죽은 귀신인가.'

아무리 생각하여도 꿈인지 생시인지 전혀 알 수 없었다. 그러나 기갈이 심하던 차라 먹을 것을 보자마자 살 것같이 반가웠다. 미음 그릇

을 반갑게 받아서 단숨에 마시자 정신이 번쩍 났다.

"당신은 어떤 분인데 죽어 가는 인생을 살려 주십니까. 이 은혜는 백골난망이니 거주 성명을 알려 주십시오."

옥단춘이 방긋 웃으면서,

"저는 다른 사람이 아니라 평양에 사는 기생이옵니다만, 오늘 당신의 무죄한 죽음을 보고 딱하게 생각하고 사공들에게 부탁해서 이곳에 살려 두라고 부탁하였습니다. 그러니 안심하고 우리 집으로 가서 몸조리를 하십시오."

그러나 이생원은 이 여인을 따라서 평양성 안으로 들어갔다가는 김 감사에게 발각되어서 잡혀 죽을까 겁이 나서 굳이 사양하였다.

"죽었던 사람을 살려 주신 은혜는 결초보은(結草報恩)하겠으나, 내 신세가 이 땅에는 일시 일각도 머물러 있을 수 없으니 이 길로 도망쳐 가게 놓아 주시오."

"제가 비록 기생의 몸이나 당신을 살린 사람이니 아무 염려 말고 가십시다."

하고, 옥단춘은 은근히 권하였다. 이생원은 한편 죽었던 몸이매, 살려 준 은인의 호의를 어찌 의심하고 거절하랴 하고, 권하는 대로 옥단춘을 따라갔다. 이생원은 미인인 기생에게 구원되어서 그의 집으로 가는 자기가 마치 새 세상을 만난 듯하였다.

'사지(死地)에 빠진 뒤에, 내 몸이 꿈같이 살아났으니 이것이 무슨 천행일까.'

신기한 생각을 되풀이하면서 옥단춘의 집에 이르렀다. 아담한 집은 단장이 정결하고 주위의 경치도 매우 좋았다. 좌우를 살펴보니 온갖 화초가 만발한 뜰에는 화중부귀(花中富貴) 모란꽃이며, 화중선(花中仙) 해당화며, 그 밖에 기화요초가 달빛을 받고 찬란히 빛나고 향기를 풍겼다. 백두루미는 주적주적 걸으면서 긴 목을 늘이고 끼룩끼룩 반기는 듯하였다.

방안으로 들어가니 분벽사창(粉壁紗窓)이 찬란하다. 좌우를 둘러 보니 천하 명화의 좋은 그림이 여기저기 걸렸는데, 위수(渭水)의 강태공

(姜太公)이 문왕(文王)을 기다리며 곧은 낚시를 물에 던지고 어엿이 앉아 있는 모양이 완연하다. 또 다른 그림에는 시중천자(詩中天子) 이태백이 채석강 밝은 달에 포도주를 취하게 먹고 물속에 비친 달을 잡으려고 넌지시 손을 넣는 광경이 역력하다. 또 저편 벽에는, 한나라 종실의 유황숙이 와룡 선생 제갈량을 맞으려고 남양(南陽)땅의 초당으로 풍설 속에 적토마(赤兎馬)를 빗겨 타고 지향없이 가는 정경이 선명하다. 또 한편에는 산중처사 두 노인이 한가롭게 앉은 모양이 신선의 경지를 보이고 있다. 또 다른 그림에는 상상사호(常上四豪) 네 노인이 바둑판을 앞에 놓고 흑백을 희롱하고 있다. 그리고 대동강의 좋은 풍경을 그린 그림도 여기 저기 걸려 있는 것이었다.

옥단춘은 주안상을 들여 놓고, 향기 높은 계강주를 유리잔에 가득 부어 들고 권주가를 한 가락 부르면서 이혈룡에게 권하였다.

"일배 일배 부일배의 보통 술이 아니오라, 한무제(漢武帝) 승로반(承露盤)에 옥로(玉露) 받은 술이오니, 이 술 한 잔 잡수시면 천만년을 사시리다. 전에 한번 못 뵈었으나 내일 보면 구면이니 사양말고 잡수시오."

이생원 한 잔 두 잔 먹는 사이에 어느덧 취해서, 취중에 하는 말이,

"지난 일을 생각하니 세상사가 허무하다. 천만 무궁한 이 자리의 흥취를 어찌 다 말하리요."

하고, 밤 가는 줄도 모르며 옥단춘의 환대를 받았다. 그 뒤로 이생원은 옥단춘의 집에서 신세를 지게 되었다.

이럭저럭 세월이 흘러서 왕실에 세자(世子)가 탄생하자, 나라의 경사를 축하하여 태평과(太平科)의 과거를 치른다는 소문을 들은 옥단춘이 기뻐하고 이혈룡에게 권하였다.

"과거 보인다는 소식이 들리니 낭군은 과거를 보러 상경하십시오. 충신의 후손으로서 이런 기회를 어찌 허송하겠습니까?"

"그대 말이 당연하나 늙으신 모친이 내가 오늘 올까 내일 올까 하고 기다리시면서, 초조하게 간장을 녹이고 계신 것을 생각하면, 오늘까지 이렇게 편히 지낸 일이 불효임을 어찌 모르리요. 그러나 이 꼴

로 서울 가서 무슨 면목으로 노모와 처자를 대하리요."
하고, 탄식하는 그의 두 눈에서 눈물이 주르르 흘러내렸다. 옥단춘이
거듭 위로하면서,
　"과거를 힘써 봐서 입신양명하온 후에 영화를 볼 것이니 너무 상심
　마시고 속히 상경하십시오."
하고, 행장을 수습하여 주면서 다시 신신 당부하였다.
　"이 길로 상경하시되 새문 밖 경기감영 앞의 이섬부댁을 찾아가십
　시오. 그 댁에 제가 부탁할 말씀도 있고, 제 하인도 그 댁에 있으
　니, 그 하인을 데리시고 과장(科場)에 나아가십시오. 이제 이별하
　오나 후일 다시 만날 것이니, 조금도 섭섭히 생각하지 마시고 잘 가
　셔서 장원급제로 입신양명하온 후에 북당(北堂) 기후 안녕커든 다
　시 돌아와 주십시오."
하고, 손을 잡고 이별하는 옥단춘은 그 동안 사귄 정을 안타까워하였
다. 이혈룡은 옥단춘의 애정과 격려에 힘입어 서울로 돌아와서, 우선
새문 밖의 이섬부 집을 찾아갔다. 옥단춘의 편지를 전하고 하인의 인
도로 대문에 들어서니, 고대광실은 아닐망정 십여 간의 집이 정결하
고, 솟을대문의 *별배들이 굽실굽실 문안하고 공손히 내정(內庭)으로
모셔 드렸다.
　"이 댁이 뉘댁이냐?"
　이혈룡이 의아하여 물었다.
　"서방님, 이 댁이 바로 서방님 댁입니다."
　이혈룡이 깜짝 놀라며 안으로 들어 가니, 뜻밖에도 자기의 모친이
반갑게 맞아 주지 않는가. 곧 모친 앞에 엎드려서 통곡하면서 우선 사
죄하였다.
　"불효자 혈룡이 이제야 돌아왔습니다. 어머님 그 동안 안녕하셨습
　니까. 불효한 이 자식을 생각하며 얼마나 기다리셨습니까?"
　모친도 아들의 뜻밖의 태도에 놀란 듯이 혈룡의 손을 잡고 슬피 울
면서,

---

*별배──벼슬아치 집에서 부리던 하인.

"혈룡아, 너는 충신의 아들이라 효성이 이렇게 지극하구나. 네가 평양에 간 후에 근근히 지내던 중, 너의 친구 평양감사가 보내 주신 재물로 가세가 이만큼 부요해져서 노비(奴婢)와 전답을 많이 샀으니, 만년(晚年)의 재미를 보며 편하다. 오직 네가 빨리 오기만 기다렸더니 이제 왔으니 참으로 새 세상 만난 것같이 기쁘다. 이제는 죽어도 한이 없다. 그래 너는 객지에서 얼마나 고생하였느냐?"
하고 기뻐하였다. 혈룡은 그제야 옥단춘의 호의로 모든 것이 마련된 것을 깨닫고 속으로 감격하였다. 그리고 아내를 돌아보고,
"당신은 모친 모시고 얼마나 고생하였소?"
"저는 서방님 덕택으로 잔명을 보전하였으니 고맙습니다. 그런데 이처럼 후한 우정으로 우리를 살려 주신 평양감사님 은혜를 어찌 갚을지 모르겠습니다."
혈룡은 마지 못해서 평양 간 후의 모든 일을 사실대로 알렸다. 그러자 모친과 아내가, 혈룡의 죽을 고생을 생각하면서 하마터면 생전에 다시 만나 보지 못할 경우를 새삼스럽게 슬퍼하였다. 그와 동시에 옥단춘의 은혜를 치하하여 마지 않았다. 오래간만에 만난 가족들은 다시 원만한 가정을 이루게 되었다. 이윽고 과거날이 되었으므로 이혈룡은 대궐안 과거장으로 가서 본즉, 팔도에서 글 잘하는 선비들이 구름같이 모여 들어서 입신양명의 영예를 다투려고 투지가 장내에 넘쳤다.
이윽고 걸린 글제 보니 '천하태평춘'이라 하였다. 글을 지을 생각을 가다듬으면서 먹을 간 혈룡은, 붓을 들어서 조맹부의 필체로 단숨에 내려 써서 맨먼저 올렸다. 시관(試官)들을 거느리고 친히 보시던 상감은 글자마다 비점(批點)이요 글귀마다 관주(貫珠)로 꿰어진 글을 보고 칭찬하시는 말씀이,
"참으로 신기하다. 이 글씨와 글 지은 사람은 범상치 않다."
하시고, 알성급제(謁聖及第) 도장원(都壯元)으로 한림학사(翰林學士)를 제수하시고, 곧 어전입시(御前入侍) 하라는 분부를 내리셨다. 이한림이 입시하여 천은을 사례하자 상감이 칭찬하고 손수 술잔을 내리셨

다. 이한림이 어전에 엎드리고,

"소신과 같이 무재무능한 자를 이처럼 중신(重信)하시고 칭찬하시오니 황공무지하오며, 또한 한림을 제수하시니 더욱 황공하옵니다."

하고, 물러나와서 집에 큰 잔치를 베풀고 향당과 친지를 청하여 경사를 축하하였다. 그리고 한편으로 생각하니,

'평양감사 김진희의 불의 무도한 소행을 나만 당하였으랴. 무죄한 백성들을 무슨 죄목에 걸어서든 행악을 하고 수탈에 여념이 없을 것이다. 그 한명의 흉측한 어복(魚腹)에 평안일도(平安一道)가 희생되는 것을 알면서 어찌 모른 척할 수 있으랴. 나라와 백성을 위해서 마땅히 성상께 여쭙지 않을 수 없다.'

하고, 전후 사실을 일일이 밀록(密錄)하여 전하께 바쳤다. 전하가 받아 보시고 탄식한 뒤에 봉서 세 장을 내리셨다.

"첫 봉서는 새문 밖에 가서 떼어 보고, 둘째 봉서는 평양에 가서 떼어 보고, 셋째 봉서는 그 후에 떼어 보라. 그리고 도중에 조심하여 다녀오라."

하는 비밀 지령을 주셨다. 이한림이 곧 모친과 부인에게 하직하고 새문 밖에 나가서 첫째 봉서를 떼어 보니,

'평안도 암행어사 이혈룡.'

이라는 사령장이 들어 있었다. 거기서 비로소 수의를 입고 마패를 찬 후에, 평안도로 급히 출동해 갔다. 수일 만에 평양에 당도하니, 산도 전에 보던 산이요, 물도 전에 보던 물이라. 연광정도 대동강도 잘 있었느냐. 무이산 십이봉은 구름 밖에 솟아 있고, 모든 산천에는 백화가 만발하고 세류청강의 버들가지에 황금 같은 꾀꼬리는 춘흥에 춤을 추며 화류 중을 왕래하고 있었다.

'나는 그 동안에 서울 가서 모친과 처자 만나 보고 다시 내려 왔다. 대동강 위의 일엽편주 나를 싣고 만경창파 두둥실 떠서 가는 배야, 나 온 줄 모르고서 어디 가서 매었느냐. 아마 산수도 새롭게 빛나 보이는구나. 청천의 저 구름은 나 오는 양을 보고 뭉실뭉실 피어 있

고, 범파창랑 백구들은 한가롭게 무심하여 나를 어이 모르느냐. 강물은 은은하여 산을 둘러 있고 출림비조(出林飛鳥) 저 물새는 농춘화답(弄春和答) 쌍을 지어 쌍쌍이 날아 들고, 녹의홍상 기생들은 오락 가락 번화하고, 갑제천문(甲第千門) 좌우에 즐비하니 천문만호(千門萬戶) 이 아닌가.'

암행어사 이혈룡은 역졸을 단속하여 각처로 보낸 후에, 둘째 봉서를 뜯어 보니,

'암행어사는 평양감영에 출두하여 봉고파직하라'

는 지령이 들어 있었다. 어사는 다시 역졸을 단속하여 비밀리에 억울한 민정을 샅샅이 적발하라고 명하였다. 그리고 변장을 한 이어사는 옥단춘의 집을 찾아 가서 대문 밖을 살펴 보니 침침 칠야 어둔 밤에 집 안팎이 적막하였다.

옥단춘은 이혈룡을 서울로 보낸 후에 김감사에게는 칭병(稱病)하고, 연광정 잔치에서 물러난 후에, 새로 정든 낭군이 그리워서 노래를 지어 부르면서 문 밖에 나와 소식을 기다렸다. 그러나 이혈룡의 소식은 돈절하였으므로 독수공방하며 수심으로 밤낮을 보냈다. 이때는 춘삼월 호시절이라 홀로 거문고를 안고서 님 생각의 회포를 풀어 보려고 섬섬옥수로 희롱하며, 새로 지은 노래를 시름없이 부르고 있었다.

"님아 님아 낭군님아, 전생의 연분으로 청실 홍실 맺은 사인 아니지만, 눈정으로 맺은 정이 남과는 유달라서, 밥상을 당겨 놓고 님의 생각 문득 나면, 밥도 물도 목이 메오. 그러나 낭군님은 이처럼 타는 내 간장을 모르는가. 나를 찾아 오는 도중, 배가 고파 *표모에게 밥 빌리는가. 홍문연 높은 잔치에 가서 천하경륜 논하는가. 계명산 추야월에 장량의 옥퉁소 소리로 팔천 제자 헤어졌나. 항우의 어린 고집 범증의 말 안 듣고 팔천 제자 다 간 후에 우미인과의 이별을 구경하는가. 아마 천리마 타고 오실 님의 행차 어이 이리 느리신고. 님아 님아, 서방님아, 과거에 낙방되어 무안하여 못 오시나. 과거는 하였지만 조정의 내직으로 못 오시는가. 일신이 귀히 되어 나

---

*표모 —— 빨래하는 노파.

를 아주 잊으셨나. 그 분이 사람으로 설마 나를 잊었을까. 편지 한 장 없는 것은 인편이 없음인가. 과거를 보았으면 급제도 했을 텐데, 운이 나빠 낙방됐나. 아아 어찌 이리 소식 없고 오시는 길 묘연한가. 무정하신 낭군님아, 침침칠야 야삼경에 홀로 누워 기다리니, 눈물만 오락가락 한숨으로 벗을 삼고, 생각만은 님뿐이라.”

한탄을 노래삼아 거문고를 타고 있을 때, 험상궂게 변장한 암행어사 이혈룡이 중문 안에 들어 가니 어험하는 기침 소리에 백두루미가 놀라서 끼룩끼룩 울어댔다. 옥단춘이 밤중의 인기척에 깜짝 놀라서 거문고를 내려 놓고 문을 열고,

“게 누구시오? 이 밤중에 누가 와서 날 찾으시오? 기산영수 맑은 물의 소보(巢父)와 허유(許由)가 날 찾으시오? 채석강 이태백이 달 보자고 날 찾나요? 산중처사 도연명(陶淵明)이 술 먹자고 날 찾나요? 상산사호(商山四皓) 네 노인이 바둑 두자 날 찾는가? 남양 초당의 와룡선생이 병서(兵書)를 의논하자고 날 찾는가? 밀양읍의 운심이가 놀이 가자 날 찾는가? 당나라의 양귀비가 꽃밭에 물 주자고 날 찾는가? 삼사월 호시절에 천하문장 김생원이 풍월 짓자 날 찾는가? 봉래산(蓬萊山) 박처사가 옥적(玉笛) 불자 날 찾는가? 누가 와서 날 찾는가? 서울 가신 서방님이 편지 보내 날 찾는가?”

갖은 푸념을 하면서 이리 저리 살펴보니, 어떤 거무스레한 사람 형용이 뜰가에 웅크리고 앉아 있지 않은가. 옥단춘이 찔끔하고 겁이 나서,

“웬 사람이 어둔 밤중에 주인 몰래 남의 집에 들어 와서 엿보느냐. 동방예의지국인 우리 나라에서, 아무리 무식해도 남녀가 유별한데 밤중에 남의 내정(內庭)에 들어 왔으니 이런 불측한 행실이 어디 있느냐. 네가 분명 도적이 아니냐?”

하고, 옥단춘은 노복을 부르면서 도적을 잡으라고 호통을 쳤다. 그래도 그 사람은 꼼짝 않고 앉아 있었다. 옥단춘이 또 의아하였다. 도적 놈 같으면 그만큼 튀겼으면 응당 달아날 텐데 그러지도 않고 묵묵히 앉아만 있으니 괴이하지 않을 수 없었다. 등불을 켜서 들고 나가서 보

니 어떤 사람이 고개를 푹 숙이고 말이 없었다. 옥단춘은 무색도 하고 화가 나서 그 사나이를 왈칵 떼다 밀었다. 그제야 고개를 든 사나이가 하는 말이,

"한양 낭군 내가 왔소. 한양 낭군이 이 모양 돼서 와도 괄시 않겠는가. 좌우간 방으로 들어가세."

깜짝 놀란 옥단춘은 이혈룡의 거지신세를 보고 기가 막히는 모양이었다.

"이생원님, 이것이 웬일이오? 과거는 못 할망정 모양조차 왜 이 꼴이 되었소. 내 집이 누구 집이라고 그렇게 속이고 놀라게 하오. 나는 서방님 가신 후로 일각이 여삼추(如三秋)로 독수공방에 게발 물에 던진 듯이 홀로 앉아 수심으로 세월을 보내면서, 오늘 오실까 내일 오실까 주야장천 바랐는데, 한번 가신 후로 소식이 돈절했으니 어찌 그리 무심하오이까?"

원망하면서도 계집종 매월에게 빨리 목간물을 데우라고 재촉하였다. 혈룡에게 목욕을 시킨 뒤에, 섬섬 옥수로 빗을 잡고 만수산발 헝큰 머리를 어리설설 빗겨서 *항라(亢羅) 상투를 짜주고 산호동곳, 호박풍잠, 석류동곳, 옥동곳을 멋있게 꽂아 주었다. 그리고 자개함롱 반닫이를 열고 유렴한 새 의관을 찾아 내어 삼백돌 통영갓이며 오올뜨기 망건이며, 쥐꼬리 당줄에, 공단싸개 호박관자를 곱게 달아 씌우고, 봄철 새 옷으로 선명히 갈아 입히고, 서방님 얼굴을 다시 보니 그 옥골선관이 어찌 반갑지 않으랴.

"님아 님아, 낭군님아, 이처럼 좋은 얼굴, 어쩌면 그 지경이 되어 왔소."

이혈룡은 사랑스러운 옥단춘에게 우선 감사하고, 다음에는 딴소리를 늘어놓았다.

"서울 본집에 돌아가 보니, 수십명의 권솔을 거느리고 가세가 풍부해서 무슨 연고인지 몰라 물었더니, 나 모르게 춘이가 많은 재물을 보내 집과 전답과 비복을 장만해 준 숨은 은덕을 알았네. 가족들도

---

*항라(亢羅)——명주, 모시, 무명실 등으로 짠 피륙의 한 가지.

모두 자네의 호의를 고맙게 여기고 잘 지내지만, 그전에 곤궁할 때에 수천 냥 빚을 얻어 썼더니, 그 빚쟁이들이 졸부가 되었다는 소문을 듣고 몰려 들어서 성화같이 재촉하지 않겠소. 그러니 양반의 체면으로 갚아 주지 않을 수 없어서 가정 집물을 모조리 팔아 대도 오히려 부족해서 또 다시 파산하고 과거도 보지 못하였으니, 참으로 춘이를 볼 낯이 없네. 이런 민망한 소리 하기 싫어서 오지 않으려 하였으나 그러면 배은망덕이라 오기는 하였네. 그러나 안 되는 놈은 자빠져도 코가 깨진다고, 도중의 주막에서 자다가 도적에게 노자와 의복을 모두 잃고 거지 꼴이 되었으니 춘이 보기가 무안하여, 아까 선뜻 들어오지 못하고 뜰에서 망설이고 있었으니, 이런 사정 알아주게."

"원, 서방님도 남 같은 소리 하시네요. 사람이 일생을 살아가려면 무슨 일을 안 당하리까. 그런 근심 걱정 아예 말으세요. 과거를 못 보신 것은 역시 운수입니다. 다음에 또 보실 수가 있으니 그것도 낙망하실 것 없나이다. 내 집에 서방님 드릴 옷이 없겠어요, 밥이 없겠어요. 그만 일에 장부가 근심하면 큰 일을 어찌 하시리까."

하고, 위로하는 연연한 정이 측량할 수 없었다.

이튿날 옥단춘은 혈룡을 보고 뜻밖의 말을 하였다.

"오늘 평양감사가 또 봄놀이로 연광정에서 잔치를 한다는 영이 내렸습니다. 내 아직 기생의 몸으로서 감사의 영을 거역하고 안 나갈 수 없으니 서방님은 잠시 용서하시고 집에 계시면 속히 돌아오겠습니다."

하고, 옥단춘은 몸단장을 하고 교자를 타고 연광정 연회장으로 갔다. 그 뒤에 이혈룡도 집을 나와서 비밀 수배한 역졸을 단속하고 연광정의 광경을 보려고 미행하여 갔다.

이때 평양감사 김진희는 평안도 내의 각 읍의 수령을 모두 청하여 큰 연회를 배설하였는데, 그 기구가 호화찬란하고 진수성찬의 배반이 낭자하였다. 연광정의 주위는 봄빛이 모두 익어서 백화 만발하여 꽃동산이요, 잎은 피어서 청산이라, 갖은 새들도 요지연(瑤池宴)의 소식을 전하는 듯 쌍쌍이 날아 들고 있었다. 녹의홍상 수십명의 기생의 가무 속에 풍악이 낭자하여 흥겨워 놀 적에, 암행어사 이혈룡은 찢어진 갓에 헤진 옷을 떨치고 연광정 주위를 이리 저리 거닐면서 연회장의 광경을 살폈는데, 남루한 의관과는 달리 의기는 양양하였다.

역졸들과 약속한 시각이 다가오자 이혈룡은 그 남루한 행색으로 성큼성큼 연광정 대상(臺上)으로 올라갔다. 이때 당황한 나졸들이 와르르 달려와서 혈룡을 잡아서 층계 밑에 꿇어 앉혔다. 김감사가 대상에서 호통을 쳤다.

"너 이놈 이혈룡이로구나. 네가 죽지 않고 또 살아서 왔느냐? 이번에는 어디 견디어 보라!"

"나도 전번에 너를 친구라고 신세를 지려고 하였으나 나도 양반의 자식이다. 이놈 진희야 들어 보라. 머나먼 길에 너를 찾아 왔다가 영문에서 통기도 못하고 근근히 지내다가, 이 연광정에서 네가 놀고 있는 것을 보고 반가워하였으나 너는 나를 미친놈이라고 대동강의 사공을 불러서 배에 태워 물속에 던져서 죽이지 않았느냐. 내 물귀신 된 원혼이, 오늘 또 다시 네가 이 연광정에서 호유(豪遊)하기에 다시 보려고 왔다."

혈룡의 귀신이 원수를 갚으러 왔다는 위협에 김감사도 등골이 선뜻하여 좌우 비장을 노려보며 어찌하랴 하고 물었다. 비장이,

"아무래도 참말 같지 않습니다. 죽은 원혼이 어찌 사람 모습이 되어 올 수 있습니까. 그때 데리고 갔던 사공들을 불러다가 문초하여 보시는 것이 좋을까 합니다."

하고, 사공을 빨리 잡아 들이라는 영을 내렸다. 나졸들이 청령하고 나가서 사공을 잡아가면서 얼러댔다.

"야단났다, 야단났다. 너희들 사공놈들 야단났다. 어서 빨리 들어가자."

하고, 사공들의 덜미를 잡고 연광정 밑으로 갔다.

"사공놈을 잡아 왔소."

나졸들의 복명하는 소리가 산천에 진동하였다. 이 광경을 보고 있

던 연회장의 옥단춘이는 사공이 매에 못 이기고 사실대로 불어대면 자기도 죄를 당할 것이요, 그보다도 귀신 아닌 자기의 서방님 이생원이 능지처참될 것을 생각하고 전신이 벌벌 떨렸다. 김감사는 형방을 불러서 형구(刑具)를 차려 놓고,

"그 놈을 능지가 되도록 때려서 문초하라."

추상같은 엄명을 내렸다. 형방조차 겁을 내고 뱃사공들을 치면서 얼러대었다.

"이놈들 들어 보라. 저번에 너희들은 저기 저 양반을 영대로 물에 던져 죽였느냐? 바른 대로 고하라!"

사공들은 악착같은 악형에 못 이기고 여차여차하였다고 사실대로 토설하고 말았다. 김감사는 다른 형방에게,

"저 이혈룡은 목을 베어 죽여도 죄가 남을 놈인데, 아까 형방놈은 내 앞에서 저놈을 양반이라고 불러서 존대하였으니, 그 형방 놈도 혈룡 놈과 죄가 같다!"

하고, 먼저 형방을 잡아 꿇리고 분을 이기지 못하여 책상을 치면서 호통을 쳤다.

"저 전부터 내 수청도 거역한 요망스러운 기생년 옥단춘년도 잡아 내라!"

좌우 나졸이 일시에 달려 들어서 소복단장한 채로 분결같은 손목을 덥석 잡아서 끌어 내리니 연광정이 뒤집힐 듯이 살벌한 형장으로 일변하였다. 평생에 이런 봉변을 만나 보지 않다가 오늘 이런 일을 당하자 수족을 벌벌 떨면서 이혈룡을 돌아보고,

"여보시오. 이것이 웬일이오. 내가 그처럼 집을 보고 있으라고 신신당부하였는데 정말로 귀신이 되려고 여기 왔소? 무슨 살매가 들려서 죽을 곳을 찾아 왔소? 내 집의 재물만으로도 호의호식 지낼 텐데 어찌하여 여기와서 이 지경이 된단 말이오? 애고애고 우리 낭군 애고애고 우리 낭군, 어찌하면 살 수 있소? 요전번에 죽을 목숨 살려서 백년해로 언약하고 즐겁게 살려 했더니, 일년이 채 못 되어 이런 죽음 웬일이오? 애고애고 우리 낭군, 야속하고 원통하오. 나

는 지금 죽더라도 원통할 것 없건마는, 낭군님은 대장부로 태어나서 공명 한 번 못 지내보고 억울하게 황천객이 되면 얼마나 원통한 일이오. 아아 낭군 팔자나 내 팔자나 전생의 무슨 죄로 이다지도 험악할까. 사주팔자가 이럴진대 누구를 원망하겠소. 죽어도 같이 죽고 살아도 같이 살 우리이매, 저승에서 죽어도 후세에 다시 만나서 이승에서 미진한 우리 정을 백년 다시 살아 봅시다. 님아 님아, 우리 낭군, 어찌하여 살아날까. 아무리 원통해서 저승에서 만나자고 빌어 봐도 지금 한 번 죽어지면 모든 것이 허사로다."

하며, 통곡하는 옥단춘의 정상을 누가 아니 슬퍼하랴. 그러나 이혈룡은 태연한 말로 옥단춘에게 다짐하였다.

"춘아 춘아 내 사랑 옥단춘아, 너무 슬피 울지 마라. 네 울음 한 마디에 내 간장 다 녹는다. 내가 죽고 너 살거든 내 원수를 네가 갚고, 네가 죽고 내가 살면 네 원수를 내가 갚아 주마."

이때 김감사가 사공들에게 호령하였다.

"이혈룡과 옥단춘, 이 두 연놈을 한배에 싣고 나 보는 앞에서 대동강 깊은 물에 던져 버려라!"

"네잇."

사공들이 저희들 목숨 산 것만 다행으로 여기고 물러나자, 김감사는 또 영을 내려서 북소리를 세 번 덩덩덩 울렸다.

"그 연놈을 빨리 함께 죽여라!"

하고, 아까 이혈룡을 양반이라고 부른 형방을 또다시 호령하니, 그 형리가 애걸하였다.

"제 잘못은 과연 사또 앞에서 죽어 마땅하오나 다시는 그런 죄를 짓지 않겠으니 한 번만 용서하여 주십시오."

김감사는 겨우 분을 풀고 그 형방을 용서하였다. 그러나 이때 아직 신분을 밝히지 않은 암행어사 이혈룡은 사공들에게 묶여서 배에 실려 오를 적에 탄식하고 하는 말이,

"붕우유신(朋友有信) 쓸데 없고, 결의형제 쓸데 없다. 전에는 너와 내가 생사를 같이 하자고 태산처럼 맺었더니, 살리기는 고사하고

죄없이 죽이기를 일삼으니 그럴 법이 어디 있나. 오륜을 박대하면
앙화가 자손에까지 미치리라.”
하고, 대동강의 맑은 물을 바라보며 한탄을 계속하였다.
　“대동강 맑은 물아, 너와 내가 무슨 원수로, 한 번 죽기도 억울한데
두 번이나 죽이려고 이 모양을 시키느냐. 정말로 죽게 되면 가련하
고 원통하다.”
　이때에 옥단춘이 이혈룡의 손을 부여잡고 만경창파 바라보며 기절
할 듯이,
　“원통하고 가련하다, 무죄한 우리 목숨 천명을 못다 살고 어복중의
원혼되니, 청천은 감동하사 무죄한 이 인생을 제발덕분 살려 주소
서.”
하고 하늘에 호소할 때, 물에 던지기를 재촉하는 북소리가 한 번 울렸
다. 옥단춘은 더욱 기가 막혔다.
　“애고 애고 이 일을 어찌할까. 님아 님아 낭군님아, 어찌하면 산단
말고?”
　“울지 마라 울지 마라, 죄 없으면 사나니라. 울지 말고 정신 차려
라.”
　이때 북소리가 두 번 울렸다. 춘이 자지러지게 놀라면서,
　“님아 님아, 서방님아, 이제는 꼭 죽었지 못살겠소. 살려 주소 살려
주소. 무죄한 이 소첩을 제발덕분 살려 주소. 신령님께 맹세하되
아무 죄도 없습니다.”
　이때 세 번 북소리가 들렸다. 사공들이 당황히 재촉하였다.
　“어서 물에 들어 가소. 일시라도 지체하면 우리 목숨 죽을 테니 어
서 물로 들어 가소.”
하고 성화같이 재촉하였다. 옥단춘이 넋을 잃고,
　“여보 사공님들 들어 보소. 당신들도 사람이면 무죄한 이 인생을 왜
그리 죽이려 하오. 나만은 자결할 테니, 우리 낭군 살려 주소.”
　“아무리 야속해도 감사님 명령이 엄격하니 살릴 묘책이 없소이다.
어서 바삐 조처하소.”

옥단춘은 단념하고 두 눈을 꼭 감고 치마를 걷어 올려서 머리에 쓰고 이를 박박 갈면서 벌벌 떨고,

"애그머니 나 죽는다!"

한 마디 지르고 풍덩 뛰어 들려고 하는 순간, 이혈룡이 깜짝 놀라서 옥단춘의 손을 부여 잡았다.

"춘아 춘아, 죽어도 같이 죽고 살아도 같이 살자."

하고 잡아서 옆에 앉히고 저쪽 연광정을 흘겨 보면서,

"서리 역졸들아!"

하고, 부르는 소리 천지를 진동하였다. 그러자 난데 없는 역졸들이 벌떼처럼 달려 들며, 우레같은 고함 소리와 함께,

"암행어사 출두 하옵시오!"

하는 소리가 연광정과 대동강을 뒤엎을 듯하였다.

"저기 가는 뱃사공아, 거기 타신 어사또님 놀라시지 않도록 고이 고
이 잘 모셔라!"

이때 암행어사 이혈룡이 비로소 배 안에서 일어서면서 사공에게 호령하였다.

"이 배를 빨리 연광정으로 돌려 대라!"

사공들이 귀신에 홀린 듯이 어찌할 바를 모르고 허둥지둥 배를 몰아 연광정 밑으로 대었다. 옥단춘이 그제야 정신을 차리고 원망스러운 듯이,

"님아 님아, 암행어사 서방님아, 이것이 꿈인가요, 만일에 꿈이라
면 깰까봐 걱정이오."

어사또가 옥단춘을 위로하며,

"사람은 죽을 지경에 빠진 후에도 살아나는 법인데, 너 이런 재미
보았느냐."

하고 여유있게 말하였다. 옥단춘이 비로소 마음 턱 놓고 재담으로 대꾸하였다.

"구중궁궐 아녀자가 어디 가서 보오리까."

어사또 출두하여 연광정에 좌정하여 사방을 살펴 보니, 오는 놈 가

는 놈이 모두 넋을 잃고, 역졸에게 맞은 놈은 유혈이 낭자하다. 눈 빠진 놈, 코 깨진 놈, 머리 깨진 놈, 팔 부러진 놈, 다리 부러진 놈, 엎드러진 놈, 자빠진 놈이 오락 가락 무수하다. 그 중에서 각읍의 수령들은 불의의 변을 당하고 겁낸 거동 가관이다. 칼집 쥐고 오줌 싸고, 안장 없는 말을 타고, 개울로 빠져 들고, 말을 거꾸로 타기도 하고, 동서를 분별치 못하여 이리 저리 갈팡질팡 도망친다. 오다가 혼을 잃고, 가다가 넋을 잃고 수라장으로 요란할 제, 평양감사 김진희의 거동이 가장 볼 만하였다.

김감사는 수령들과 기생들을 거느리고 의기양양 노닐다가, 암행어사 출두 통에 혼비백산 달아날 제, 연광정 누다락의 높은 마루끝에서 떨어져서 삼혼칠백(三魂七魄) 간 데 없고, 두 눈에 동자부처 벌써 떠나 멀리 가고, 청보에 똥을 싸고, 신들메 하느라고 왁자법석 야단이다. 이때에 비장들이 달려들어 잡아 낚자, 어사또 그놈을 잡아내라고 추상같이 호령하니, 좌우 나졸이 달려 들어서 사지를 결박해서 어사또 앞으로 끌어다 엎어 놓았다.

"너희들 들어라! 남의 막하에 있어 관장이 악한 정사를 하면 바른 길로 권할 것이지, 그렇지 않고 악한 짓을 권하니, 무죄한 백성이 어찌 편히 살며, 양반이 어찌 도의를 지킬 수 있겠느냐!"

하는 호통을 하며, 형벌제구를 내어 놓고, 팔십 명 나졸 중에서 날랜 놈 십여 명을 골라서 형장을 잡혔다.

"너희들 매질에 사정 두면 명령거역으로 죽을 줄 알아라."

엄명을 받은 용맹한 나졸들이 사정 없이 볼기 육십 대씩 때려서 큰 칼을 씌워서 옥에 가두고, 김감사를 마지막으로 다스렸다. 서리 나졸들이 감사의 상투를 거머잡고 끌어 내면서,

"평양감사 김진희 잡아 왔습니다."

하고, 복명하는 소리가 진동하였다.

"너 김진희 오늘부터 파직한다."

어사또 이혈룡이 탐관의 벼슬을 탈하니, 공사로는 통쾌하나 사사로운 옛 정을 생각하면 슬픈 마음 금할 수 없었다. 그러나 엄명받은 나

졸들은 형구를 갖추고 형틀 위에 달아 매었다. 그리고 팔십 명의 나졸과 서리 역졸이 좌우로 나열하여 어사또의 영을 기다렸다. 형장 든 놈, 곤장 든 놈, 능장 든 놈, 태장 든 놈이 각각 형구를 뽑내며 팔을 걷어 올리고 이를 악물고 벼르고 있다.

"여봐라 김진희야. 너는 나를 자세히 봐라. 이 천하에 몹쓸 김진희야, 너와 내가 전일에 사생동거를 맹세하고 공부할 적에, 성은 서로 다를 망정 대대로 친구의 두 집안이오. 서로의 정의가 동태동골인들 어찌 그보다 더 친근하였으랴. 그 시절의 우리 맹세가 네가 먼저 귀히 되면 나를 살게 해 주고, 내가 먼저 귀히 되면 너를 살게 해 달라고 네 입으로 맹세하지 않았더냐. 마침 네가 먼저 등과하여 평양감사되었으므로, 옛날에 맺은 태산같은 언약을 생각하고 행여나 나를 도와 줄까 하고 찾으려 하였으나 푼전노자가 없어서 그것조차 마음대로 못할 빈곤한 내 처지였다. 그때 아내가 첫 근친 갈 때에 입었던 웃옷을 팔아 준 몇 푼 돈을 가지고 너를 찾아 평양까지 걸어 왔었다. 그러나 네 높은 영문에서 내가 왔다는 통성명도 못하고 여러 날을 묵다가 방값이 없어서 주막집에서도 쫓겨났었다. 그 뒤로 이리 저리 방황하다가 기갈이 심해서 입은 옷을 벗어 팔아서 밥을 사먹은 것도 한때뿐 아니다, 거지꼴로 전전걸식 다닐 적에, 네가 마침 대동강에서 큰 잔치를 벌이고 호유(豪遊)한다는 소문을 듣고, 그날 너를 만나 볼까하고 찾았었다. 배반이 낭자하고 음식이 푸짐하고 풍악이 굉장할 제 굶주린 내 구미가 얼마나 동했었겠느냐. 네가 그때 남아 버리는 음식 조금만 주었으면 너도 생색나고 나도 좋을 것을, 너는 나를 미친 놈이라고 사지를 묶어서 배에 실어다가 대동강 물속에 넣어 죽이려 한 것은 무슨 까닭이냐. 이 악독한 김진희 놈아 바른 대로 아뢰어라!"

어사또의 호령이 내리자, 좌우의 나졸들이 벌떼같이 달려 들어서 번개같이 곤장 태장으로 두들겨댄다.

"애고 애고 어사또님, 제발 덕분 살려 주십시오. 제가 죽을 죄를 진 것은 저도 모를 귀신이 시켜서 그랬사오니, 죽고 사는 것은 어사또

처분입니다. 죽을 죄 지은 놈이 무슨 말씀하오리까, 처분만 바라오
며 잔명을 비옵니다."
"네 이놈 나쁜 아니라 죄 없는 옥단춘까지 나와 함께 죽이려 한 것
은 또 무슨 까닭이냐. 네 죄를 생각하면 도저히 살릴 수 없다."
어사또는 여기서, 전에 자기를 배에 싣고 물에 넣으러 가던 사공들
을 불러 놓고,
"너희들 이놈을 싣고 대동강 깊은 물에 던져 버려라!"
사공들이 어사또의 영을 듣고 김진희를 끌어다 배에 싣고 만경창파
물 위로 떠나기 시작하였다. 이때 어사또가 어진 마음으로 다시 생각
하고 불쌍히 여겨서,
"저놈의 죄는 만 번 죽여도 부족하지만, 옛정을 생각하니 차마 죽일
수가 없구나."
하고 나졸을 불러서 분부하였다.
"너희들 급히 배에 가서 그 양반을 물속에 한참 넣었다가 거의 죽게
되었을 때에 도로 건져서 배에 싣고 오너라."
"네에잇."
하고, 나졸들이 강을 향하여 달려갈 적에, 별안간 뇌성벽력이 일어나
더니 김진희를 벼락쳐서 시체도 없이 분쇄해 버렸다. 나졸들과 사공
들이 돌아와서 김진희가 천벌의 벼락을 맞고 머리털 하나 찾아 볼 수
없게 되었다는 연유를 아뢰었다. 이혈룡 어사또는 그래도 살려는 주
려던 김진희가 천벌로 참혹하게 죽었다는 소식을 듣고 옛 정을 생각
하고 슬퍼하였다. 그 후에 김진희의 처자와 노비와 비장 등 여덟 명을
불러 들여서 위로하였다.
"나는 진희를 차마 죽이지는 못하고 정배하려 하였더니 하늘이 괘
씸히 여기시고 천벌을 내렸으니 내 원망은 하지 말라. 나도 실은 옛
정을 생각하여 속으로 많이 울었다. 기왕 죽은 사람은 할 수 없으니
남은 가족들은 마음을 진정하고 집으로 돌아가서 잘들 살아라."
하고, 각각 노자를 후하게 주어서 집으로 돌려보냈다. 평양 성안의 모
든 사람들은 포악하던 김감사의 천벌을 통쾌히 여기고, 또 이 어사또

의 김감사 유족에 대한 인정을 자자하게 칭찬하였다.

어사또가 김진희의 파직과 천벌의 경우를 상세히 기록하여 나라에 보고하자, 상감께서 들으시고 어사또의 처리를 칭찬하셨다.

이때에 어사또가 상감이 주신 셋째 봉서를 뜯어 보니,

'암행어사 겸 평양감사 이혈룡.'

이라는 사령장이 들어 있었다. 이혈룡이 천은을 배사하고 평양감사로 도임하였다. 도임 후에 육방을 점고하고 각읍 수령을 연명하고, 잔치를 베풀어 관방의 부하와 민간의 선비들을 초청하여 위로하였다. 그리고 옥단춘의 은혜를 치사하고, 뱃사공들에게도 각각 후한 상금을 주었다. 그리고 그 날부터 어진 마음으로 치민치정을 잘하였으므로 거리에 송덕비(頌德碑)가 여기저기 섰다. 이감사는 칭찬을 받고 선정을 찬양하는 백성의 존경을 한몸에 받게 되었다.

상감이 이 소문을 들으시고 크게 기뻐하셔서 곧 승차하여 우의정을 봉하시고, 대부인을 충정부인으로 봉하시고, 부인 김씨는 정렬부인을 봉하시고, 옥단춘으로 정덕부인을 봉하셨다. 이로써 이혈룡이 일시에 부귀공명하고 국태민안(國泰民安)하니, 위엄과 세도가 나라에서 으뜸이라 만인이 칭찬하고 부러워하고 그 높은 명성이 천하에 빛났다.

雲英傳

　수성궁(壽聖宮)은 안평대군(安平大君)의 옛날 집으로 장안 서쪽 인왕산(仁旺山)밑에 있다. 산천이 수려하여 용이 서리고 호랑이가 쭈그리고 앉아 있는 것과 같이 험준하다. 사직(社稷)이 남쪽에 있고 경복궁(景福宮)이 동쪽에 있다.

　인왕산의 산맥이 굽이쳐 내려오다가 수성궁이 있는 곳에 이르러서는 높은 봉우리를 이루었다. 비록 험준하지는 아니하나 올라가서 내려다보면, 거리에 뻗어 있는 점포와 온 장안의 저택(邸宅)은 바둑판과 같고, 하늘의 별과 같아서 역력히 헤아릴 수 있고 그 모양은 완연히 베틀의 실오라기 갈라진 것과 같이 정연했다. 동쪽을 바라보면 궁궐이 아득하며 복도(複道)가 공중에 비껴 있고, 구름과 연기는 아침 저녁으로 푸름을 더하여 아름다운 운치를 보여 주고 있어서 가장 아름다운 곳이라고 말할 수 있다. 한때의 주도(酒徒)들은 몸소 가아(歌兒)와 적동(笛童)을 동반하고 가서 놀았으며, 소인(騷人)과 묵객(墨客)은 삼월달 봄날 꽃피는 시절과 구월달 단풍이 익어가는 시절에는 그 위에 올라가서 놀지 아니하는 날이 없었고 음풍영월(吟風詠月)하면서 즐기노라고 집으로 돌아가는 것조차 잊었다.

　청파사인(靑坡士人) 유영(柳泳)은 이 동산의 아름다운 경치를 익히 듣고 있었다. 그러나 의복이 남루하고 얼굴빛이 파리하여 유객(遊客)의 비웃음을 살 것을 알고 행차하려다가 주저한 지가 오래되었다.

　만력(萬曆) 신축(辛丑) 춘삼월 보름께에야 탁주 한 병을 샀으나, 동복(童僕)도 없고 또한 친구나 아는 사람도 없었다. 몸소 술병을 차고 홀로 궁문(宮門)으로 들어가 보니 구경온 사람들이 서로 돌아보고 손가락질하면서 웃지 않는 이가 없었다. 유생(柳生)은 하도 부끄러워 몸둘 바를 몰랐으나, 바로 후원으로 들어갔다.

　높은 데 올라가서 사방을 바라보니 새로이 병화(兵火)를 겪은 나머지 장안의 궁궐과 성안의 화려한 집들은 탕연(蕩然)하였다. 무너진 담도, 깨어진 기와도, 묻혀진 우물도 흙덩어리가 된 섬돌도 찾아 볼 수 없었다. 풀과 나무만이 우거져 있으며 오직 동문(東門) 두어 칸만이 우뚝 홀로 남아 있을 뿐이었다. 유생은 천석(泉石)이 있는 그윽하고도 깊숙한 서원(西園)으로 걸어서 들어갔다. 온갖 풀이 우거져서 그림자가 맑은 못에 떨어져 있고, 땅에 가득히 떨어져 있는 꽃은 사람의 자취가 이르지 아니하여서 미풍이 일 적마다 향기가 코를 찌른다. 유생은 바위 위에 앉아 소동파(蘇東坡)가 지은 '아상조원춘반로 만지낙화무인소(我上朝元春半老 滿地落花無人掃)'라는 시구(詩句)를 읊다가, 문득 차고 있던 술병을 풀어서 다 마시고는 취하여 바윗가에 돌을 베개 삼아 누웠다. 잠시 후 술이 깨어 얼굴을 들어 살펴 보니 유객은 다 흩어지고 동산에는 달이 떴으며, 연기는 버들가지를 포근히 감싸고, 바람은 꽃잎을 어루만지고 있었다.

때마침 한 가닥의 부드러운 말소리가 바람을 타고 들려왔다. 유영은 이상히 여겨, 일어나서 찾아가 보았다. 한 소년이 절세미인(絶世美人)과 마주 앉아 있다가 유영이 옴을 보고 홀연히 일어나서 맞이하였다. 유영은 그 소년을 보고 물었다.

"수재(秀才)는 어떠한 사람이기로 낮을 택하지 않고 밤을 택해서 놀고 있느뇨?"

소년은 생긋이 웃으며 대답하였다.

"옛 사람이 말한 경개여고(傾蓋如故)란 말은 바야흐로 우리를 두고 한 말이지요."

세 사람은 솥발처럼 앉아서 이야기를 시작했다. 미인(美人)이 나지막한 소리로 아이를 부르니, 차환 두 명이 숲속에서 나왔다. 미인은 그 아이를 보고 말했다.

"오늘 저녁에 우연히 고우(故友)를 만났고 또한 기약하지 않았던 반가운 손님을 만났으니, 오늘 밤은 쓸쓸히 헛되이 넘길 수 없구나. 그러니 네가 가서 주찬(酒饌)을 준비하고 아울러 붓과 벼루도 가지고 오너라."

두 차환은 명령을 받고 갔다가 잠시 후 돌아왔으니 빠르기가 나는 새 오락가락 하는 것과 같았다. 유리로 만든 술병과 술잔, 그리고 자하주(紫霞酒)와 진기한 안주 등은 모두 인세(人世)의 것이 아니었다.

세 사람이 석 잔씩 마시고 나자 미인이 새로운 노래를 불러 술을 권하니, 그 가사는 이러했다.

깊고 깊은 궁 안에서 고운 님 여의노니
천연은 미진한데 뵈올 길 바이 없네.

꽃 피는 봄날을 몇 번이나 울었더뇨
밤마다의 상봉은 꿈이지 참이 아니었네.

지난 일 허물어져 티끌이 되었어도
부질없이 나로 하여 눈물 짓게 하누나.

노래를 마치고 나서 한숨을 '후유' 쉬면서 흐느껴 우니 구슬같은 눈물이 얼굴을 덮었다. 유영은 이상히 여겨 일어나 절을 하고 물었다.

"내 비록 양가(良家)의 집에 태어난 몸은 아니오나, 일찍부터 문묵(文墨)에 종사하여 조금 문필(文筆)의 공(功)을 알고 있거니와, 이제 그 가사를 들으니 격조가 맑고 뛰어나 시나 시상이 슬프니 매우 괴이하구려. 오늘 밤은 마침 월색이 낮과 같고 청풍이 솔솔 불어오니 이 좋은 밤을 즐길 만하거늘 서로 마주 대하여 슬피 읊은 어인 일이오. 술잔을 더함에 따라 정의가 깊어졌어도 성명을 서로 알지 못하고, 회포도 펴지 못하고 있으니 또한 의심하지 않을 수 없소."

하고, 유영은 먼저 자기의 성명을 말하고 강요했다. 이에 소년은 대답하였다.

"성명을 말하지 아니함은 어떠한 뜻이 있어 그러하온데 당신이 구태여 알고자 할진대 가르쳐 드리는 것이 무엇이 어려우리까마는, 말을 하자면 장황합니다."

하며 수심 띤 얼굴을 하고 한참 있다가 입을 열어 말을 하였다.

"나의 성은 김(金)이라 합니다. 나이 십 세에 시문(詩文)을 잘하여 학당(學堂)에서 유명하였고, 나이 십사 세에 진사제이과(進士第二科)에 오르니 일시에 모든 사람들이 김진사(金進士)라 부릅디다. 제가 나이 어린 호협한 기상으로 마음이 호탕함을 능히 억누르지 못하고 또한 여인으로 하여 부모의 유체(遺體)를 받들고서 마침내 불효의 자식이 되고 말았으니, 천지간 한 죄인의 이름을 억지로 알아서 무엇하리까? 이 여인의 이름은 운영(雲英)이요, 저 두 여인의 이름은 하나는 녹주(綠珠)요, 하나는 송옥(宋玉)이라 하는데, 다 옛날 안평대군의 궁인이었습니다.”

“말을 하였다가 다하지 아니하면 처음부터 말을 하지 않은 것만 같지 못합니다. 안평대군의 성시(盛時)의 일이며 진사가 상심하는 까닭을 자상히 들을 수 없겠소?”

진사는 운영을 돌아보면서 말했다.

“성상(星霜)이 여러 번 바뀌고 일월(日月)이 오래 되었는데, 그때의 일을 그대는 능히 기억하고 있소?”

“심중에 쌓여 있는 원한을 어느 날인들 잊으리까? 제가 이야기해 볼 것이오니 낭군님이 옆에 있다가 빠지는 것이 있거든 덧붙여 주옵소서.”

하고는 이야기를 시작했다.

세종대왕(世宗大王)의 왕자 팔대군(八大君) 중에서 안평대군이 가장 영특하였지요. 그래서 상(上)이 매우 사랑하시고 무수한 전민(田民)과 재화(財貨)를 상사하시니, 여러 대군중에서 가장 나았습니다. 나이 십삼에 사궁(私宮)에 나와서 거처하시니 궁명은 수성궁(壽聖宮)이라 하였습니다. 유업(儒業)에 힘써 밤에는 독서하고 낮에는 시도 읊으시고 또는 글씨를 쓰면서 일각이라도 허송치 아니하시니, 그때의 문인재사(文人才士)들이 다 그 문(門)에 모여서 그 장단을 비교하고, 혹 새벽닭이 울어도 그치지 않고 담론(談論)을 하였지마는 대군은 더욱 필법(筆法)에 장(長)하여 일국에 이름이 났지요. 문종대왕(文宗大王)이 아직 세자(世子)로 계실 적에 매양 집현전(集賢殿) 여러 학사(學士)와 같이 안평대군의 필법을 논평하시기를,

“우리 아우가 만일 중국(中國)에 났더라면 비록 왕희지(王羲之)에게

는 미치지 못하지마는, 어찌 조맹부(趙孟頫)의 뒤에 가리요.”
하면서, 칭찬하시기를 마지 않았습니다.

하루는 대군이 저희들을 보고 말씀하시기를,

“천하의 모든 재사(才士)는 반드시 안정한 곳에 나아가서 갈고 닦은
후에야 이루어지는 법이니라. 도성(都城) 문 밖은 산천이 고요하고
인가에서 좀 떨어졌을 것이니 거기에서 업(業)을 닦으면 대성할 수
있을 것이다.”

하시고는 곧 그 위에다 정사(精舍) 여남은 칸을 짓고 당명을 비해당
(匪懈堂)이라 하였으며, 또한 그 옆에다 단(壇)을 구축하고 맹시단(盟
詩壇)이라 하였으니, 다 명(名)을 돌아보고 의(義)를 생각하신 뜻이었
지요. 때의 문장(文章)과 거필(巨筆)들이 단상에 다 모이니 문장에는
성삼문(成三問)이 으뜸이었고, 필법에는 최흥효(崔興孝)가 으뜸이었습
니다. 비록 그러하오나 다 대군의 재주에는 미치지 못하였지요.

하루는 대군이 취함을 타서 궁녀보고 말씀하셨습니다.

“하늘이 재주를 내리심에 있어서 남자에게는 풍부하게 하고 여자에
게는 적게 하였으랴. 지금 세상에 문장으로 자처하는 사람이 많지
마는 다 능히 상대할 수 없고 아직 특출한 사람이 없으니, 너희들도
또한 힘써서 공부하여라.”

하시고는 궁녀 중에서 나이가 어리고 얼굴이 아름다운 열 명을 골라
서 가르치기 시작하였답니다. 먼저 언해소학(諺解小學)을 가르쳐서 암
송시킨 후에, 중용(中庸)·대학(大學)·맹자(孟子)·시경(詩經)·서경
(書經)·통감(通鑑)·송서(宋書) 등을 차례로 가르치고, 또 이두당음
(李杜唐音) 수백 수를 뽑아서 가르치니, 오년 이내에 과연 모두 대성
하였지요.

대군이 바깥에서 들어오시면 저희들로 하여금 대군의 눈 앞에서 떠
나지 못하게 하고 상벌을 하여서 권장하시니, 그 탁월한 기상은 비록
대군에게는 미치지 못하지마는, 음률(音律)의 청아(清雅)함과 구법(句
法)의 완숙(婉熟)함은 또한 성당(盛唐) 시인의 울타리를 엿볼 수 있었
습니다. 열 명의 이름은 곧 소옥(小玉)·부용(笑蓉)·비경(飛瓊)·비

취(翡翠)·옥녀(玉女)·금련(金蓮)·은섬(銀蟾)·자란(紫鸞)·보련(寶蓮)·운영(雲英)이니, 운영은 바로 저였지요. 대군은 모두 몹시 사랑하시며 항상 궁내에 있게 하고는, 바깥 사람과 더불어 이야기를 못하게 하였습니다. 날마다 문사(文士)와 같이 술을 마시면서 시재(詩才)를 다루지마는, 아직 한번도 가까이 하지 못하게 하였음은 바깥 사람이 혹 알까봐 두려워서였지요. 항상 영(令)을 내리시기를,

"시녀로서 한 번이라도 궁문을 나가는 일이 있으면 그 죄는 죽음을 당할 것이며, 또 외인이 궁녀의 이름을 아는 이가 있다면, 그 죄도 또한 죽음을 면치 못할 것이다."

라고 하였습니다.

하루는 대군이 바깥에서 들어와 저희들을 불러 놓고 말씀하셨습니다.

"오늘 문사 모모(某某)와 술을 마시고 있는데, 상서로운 푸른 연기가 궁중 나무로부터 일어나, 혹은 *성첩(城堞)을 싸고 혹은 산록(山麓)을 날고 있기에, 내가 먼저 오언일절(五言一絶)을 읊고 나서, 객으로 하여금 *차운(次韻)하라 하였으나 하나도 마음에 드는 것이 없었다. 그러니 너희들이 나이 순대로 각각 시를 지어 올려라."

하시기에 먼저 소옥(小玉)이 지어 올렸는데,

> 푸른 연기는 가늘기 비단 같은데
> 바람 따라 집으로 들어오고
> 짙어졌다 연해졌다 하는 바람에
> 황혼이 다가오는 것도 미처 몰랐네.

부용(芙蓉)도 지어 올렸는데,

> 하늘로 날아올라 비를 몰아와

---

*성첩(城堞)——성 위에 낮게 쌓은 담.
*차운(次韻)——남의 시운(詩韻)을 써서 시를 지음.

땅으로 떨어졌다 다시 구름되네.
저녁이 다가오니 산빛은 어두운데
깊은 생각은 초군을 그리노라.

비취(翡翠)도 지어 올렸습니다.

꽃이 시드니 벌은 기운 잃고
대밭이 울밀하니 새는 집을 찾지 못하네.
황혼에 가는비가 내리니
창 밖에 바실거리는 소리를 듣노라.

그리고 비경(飛瓊)도 지어 올렸는데,

작은 은행나무 우거지기 어려운데
홀로 선 대나무 저마다 푸르르니
가벼운 그늘은 잠시 무거울 뿐
해가 지면 또 황혼이 오네.

옥녀(玉女)도 지어올렸습니다.

해를 가린 얇은 깁은 가늘고
산을 비낀 푸른 띠는 길더니
미풍에 불리어 점점 사라지고
남은 것은 젖어 있는 연못뿐이어라.

금련(金蓮)도 지어 올렸습니다.

산밑에 찬 연기 쌓이고 쌓여
궁전의 나뭇가를 비껴 흐르는구나.

　　바람에 불리어 가누지를 못하고
　　저녁의 햇빛은 푸른 하늘 가득하여라.

또 은섬(銀蟾)도 지어 올렸습니다.

　　산골에는 검은 그늘 일어나고
　　못가에는 연한 그림자 흐르는데
　　날아서 돌아가니 찾을 길 바이 없고
　　연잎에 구슬 같은 이슬만이 남았어라.

자란(紫鸞)도 지어 올렸는데,

　　이른 아침 마을문은 아직 어둡고
　　연기 비껴 높은 나무 낮아 보이네.
　　깜짝하는 사이에 날아가나니
　　서쪽산과 더불어 앞 시내로다.

저도 또한 지어 올렸는데,

　　멀리 바라보니 푸른 연기 가늘고
　　미인은 깁 짜기를 멈추고
　　바람을 쏘이며 홀로 슬퍼하는데
　　생각은 날아 무산에 떨어지네.

끝으로 보련(寶蓮)이 지어 올렸습니다.

　　골짜기는 봄 그늘에 덮였고
　　장안은 물 기운 속에 있는데
　　능히 인간 세상으로 하여금

홀연 취주궁이 되게 하네.

대군이 보기를 마치고 나서 놀라시며 말씀하셨습니다.

"비록 *만당(晚唐)의 시에 비교할 수 없으나, 또한 백중(伯仲)하여 근보(謹甫) 이하는 채찍도 잡지 못하겠구나."

하며, 재삼 음미하여도 고하(高下)를 알지 못하시더니, 얼마 후 또 말씀하셨어요.

"부용(芙蓉)의 시상은 초군(楚君)을 그리워하고 있어 내 매우 가상히 여기는 바이며, 비취(翡翠)의 시는 소아(騷雅)와 비할 만하고, 옥녀(玉女)의 시는 의사가 표일하고 끝귀에 은은한 여의(餘意)가 있으니, 이 두 시로 마땅히 으뜸을 삼아야 하겠다."

하시고는 또 말씀하셨습니다.

"내 처음 볼 때에는 우열을 판단할 수 없다가, 다시 음미하여 생각해 보니, 자란(紫鸞)의 시는 의사가 심원(深遠)하여 사람으로 하여금 찬탄하다가 춤을 추기 시작하는 것도 깨닫지 못하게 하는 바가 있고, 남은 시도 또한 다 맑고 좋으나, 홀로 운영(雲英)의 시만이 뚜렷이 외로이 사람을 그리워하고 있는 뜻이 있구나. 어떠한 사람을 생각하고 있는지는 알 수 없으나, 마땅히 심문을 하여야 하겠지마는 그 재주를 가석히 여기는고로 아직은 그냥 두겠노라."

고 하시기에, 제가 즉시 뜰에 내려가 엎드려 울면서 대답했습니다.

"시를 지을 때에 우연히 발한 것이오니 어찌 다른 뜻이 있겠사옵니까? 이제 대군의 의심을 샀으니 저는 만번 죽어도 애석한 일이 없겠사옵니다."

대군은 앉기를 명령하면서 말씀하셨습니다.

"시는 성정(性情)에서 나오는 것이므로 가리우거나 숨길 수 없는 것이니, 너는 다시는 말하지 말라."

하시고는, 곧 비단 열 필을 내어 열 명에게 나누어 주셨어요. 대군은 저에게 한 번도 뜻을 둔 일이 없었으나, 궁인들은 대군의 뜻이 저에게

---

*만당(晚唐)──한시(漢詩)에 있어서 당대를 4분한 맨 끝 시대.

있는 줄로 알고 있었지요.

　열 명은 다 동방(東房)으로 물러나와 촛불을 높이 켜놓고 칠보서안(七寶書案)에다 당률(唐律) 한 권을 갖다 놓고, 옛날 궁녀들이 지은 시의 고하를 논하였으나, 저만이 홀로 병풍에 기대어 수심에 잠긴 채 입을 열지 않고 있었으니 진흙으로 만든 사람과 같았습니다. 소옥(小玉)이 저를 돌아보면서 말했어요.

　"낮에 지은 부연시(賦煙詩)로 인하여 대군의 의심을 사고서 숨은 근심이 되어 말하지 않느냐? 그렇지 않으면 대군의 뜻이 비단이불 속에 있으므로, 그 이불 속의 즐거움을 당하여 가만히 기뻐하느라고 말하지 않느냐? 너의 마음 속에 품고 있는 바를 도무지 알 수 없구나."

　"내 어찌 나의 마음을 모르겠니? 내 방금 시 한 수를 생각하다가 기구(奇句)를 얻지 못하여 곰곰이 생각하노라고 말하지 않았을 뿐이란다."

내가 대꾸하자 은섬(銀蟾)이도 말했습니다.

　"뜻이 다른 데 가 있고 마음에 있지 아니한 까닭으로, 옆 사람의 말을 바람이 귀를 지나 가는 것과 같이 하니 네가 말하지 않음을 알기가 어렵지 않다. 내가 시험해 볼 것이니 저 창 밖의 포도를 시제(詩題)로 하여 칠언사운(七言四韻)을 지어 보아라."

하며 재촉하기에, 저는 말이 떨어지자마자 바로 지어내니 그 시는 다음과 같았어요.

　　꾸불 꾸불 넝쿨은 용이 가는 것과 같고
　　푸른 잎 그늘 이루니 모두다 유정하구나.
　　더운 날의 위풍은 환히 비치고
　　흐린 하늘 찬 그림자 도리어 밝아라.

　　덩굴은 뻗어 난간을 감았으니 정을 붙여 두고 싶고
　　열매 맺어 구슬인 양 드리니 따다가 효성을 본받아

　행여 다른 날 조화를 부린다면
　비구름을 몰아타고 삼청궁에 오르리라.

소옥(小玉)이 시를 보다가 일어나 절을 하고 말했습니다.
"정말로 천하의 기재(奇才)구나! 풍격이 높지 아니함은 구조(舊調)
와 같은 바가 있으나, 창졸간에 이와 같이 지어냈으니 이것이 시인
으로서는 가장 어려운 바이다. 내 마음으로 기뻐하고 복종함은 정
말로 칠십제자(七十第子)가 공자(孔子)에게 복종하는 것과 같으리
라."
자란(紫鸞)도 평을 했어요.
"말은 삼가야 하는데 어찌 그렇듯이 지나친 칭찬을 하느냐? 다만
문자가 완곡하고 또한 비등(飛騰)하는 듯한 데가 있다면 그러한 것
이 있구나."
하니 모든 사람이 다,
"정확한 평이로군."
하더이다. 저는 비록 이 시로써 의심을 푼 셈이나 여러 사람들의 의심
은 그래도 다 풀리지 않는 것 같았어요.
　이튿날 문 밖에서 요란한 수레 소리가 들려 오더니, 문지기가 쫓아
들어와서 고하기를,
"여러 손님이 오셨습니다."
하므로, 이에 대군이 동각(東閣)을 소제하게 하고 맞아들이니, 다 문
인과 재사였습니다.
　자리를 정하고 나서 대군이 저희들이 지은 부연시(賦煙詩)를 내보이
니 모두 크게 놀라면서 말했습니다.
"뜻밖에 오늘 성당(盛唐)의 음조(音調)를 다시 보는 것 같습니다.
우리로서는 비견할 바가 못 됩니다. 이와 같은 지보(至寶)를 어떻게
해서 얻었습니까?"
대군은 미소를 띠면서 말씀하셨습니다.
"무엇이 그러하오? 종녀석이 우연히 길에서 주워 가지고 왔으므로

어떤 사람이 지었는지 알 수 없거니와, 생각건대 필시 여염집 재주 있는 여인의 손에서 나왔으리라.”

여러 사람이 의심을 풀지 못하고 있는데 조금 있다가 성삼문(成三問)이 말했어요.

“재주를 다른 시대에서 빌릴 것이 아니라, 전조(前朝)로부터 지금에 이르기까지 육백여 년 동안 시로 동국(東國)에 이름을 날린 자는 그 수를 헤아릴 수 없지마는 혹은 침탁(沈濁)해서 불아(不雅)하고, 혹은 경청(輕淸)하고 부조(浮藻)하여 모두 음률에 맞지 않고 그 성정을 잃었으나, 이제 이 시를 보니 풍격(風格)이 청진(淸眞)하고 사의(思意)가 초월하여 조금도 진세(塵世)의 태가 없으니, 이 시는 반드시 심궁(深宮)에 있는 사람이 속인과 서로 접하지 아니하고, 다만 고인의 시를 읽고 밤낮으로 읊고 외워서 스스로 마음에 체득한 것입니다. 그 뜻을 자세히 음미해 보면 ‘임풍독추창(臨風獨惆悵)’이라고 한 시는 뚜렷이 사람을 생각하는 뜻이 있고 ‘고황독보청(孤篁獨保靑)’이라고 한 시는 정절을 지키는 뜻이 있고 ‘풍취자부정(風吹自不定)’이라고 한 시는 *난보(難保)의 태가 있고 ‘유사향초군(幽思向楚君)’이라고 한 시는 군왕에 대한 정성이 있고 ‘하엽로주류(荷葉露珠留)’와 ‘서악여전계(西岳與前溪)’라고 한 시는 천상의 신선이 아니면 이와 같은 표현을 할 수 없을 것입니다. 격조(格調)에는 비록 고하가 있으나 닦은 기상은 모두 똑같습니다. 궁중에 반드시 십명의 여선(女仙)을 기르고 있을 것이니, 원컨대 숨기지 마시고 한번 보여 주옵소서.”

하니, 대군이 속으로는 스스로 탄복하면서도 겉으로는 고개를 끄덕이지 아니하고 말씀하셨습니다.

“누가 근보(謹甫)더러 시감(詩監)을 하라고 하였는가? 나의 궁중에 어찌 그러한 사람이 있으리요? 의아함도 심하군.”

이때에 열 명이 창틈으로 가만히 엿듣고는 즐거워하고 탄복하지 않는 사람이 없었지요.

---

*난보(難保)——— 간직하기 어려움.

그날 밤 자란(紫鸞)이 지성으로 저에게 묻기를,
"여자로 태어나서 시집가고자 하는 마음은 누구나 가지고 있단다.
네가 생각하고 있는 애인이 어떠한 사람인지는 내 알지 못하거니
와, 너의 안색이 날로 수척해 감으로 안타까이 여겨 내 지성으로 묻
노니, 조금도 숨기지 말고 이야기해 주기를 바란다."
하기에, 제가 일어나 사례하며,
"궁인이 하도 많아서 남이 엿들을까봐 두려워 말을 못했거니와, 이
제 지극한 우정으로 묻는데 대하여 어찌 감히 숨길 수 있겠니?"
하고는, 이야기를 해 주었습니다.
"지난 가을 국화꽃이 피기 시작하고, 단풍이 떨어지기 시작할 때에,
대군이 서당에 홀로 앉아 시녀를 시켜 먹을 갈고 비단을 펴게 하고
서, 칠언사운(七言四韻) 십수를 쓰고 있었는데, 이때 동자가 들어와
고하더구나.
　'나이 어린 선비가 김진사(金進士)라 자칭하면서, 대군을 뵈옵겠
　다 합니다.'
하니 대군은 기뻐하시면서,
　'김진사가 왔구나.'
하시고는 맞아 들이게 한즉, 베옷을 입고 가죽띠를 띤 선비가 빠른
걸음으로 섬돌에 오르는데, 그 모습은, 마치 새가 날개를 펴는 것
과 같더라. 자리에 와서 절을 하고 앉는데 얼굴과 거동은 신선계의
사람과도 같더구나. 대군이 한 번 보고 마음을 기울여, 자리를 옮
겨 마주 앉으니, 진사님이 자리를 피해 절하고 사례하는 말이,
　'외람히 많은 사랑을 입고 여러 번 존명(尊命)을 욕되게 하고 있
　다가, 이제야 인사를 올리게 되오니, 황송하기 말할 수 없습니다.'
하니, 대군은 위로의 말씀을 하시더라.
　'오래 전부터 명성을 우러러 듣고 있다가 앉아서 인사를 받게 되
　니 영광이 온 집안에 가득하고, 나에게 온갖 광명을 주었소.'
　진사님이 처음 들어올 때에 이미 우리와 더불어 상면을 하였으
나, 대군은 진사님이 나이가 어리고 착하므로 마음속으로 어렵게

여기지 아니하고, 우리로 하여금 피하도록 하지도 아니하였었지.
대군이 진사님 보고 말씀하시기를,

  '가을 경치가 매우 좋으니 원컨대 시 한 수를 지어 이 집으로 하
  여금 광채가 나도록 하여 주오.'

하니, 진사님은 자리를 피하고 사양하며 말하더라.

  '헛된 이름이 사실을 가리고 말았습니다. 시의 격률(格律)을 소
  인이 어찌 감히 알겠습니까?'

  이때 대군은 금련(金蓮)으로 노래하게 하고, 부용(芙蓉)으로 거문
고를 타게 하고, 보련(寶蓮)으로 단소를 불게 하고, 나로써 벼루를
받들게 하니, 그때 내 나이는 십칠 세였단다.

  낭군을 한 번 봄에 정신이 어지러워지고 가슴이 울렁거렸으며,
진사님도 또한 나를 돌아보며 웃음을 머금고 자주 눈여겨 보더라.

  대군이 진사보고 말씀하시기를,

  '나는 그대를 진심으로 기다렸노라. 그러한데 그대는 어찌하여
  구슬같이 맑고도 고운 목소리를 한번 토하기를 아껴서 이 집으로
  하여금 안색이 없게 하느뇨?'

하니, 이에 진사님이 붓을 잡고 오언사운(五言四韻) 한 수를 쓰는
데, 그 시는 이러하더라.

  기러기 남을 향해 날으니
  궁안에 가을 빛이 깊었어라.
  물이 차 연꽃은 구슬되어 꺾이고
  서리 무거워 국화는 금빛을 드리우네.
  비단 자리에 홍안미녀요
  옥같은 거문고줄엔 백설같은 소릴레.
  유화주 한 말 술에
  먼저 취하다 몸을 가누기 어려워라.

  대군이 재삼 읊으시다가 놀라면서 말씀하시기를,

150

‘진실로 이른바 천하의 기재로다. 어찌 만나기가 늦었던고.’
하시었고, 시녀 열 명도 일시에 서로 돌아보면서 얼굴 빛을 움직이
지 않는 사람이 없고, 이구동성으로 말하기를,
‘이는 반드시 선인이 학을 타고 진세(塵世)에 오신 것이니 어찌
이와 같은 사람이 있으리요?’
라고 하겠지. 대군이 잔을 잡으면서 묻더라.
‘옛 시인 중에서 누가 *종장(宗匠)이 되겠느뇨?’
‘저의 소견으로 말해 볼 것 같으면 이백(李白)은 신선으로 오래도
록 옥황상제(玉皇上帝)의 향안 앞에 있다가, 곤륜산(昆崙山) 현보
(玄圃)에 내려와 놀면서 옥액(玉液)을 다 마시고 취흥을 이기지
못하여 계수나무 가지를 꺾고 바람을 따라 비를 맞으면서 인간에
떨어진 기상이옵니다. 노옥(盧玉)은 해상선인(海上仙人)이니 일
월이 출몰함과 구름이 변화함과 창파가 동요함과, 경어(鯨魚)가
분출함과 도서(島嶼)가 창망함과 풀나무가 울밀함과 갈대의 꽃
마름의 잎사귀와 물새의 노래와 교룡(蛟龍)의 눈물 등을 전부 가
슴에 품고 있으니, 이것이 시의 조화(造花)로소이다. 당나라의
시인 *맹호연(孟浩然)은 음향이 가장 높으니 이것은 진(晋)나라
음악가 사광(師曠)에게 배워 음률을 습득한 사람이옵니다. 또 당
나라 시인 이의산(李義山)은 선술을 배워 얻고 일찍부터 시마(詩
魔)를 부렸으며 일생에 지은 글이 귀어(鬼語) 아님이 없습니다.
이 외에도 다 자기의 특색을 가지고 있으니 어찌 다 말씀드리겠
습니까.’
‘날로 문사(文士)와 같이 시를 논하되, *두보(杜甫)로서 으뜸을
삼는 이가 많거니와 이것은 무엇 때문일까.’

'그렇습니다. 속유(俗儒)들이 숭상하는 바로써 말씀할 것 같으면, 회자(膾炙)가 사람의 입을 즐겁게 하는 것과 같소이다.'

'백체(百體)가 구비하고 비홍(比興)이 지극한데 어찌 두보를 경하게 보는고.'

'제가 어찌 감히 경하게 보겠습니까. 그 좋은 점을 논할 것 같으면, 곧 한무제(漢武帝)가 미앙궁(未央宮)에 앉아 오랑캐가 중원(中原)을 침공하는 것을 통분히 여기고서, 장수에게 명하여 치게 할새, 백만 군사가 수천리를 이은 것과 같고, 그 아름다운 점을 말할 것 같으면, 한나라의 사마상여(司馬相如)가 장양부(長楊賦)를 읊고, 사마천(司馬遷)이 봉선문(封禪文)을 초한 것과 같으며, 그 신선을 구하는 것인즉 한나라 동방삭(東方朔)이 좌우에 서왕모(西王母)를 모시고 상제(上帝)에게 천도(天桃)를 올리는 것과 같으니, 이것이 두보(杜甫)의 문장(文章)이요 백체(百體)를 구비하였다고 말할 수 있습니다. 이백(李白)에 비교한다면 곧 자미(子美)가 말을 몰아 앞서 가고 왕유(王維)와 맹호연(孟浩然)이 채찍을 잡고 길을 다투는 것과 같습니다.'

'그대의 말을 들으니 가슴 속이 시원하여 긴 바람을 타고 태청궁(太淸宮)에 올라가는 것과 같구려. 다만 두보의 시는 천하의 고문(高文)이라, 비록 *악부(樂府)에는 족하지 않지마는 어찌 왕맹(王孟)과 같이 길을 다투랴. 비록 그러하나 이만 그치고 그대에게 원하건대 또 한번 시를 지어 이 집으로 하여금 더욱 빛나게 하여 주오.'

진사님이 곧 칠언사운(七言四韻) 한 수를 읊으니 이러하더라.

연기 흩어진 지당에는 이슬 기운 차고 찬데
푸른 하늘 물결인 양 맑고 밤은 어이 그리 기뇨.
가는 바람 뜻이 있어 주렴을 걷어치고
흰 달은 정이 많아 작은 집으로 들어 오네.

---

*악부(樂府)── 한시의 한 형식. 인정 풍속을 읊은 것으로 글귀에 장단이 있음.

뜰에 그늘 지니 소나무 도리어 그림자 일고
잔 속의 술 맑음은 꽃향기 떠돎이라.
완공은 작았으나 자못 잘도 마셨으니
괴상타 하지 마오, 술로 취하고 또 미치는 것을.

대군이 더욱 기특하게 여기시고 앞으로 다가 앉으면서 진사님의 손목을 잡고 말씀을 하시더라.

'진사는 오늘의 재사가 아니오. 나로서는 그 고하를 논할 수 없소. 한갓 문장과 필법이 능할 뿐만 아니라 또한 신묘(神妙)함을 다하였으니 하늘이 그대를 동방에 태어나게 함은 반드시 우연한 일이 아니오.'

진사님이 붓을 휘날릴 때 먹물이 나의 손가락에 잘못 떨어지니 마치 파리의 날개와 같더구나. 내가 이것을 영광스럽게 여기고서 씻어 버리지 않았더니 좌우의 궁인들이 모두 돌아보고 빙그레 웃으면서 등용문(登龍門)에 비교하더군. 때는 밤이 깊어져 시간을 재촉하거늘 대군이 몸을 가누지 못하고 졸면서 말씀하시더라.

'내 취했도다. 그대도 물러가 쉬고서 명조유의포금래(明朝有意抱琴來)라는 시구를 잊지 말지어다.'

이튿날 대군은 재삼 그 두 수의 시를 읊으면서 탄복하기를,

'마땅히 근보(謹甫)로 더불어 자웅을 다툴 수 있으나 그 청아(淸雅)한 태에 있어서는 능가할 것이로다.'

라고 하시더라.

나는 이로부터 누워도 능히 자지를 못하고 밥맛은 떨어지고 마음이 괴로워서 허리띠를 푸는 것조차 깨닫지 못하는 것을 너는 느끼지 못하였더냐?"

라고 하자, 자란이 말하였습니다.

"그래, 내 잊었었군. 이제 너의 말을 들으니 정신이 맑아짐이 마치 술깬 사람과 같구나."

그후로 대군은 자주 진사님과 접촉하였으나 저희들에게 서로 보지

못하게 한 까닭으로 저는 매양 문틈으로 엿보다가 하루는 *설도전(雪
濤牋)에다 오언사운(五言四韻) 한 수를 썼습니다.

베옷 입고 가죽 띠를 띤 선비의
옥같은 얼굴 신선과 같은데
매양 발 사이로 바라보건만
어찌하여 월하의 인연이 없는고.
얼굴을 씻는 눈물은 물이 되고
거문고를 타니 원한은 줄에서 우나니.
한 없는 원한을 가슴 속에 품고
머리 들어 홀로 하늘에 하소연하네.

시와 금전(金鈿) 한 척을 겹겹이 봉해 가지고 진사님에게 부치고자
하였으나 방법이 없었어요.

그날 밤 대군이 술잔치를 베풀었는데 손님들은 모두 진사님의 재주
를 칭찬하였으며, 대군이 진사님이 지은 두 수의 시를 내어 보이니,
돌려 보고는 칭찬하기를 마지 아니하고는, 모두 한번 보기를 원하므
로 대군이 즉시 사람과 말을 보내어 청하였습니다. 얼마 후 진사님이
와서 자리에 앉는데, 얼굴은 파리해지고 몸은 홀쭉해져서, 더욱이 옛
날의 기상이 아니었어요. 대군이 위로하고 말씀하셨습니다.

“진사는 근심하는 마음이 없을 것인데 연못가를 거닐면서 시를 읊
노라고 파리해졌는가.”

하니, 모든 사람이 크게 웃더이다. 진사님은 일어나서 사례하고는 말
하더군요.

“제가 한 천한 선비로서 외람히도 대군님의 사랑을 입고 복이 지나
쳐 화를 낳아 질병이 몸을 얽어서 식음을 전폐하고 기거를 남에게
의지하고 있다가 이제 후하신 부름을 입고 아픈 몸을 이끌고 와서
뵙는 것입니다.”

---

*설도전(雪濤牋)—— 글을 쓰는 고운 종이.

하니, 좌객이 모두 무릎을 가다듬고 공경을 하더이다. 진사님은 나이 어린 선비로서 말석에 앉으니 안으로 더불어 다만 벽 하나를 두고 격했을 뿐이었습니다. 밤은 벌써 깊어졌고 뭇손님들은 크게 취하였더이다. 제가 벽을 헐어 구멍을 내어서 들여다 보았더니 진사님도 또한 그 뜻을 알고서 구석을 향하여 앉더군요. 제가 봉서(封書)를 구멍으로 던져 주었더니 진사님이 주워가지고 집으로 돌아가서 펴 보고는 슬픔을 스스로 이기지 못하며 차마 손에서 놓지 아니하니, 생각하고 그리워하는 마음은 옛날보다 더하였으며 능히 스스로 몸을 가누지 못하는 것과 같았습니다. 바로 답서를 써 가지고 부치고자 하나 청조(靑鳥)가 없어 홀로 근심하고 탄식할 뿐이었어요.

하루는 동문(東門) 밖에 사는 한 무녀가, 영이(靈異)함으로써 명성을 얻고 대군의 궁에 드나들면서, 매우 사랑과 신용을 받고 있다는 소문을 듣고, 진사님이 그 집을 찾아가 보니 그 무녀는 나이가 아직 삼십도 못 되는 얼굴이 아주 예쁜 여자로서, 일찍 과부가 되고는 음녀(淫女)로 자처하고 있었는데, 진사님이 옴을 보고는 성대히 주찬을 갖추고서 대접하므로 진사님은 잔을 잡았으나 마시지는 아니하고 말했답니다.

"오늘은 바쁘고 급한 일이 일으니 내일 다시 오겠습니다."

다음 날 또 가보니, 또한 그렇게 하므로, 진사님은 감히 입을 열지 못하고 또 말했대요.

"내일 또 오겠습니다."

무녀는 진사님의 얼굴이 속된 티를 벗어난 것을 보고 마음속으로 기뻐하였으나, 연일 진사님이 왔다가 말 한 번 하지 않으므로, 나이 어린 선비로 반드시 부끄러워 말을 하지 않는 것이니, 내가 먼저 정으로써 돋우고 붙들어 놓고 밤을 새우면서, 같이 자리라 마음 먹고는, 다음날 목욕하여 짙은 화장을 하고 화려한 꾸밈을 하고, 꽃같은 담요와 옥같은 자리를 깔아 놓고 작은 계집종으로 하여금 문 밖에 앉아서 망을 보게 하였답니다. 진사가 또 와서 그 얼굴과 꾸밈의 화려함과 베풀어 놓은 것의 아름다움을 보고 마음속으로 이상히 여겼더니 무녀가,

“오늘 저녁은 어떠한 저녁이관대 이와 같이 훌륭한 분을 뵈옵게 되었을까?”

하므로, 진사님은 뜻이 없었기 때문에 그 말에는 대답을 하지 아니하고 초연(超然)히 즐거워하지 않고 있으니, 무녀가 또 말하더랍니다.

“과부의 집에 젊은이가 어찌 왕래하기를 꺼리지 아니하고 자기의 번민을 말하지 않는지요.”

“점(占)이 신통할 것 같으면 어찌 내가 찾아오는 뜻을 알지 못하오?”

이에 무녀는 영전(靈前)에 나아가 앉아서 신(神)에게 절을 하고는 방울을 흔들고 점대롱을 어루만지면서 온 몸을 추운 듯이 떨며 한참 몸을 움직이다가 입을 열어 말하더래요.

“당신은 정말로 가련합니다. 불안한 방법으로써 그 뜻을 이루기 어려운 계교를 성취시키고저 하니 다만 그 뜻을 이루지 못할 뿐만 아니라, 삼 년이 못 가서 황천의 사람이 되겠습니다.”

하므로 진사님은 울면서 사례하고는 말씀했대요.

“당신이 비록 말하지 아니하나 나는 알고 있습니다. 그러하오나 마음속에 맺힌 한을 백 가지 약으로도 풀 수 없으니 만일 당신으로 말미암아 다행히 편지를 전하게 될 것 같으면 죽어도 또한 영광이겠습니다.”

“비천한 무녀로서 비록 신사(神祀)로 인하여 때로 혹 드나들지마는 부르는 일이 없을 것 같으면, 감히 들어가질 못합니다. 그러하오나 진사님을 위하여 한번 가 보겠습니다.”

하기로, 진사님은 품 속에서 한 봉서를 내어 주면서 말씀했답니다.

“조심하오. 잘못 전하고서 화(禍)의 기틀을 만들지 마오.”

무녀가 편지를 가지고 궁문을 들어가니, 궁안 사람들이 모두 그 옴을 괴이히 여기기에 그 무녀는 권사(權辭)로써 대답하고는 틈을 엿보아, 들을 사람이 없는 곳으로 저를 끌고 가서 편지를 주더이다. 제가 방으로 돌아와서 뜯어보니 그 편지의 사연은 이러했습니다.

‘한번 눈으로 인연을 맺은 후부터 마음은 떴고 넋이 나가 능히 마음을 진정치 못하고 매양 성(城) 저쪽을 향하여 몇 번이나 애를 태웠는지요. 이전에 벽 사이로 전해 주신 편지로 해서 잊을 수 없는 *옥음(玉音)을 공경히 받아 들고 펴기를 다하지 못하여 가슴이 메이고 읽기를 반도 못하여 눈물이 떨어져 글자를 적시기에 능히 다 보지를 못하였으니 장차 어찌 하오리까. 이러한 후로부터 누워도 능히 자지를 못하고, 음식은 목을 내려가지 않고, 병은 골수에 사무쳐 온갖 약이 효험이 없으니 저승이 보이는 것 같습니다. 오직 소원은 조용히 죽음을 따를 뿐이오니 하느님께서는 불쌍히 여겨 주시고, 신께서는 도와 주시와 혹 생전에 한번이라도 이 원한을 풀어 주게 하신다면, 마땅히 몸을 부수고 뼈를 갈아서라도 천지신명(天地神明)님의 영전에서 제를 지내겠습니다. 편지를 받고 보니 서러워서 목이 메이니 다시 무슨 말씀을 하오리까. 예를 갖추지 못하고 삼가 쓰나이다.'

라고 하였고, 사연 끝에 칠언사운(七言四韻) 한 수가 적혀 있었으니 그 시는 이러했지요.

다락은 깊고 깊어 저녁 문 닫혔는데
나무 그늘 구름 그림자 모두다 희미하여라.
낙화는 물에 떠서 개천으로 흘러가고
어린 제비 흙을 물고 처마 끝을 찾아가네.

베개에 기대어도 이루지 못함은 *호접몽이요
눈을 돌려 남쪽 하늘 보니 외기러기도 날지 않네.
님의 얼굴 눈앞에 있는데 어이 그리 말 없는가
푸른 숲 꾀꼬리의 울음 들으니 눈물이 옷깃을 적시네.

제가 보기를 다함에 소리가 그치고 기운이 막혀서 입으로는 능히

---

*옥음(玉音)——미인의 음성.
*호접몽——중국의 장자가 꿈에 나비가 되어 즐겁게 놀았다는 고사.

말을 할 수 없고, 눈물이 다하자 피가 눈물을 이었습니다. 병풍 뒤에 몸을 숨기고서 가슴을 두드리며 울음을 머금고 오직 사람이 알까봐 두려워했어요. 이러한 후로부터 잠깐 사이도 잊을 수 없었으니, 시는 성정에서 나오는 것으로 속일 수 없다는 것을 새삼스레 느꼈습니다.

하루는 대군이 비취(翡翠)를 불러 말씀하시더군요.

"너희들 열 명이 한 방에 같이 있으니 업(業)을 전공할 수 없다."

하시고 다섯 명을 나누어 서궁(西宮)에 가서 있게 하니, 저는 자란, 은섬, 옥녀, 비취와 같이 즉일로 옮겼습니다. 옮기고 나서 옥녀가 말합디다.

"그윽한 꽃, 가는 풀, 흐르는 물, 꽃다운 수풀이 바로 산가(山家)나 야장(野莊)과 같으니 참으로 훌륭한 독서당(讀書堂)이라고 말할 수 있구나."

이에 제가 대답했지요.

"산 사람도 아니고 중도 아니면서 이 깊은 궁에 갇히었으니, 정말로 이른바 *장신궁(長信宮)이다."

하였더니, 좌우 궁인들이 자탄하고 울적하게 여기지 않는 이가 없었습니다.

그후로 저는 편지를 써서 뜻을 이루고자 했으며, 진사님도 지성으로 무녀를 찾아 간절히 부탁을 하였으나 마침내 오기를 좋아하지 않았으니, 아마 진사의 뜻이 자기한테 없음을 유감으로 여겼기 때문에 그랬을 것 같기도 합니다. 어느 날 밤 자란이 제게 가만히 말하기를,

"궁안 사람이 매년 중추(仲秋)에 탕춘대(蕩春臺) 밑 개울에서 빨래를 하고는 주석을 베풀다가 파하는데, 금년은 소격서동(昭格署洞)에다 베풀어 놓고 갔다왔다 하는 사이에 그 무당을 찾아가 보는 것이 가장 좋은 방책일까 한다."

하기에, 제가 그렇게 여기고서 괴로이 중추를 기다리니, 하루를 보내기가 삼추(三秋)와 같았습니다. 비취(翡翠)가 그 말을 가만히 엿듣고는 일부러 알지 못하는 척하고 저에게 말했어요.

---

*장신궁(長信宮)——중국 한나라의 궁전. 한의 태후가 과부가 되어 외로이 살았다 함.

“네가 처음 올 때에는 얼굴빛이 이화(梨花)와 같아서 화장을 하지
아니하여도 자연(自然)히 아리따운 자태가 있었던 까닭으로 궁안
사람들이 *괵국부인(虢國夫人)이라고 불렀었는데, 요사이 와서는
얼굴 빛이 옛날보다 못하여 점점 처음과 같지 아니하니 이 무슨 까
닭인가?”

하기에, 제가 대답하였습니다.

“본래 기질이 허약하여 매양 더운 계절을 당하면 언제나 더워서 마
르는 병이 있는데, 오동잎이 떨어지기 시작하고 초가을 서늘한 바
람이 나오면 이로부터 좀 나아진단다.”

하였더니, 비취는 희시(戱詩) 한 수를 읊어서 주더이다. 희롱하는 뜻
이 없지 않았으나, 시상이 절묘하기에 저는 그 재주를 기특히 여기면
서도 그 농(弄)에 대해서는 부끄럽게 여겼어요.

그럭저럭 두어 달이 지나고 , 다시 계절은 가을이 되어 서늘한 바람
이 저녁에 일어나고, 가는 국화는 황금 빛을 토하며 풀 숲의 벌레는
소리를 가다듬고, 흰 달은 환히 비추었습니다. 저는 마음 속으로 기뻐
하면서도 얼굴에는 나타내지 않았는데 어느 날 은섬(銀蟾)이 물었어
요.

“편지 속의 가기(佳期)가 가까워 오늘 저녁에 있으니, 인간에서의
즐거움이 어찌 천상과 다르랴?”

나는 이미 서궁 사람들이 알고 있으므로 숨길 수 없어서 사실대로
고하고 나서 부탁했지요.

“원컨대 남궁 사람이 알지 못하도록 하여 다오.”

이때에 기러기는 남쪽을 향하여 날고 풀잎에는 구슬같은 이슬이 맺
히니, 맑은 시내에서 빨래함은 정히 그때를 당하였더이다. 여러 궁녀
와 같이 날짜를 결정하고자 했으나 의논이 맞지 아니하였고, 빨래할
장소를 구하는데 남궁 사람들이 말했습니다.

“맑은 물과 흰 돌은 탕춘대(蕩春臺) 밑보다 나은 데가 없단다.”

다음 서궁 사람들도 말했습니다.

---

*괵국부인(虢國夫人)——당나라 현종의 총비인 양귀비의 언니.

"소격서동(昭格署洞)의 물과 돌은 비록 문 바깥에서 더 내려가지 아
  니하니, 어찌하여 가까운 곳을 버리고 먼 데를 구하는가."
하였으나, 남궁 사람들이 고집을 부리고서 승낙하지 아니하므로, 결
정을 짓지 못하고, 그날 밤에는 그만 두고 말았지요.
  자란이 말했습니다.
  "남궁 다섯 사람 중에서 소옥(小玉)이 주론(主論)이니, 내 묘계로써
  그 뜻을 돌려 보리라."
하고는 옥등(玉燈)으로 길을 밝혀 남궁으로 가니, 금련(金蓮)이 반가
이 맞이하면서 말했습니다.
  "한번 서궁으로 갈라진 후로 떨어지기가 진(秦)나라와 초(楚)나라와
  같은 사이가 되고 뜻밖에 오늘 저녁 귀한 몸이 오셨으니 깊이 사례
  한다."
  "무엇 사례할 것이 있니. 나는 세객(說客)으로 왔단다."
  자란이 옷깃을 가다듬고 얼굴 빛을 바로 하고는 말했습니다.
  "남의 마음을 내가 헤아릴 수 없거니와 너 말해 주겠느냐?"
  "서궁 사람들은 소격서동으로 가고자 하는데, 너 혼자만이 굳게 고
  집한 까닭으로 내가 밤중에 찾아 왔으니 세객(說客)이라고도 말할
  수 있거니와, 이러나저러나 좋지 않니?"
  "서궁 오인중 내 홀로 성내로 가고자 한다."
  "홀로 성내로 생각하고 있는 것은 그 무슨 뜻이냐?"
  "내 들으니 소격서동은 곧 천성(天星)을 지내는 곳이므로 동명을 삼
  청동(三淸洞)이라 하였다 하는데, 우리 열 명은 필시 삼청궁(三淸
  宮)의 선녀로서 *황정경(黃庭經)을 잘못 읽고 인간에 귀양왔거니와,
  이미 진세(塵世)에 있은즉 산가(山家) 야촌(野村) 농막(農幕) 어점
  (漁店) 등 어느 곳이든 좋지마는, 그러나 심궁(深宮)에 굳게 갇히어
  마치 농중의 새와 같은 바가 있으니 꾀꼬리 울음을 들어도 탄식하
  고, 푸른 버들을 대하여도 한숨 짓고, 제비가 쌍쌍이 날고 새가 마
  주 앉아서 졸고 있는 것을 보아도 외로워지는데, 풀도 즐거움을 같

─────────────────────────────

*황정경(黃庭經)──도교의 경서.

이 하는 것이 있고 나무도 마주 서나니 무지한 초목과 존재 없는 금수도 또한 음양을 받아 즐거움을 나누지 않음이 없거늘, 우리 열 명은 유별히 무슨 죄가 있어서 적막한 심궁에서 길이 일신을 썩히면서, 봄 꽃 가을 달을 바라보며 다만 등불을 벗삼아 넋을 태우며 허무하게도 청춘을 포기하고 공연히 땅속의 원한만을 끼치게 되었으니, 부명(賦命)의 박(薄)함이 어찌 이다지도 심한고. 인생이 한번 늙어지면 다시는 젊어지지 아니하는 것을 다시 생각해 보아도 어찌 슬프지 아니한가. 이제 맑은 시내에 가서 목욕하여 몸을 깨끗이 하고서 *태을사(太乙祠)에 들어가 머리가 땅에 닿도록 백번 절하고, 손모아 하늘에 빌며 도움을 달라고 해서 내세(來世)에 가더라도 이와 같은 고생을 면하고자 함이니, 어찌 다른 뜻이 있으랴? 우리 궁인은 정의가 동기와 같은데, 이 한 일로 인하여 남에게 부당한 의심을 사서야 되겠니? 내 까닭없이 믿을 수 없는 말은 하지 않는다."
이때 소옥이 일어나서 사과하며 말했습니다.
"내 이치에 밝지 못하여 그대에게 미치지 못함이 멀었구나. 처음에 성내를 승낙하지 않은 것은 성내에는 본래 무뢰한 협객(俠客)의 무리가 많아서 뜻밖의 강포한 욕이 있을까 근심한 까닭으로 의심하였거니와, 이제 네가 능히 나로 하여금 멀리 아니하고, 다시 서로 통하게 하였다. 이로부터는 비록 하늘에 올라간다고 하더라도 내 따를 것이며, 강으로부터 바다에 들어간다고 할지라도 내 또한 따를 것이니, 다른 사람으로 해서 성사(成事)하여 성공에 미친다 해도 한 가지가 아니겠느냐."
부용(芙蓉)이 또 말했습니다.
"무릇 일이라는 것은 먼저 마음부터 정하는 것이 옳거늘 말로 결정하지도 않았는데, 둘이 서로 다투어 밤새도록 결정하지 못하고 있으니 일은 순조롭지 못하겠구나. 한집안의 일을 대군에게는 알리지도 아니하고 자기들끼리만 밀의(密議)를 하니 이것은 불충(不忠)이라 할 수 있으며, 낮에 다툰 일을 밤도 깊기 전에 굴복하고 말았으

---

*태을사(太乙祠)——— 음양가들이 모시는 사당.

니 이것은 불신(不信)이라 하지 않을 수 없다. 또 가을에는 옥같이 맑은 시내가 없는 곳이 없거늘, 꼭 성사(城祠)로만 가려고 하니 이것도 옳다고는 할 수 없고, 비해당(匪懈堂) 앞은 물이 맑고 돌이 희므로 해마다 거기에서 빨래를 하다가, 이제 와서 다른 곳으로 바꾸고자 하는 것도 또한 옳지 아니하니, 다른 사람이 다 간다고 하더라도 나는 따르지 않겠다."

하니, 또 보련(寶蓮)이 말했어요.

"말이라 하는 것은 마치 문신지구(文身之具)와 같으니, 삼가 조심하지 않는데 따라서 복과 화가 따르는 것이다. 이럼으로써 군자(君子)는 조심하는데 입을 지키기를 병과 같이 한단다. 한나라 때의 명상 장상여(張相如)는 종일 말을 하지 않아도 일을 이루지 못함이 없었으며, 색보(嗇夫)는 이로운 말을 척척 잘 하였으나 장석(張釋)의 참소한 바 되었단다. 이로써 볼 것이면 자란(紫鸞)의 말은 무엇을 숨겨 두고 말하지 않는 것이고, 소옥(小玉)의 말은 강하면서도 마지못하여 좇는 것이며, 부용(芙蓉)의 말은 말을 꾸미는 데만 힘을 쓰니, 다 나의 뜻에 맞지 않으므로, 이번 행차에 나는 같이 아니 하겠다."

또 금련(金蓮)이 말했습니다.

"오늘 저녁의 의논은 마침내 합의를 보지 못하였으니 내 점을 쳐서 화의(和議)하리라."

하고는, 곧 희경(羲經)을 펴 놓고 점을 쳐 얻은 괘를 풀어서 말했습니다.

"내일 운영(雲英)은 반드시 장부를 만나리라. 운영의 얼굴과 거동은 인간에 살고 있는 사람이 아님과 같은 것이 있다. 그래서 대군이 운영에게 마음을 기울인 지가 이미 오래 되었으나, 운영이 죽음으로써 거역하고 있음은 다른 이유가 있는 것이 아니라, 차마 부인의 은혜를 저버리지 못함이라. 대군의 명령이 비록 엄하나 운영의 몸이 상할까 두려워하는 까닭으로 감히 가까이 하지 못하고 있는데, 이제 이 쓸쓸한 곳을 버리고서 번화한 곳으로 가고자 하고 있으니, 유협한 소년들이 그 자색을 볼 것 같으면 반드시 넋을 잃고 미칠 것

같은 자가 있을 것이며, 비록 능히 서로 가까이 하지는 못하나 손가락질하며 눈짓을 할 것이니 이것 또한 욕이다. 전일에 대군이 명령을 내리기를, 궁녀가 문을 나가거나 바깥 사람이 궁녀의 이름을 알 것 같으면 그 죄는 죽음을 당하리라 하였으니, 금번 행차에 나로서는 참가할 수 없다고 생각한다.”

이에 자란은 일이 이루어지지 않을 줄 알고는 실심한 듯이, 좋아하지 아니하고 바야흐로 돌아가려고 하는데, 비경(飛瓊)이 울면서 비단띠를 잡고 억지로 만류하고는 앵무잔(鸚鵡盞)에다 운화주(雲華酒)를 따라 권하기에, 좌우에 있던 사람들이 다 마셨더이다.

이때 금련(金蓮)이 말했습니다.

“오늘 저녁의 모임은 조용히 파해야 할 것이어늘 비경의 울음에는 나도 정말 괴로웠다.”

비경이 말했습니다.

“처음 남궁(南宮)에 있을 때에는 운영으로 더불어 사귀기를 깊이 하여 사생과 영욕을 같이 하기를 약속하였거니와, 이제 비록 거처를 달리했다고 해서 어찌 차마 잊을 수 있겠니? 전날 대군 앞에서 문안을 올릴 때에, 운영을 당(堂) 앞에서 보니, 가는 허리가 말라서 더 가늘어졌고 얼굴은 핼쑥하였으며 목소리는 가늘어서 들릴락말락 하였는데, 일어나 절을 할 때에 힘이 없어 땅에 넘어지기에 내가 붙들어 일으키고는 좋은 말로 위로하였더니 운영이 대답하기를, ‘불행히 병을 얻어 명이 조석에 있으나 나의 미명(微命)은 죽어도 애석함이 없지만, 아홉 사람의 문장(文章)과 재화(才華)가 날로 피어나고 빛나서 다른 날 아름다운 시편(詩篇) 고운 작품이 일세를 움직이게 됨도 좋은 일이나 내가 볼 수 없을 것이니 이로써 슬픔을 능히 금할 수 없다’고 하는 그 말이 하도 처절하여서 내가 눈물을 흘렸거니와, 이제 와서 생각해 봐도 그 병이 위중하였음은 생각한 바와 같았단다. 슬프다. 자란은 운영의 벗이라. 죽음에 임한 사람을 천단(天壇) 위에 두고자 하나 그것도 또한 난감한 일이니, 오늘의 계획이 만일 이루지 못할 것 같으면 황천(黃泉)에 가서도 눈을 감을 수 없게 하는 바가 있을 것이요 또한 원한은 남궁으로 돌아올 것이니, 그 어찌 슬프지 않겠는가? 서경(書經)에 말하기를, '좋은 일을 하면 하늘이 백 가지 상서로운 것을 내려 주시고, 좋지 아니한 일을 하면 하늘이 백 가지 재앙을 내려 주시나니'라 하였으니 오늘의 이 토론이 좋은가, 좋지 않은가?"

또 소옥(小玉)이 말했습니다.

"내 이미 허락하였고 세 사람의 뜻도 이미 따르기로 했으니, 어찌 중도에서 그만 두리오. 설혹 일이 누설된다고 할지라도 운영이 홀로 그 죄를 당할 것이며, 다른 사람은 무엇 때문에 같이 당하랴? 나는 재언을 하지 않고 마땅히 운영을 위하여 죽으리라."

이에 자란이 말했습니다.

"따르는 사람이 반이요, 따르지 않는 사람이 반이니 일은 다 틀렸노라."

하고는 일어나 가고자 하다가 들어와 다시 앉아 그 뜻을 살피더니, 혹 따르고자 하나 일구이언(一口二言)하기를 부끄럽게 여기는지라.

'천하 일에는 정도(正道)도 있고, 권도(權道)도 있는데 권도로 맞게 하면 그것이 또 정도이다. 어찌 변통(變通)의 권도를 쓰지 않고 먼저 한 말을 굳게 지키려고 하느냐?"

하니, 좌우 사람들이 일시에 따르더군요.

또 자란이 말했습니다.

"내가 말하기를 좋아 하는 것이 아니라 남을 위해서 일을 도모하다가 얻지 못하면 말하지 아니한단다."

비경이 말했어요.

"옛날 소진(蘇秦)은 *육국(六國)으로 하여금 합종(合從)토록 하였거니와, 이제 자란(紫鸞)은 능히 다섯 사람으로 하여금 승순(承順)케 하였으니 변사(辯士)라 해도 좋겠구나."

"소진은 능히 육국의 상인(相印)을 찾거니와 이제 그대들은 어떠한

---

*육국(六國)──중국 전국 시대에 각지에 할거한 제후 중에서 진(秦)을 제외한 여섯 나라.

물건으로써 주려고 하는가?"

금련이 말했습니다.

"합종(合從)은 육국의 이익이나 이제 이 승순(承順)은 우리 다섯 사
람에게 무슨 이익이 있는가?"

하고는 마주보며 크게 웃더이다. 자란이,

"남궁 사람은 다 착해서 능히 운영으로 하여금 다시 죽을 목숨을 잇
게 하였으니, 어찌 사례하지 않으리요."

하면서 일어나서 절을 하더이다. 이에 자란이 말했습니다.

"오늘의 일은 다섯 사람이 따르기로 했으니, 위에는 하늘이 있고 밑
에는 땅이 있으며 촛불이 비치고 귀신이 엿보고 있으니, 내일에는
다른 뜻이 없겠지?"

하고는 일어나 절하고 돌아가니, 다섯 사람이 다 중문 밖에 나가 전송
하였습니다.

자란이 돌아와서 저에게 말하기에, 저는 벽을 기대고 일어나서 재
배하고는 사례의 말을 했습니다.

"나를 낳은 사람은 부모고 나를 살려준 사람은 너구나. 땅에 들어가
기 전에 맹세코 이 은혜를 갚으리라."

앉아서 아침을 기다리다가, 소옥과 남궁 네 사람이 들어가 문안을
하고는 물러나와 *중당(中堂)에 모였는데 소옥이 말했습니다.

"하늘은 명랑하고 물이 맑으니 정히 빨래할 때를 당하였구나. 오늘
소격서동에다 휘장을 치는 것이 좋겠지."

이에 여러 사람은 다 반대가 없었습니다. 저는 물러나와 서궁으로
돌아가서 흰 나삼(羅衫)에다 가슴 속에 가득 찬 슬픔과 원한을 써서
품에 넣고는 자란과 같이 일부러 뒤떨어저 마부를 보고 일렀어요.

"동문 밖에 있는 무당이 가장 영험(靈驗)하다고 하니, 내 그 집에
가서 병을 묻고 오겠다."

하였더니, 가다가 동복(童僕)이 그 말대로 하였습니다. 그 집에 가서
좋은 말로 애걸하며 말했어요.

---

*중당(中堂)——중국에서 재상이 정치를 하던 곳.

"오늘 찾아온 것은 김진사를 한번 만나보고 싶은 것뿐이니 가급적 기별해 줄 것 같으면 몸이 다하도록 은혜를 갚겠어요."

무당이 그 말대로 사람을 보내었더니 진사님이 엎어지며, 자빠지며 쫓아왔습니다. 둘이 서로 만나니 한 마디도 하지 못하고 다만 눈물을 흘릴 뿐이었지요. 제가 편지를 주면서 말했어요.

"저녁을 타서 꼭 돌아올 것이니, 낭군님은 여기에서 기다려 주옵소서."

하고는, 바로 말을 타고 갔습니다. 진사님에게 전한 편지의 그 사연은 이러하였습니다.

'일전 무산신녀(巫山神女)가 전해 준 편지에는 낭랑한 옥음(玉音)이 종이에 가득하였습니다. 정중한 마음으로 읽고 또 읽어 보니 슬프고도 기뻐서 마음을 스스로 진정하지 못하고 바로 답서를 보내고자 하였사오나 이미 전할 길이 없었습니다. 또한 비밀이 샐까 두려워서 고개를 들어 멀리 바라보며 날아가고자 하오나, 날개가 없으니 애가 끊어지고 넋이 사라져, 다만 죽을 날을 기다리고 있사오나 죽기 전에 이 편지를 통하여 평생의 회포를 다 말씀드리오니, 엎드려 바라옵건대 낭군께서는 저를 잊지 마시고 마음에 새겨 두옵소서. 저의 고향은 남방(南方)이옵니다. 부모님이 저를 사랑하시기를 여러 자녀 가운데에서도 편벽하게 사랑하시와 나아가 노는 데 있어서도 그 하고자 하는 대로 맡겨 두었습니다. 그래서 숲속과 물가, 그리고 매화나무, 대나무, 귤나무, 유자나무 등의 그늘에서 날로 놀기를 일삼으니, 이끼낀 바위에서 고기 낚는 무리와 소 먹이기를 파하고 피리를 희롱하는 아이들이 아침 저녁으로 모여 들어 왔으며, 그밖에 산야의 풍경과 전가(田家)의 재미는 이루 다 들 수 없습니다. 부모님이 삼강오륜(三綱五倫)의 행실을 가르치시고 또한 칠언당음(七言唐音)을 가르쳐 주셨습니다. 나이 열세 살때에 대군이 부르신 까닭으로 부모님을 이별하고 형제를 멀리하여, 궁중에 들어오니, 집으로 돌아갈 것을 생각하는 마음 금할 수 없어 더벅머리와 때 묻은 얼굴, 남루한 의상으로써 보는 사람으로 하여금 더럽게 보이도록 하고자 뜰에 엎드려 울었더니 궁인이 보고 말하기를, '연꽃 한 송이가 뜰에 피어났다'라고 하더이다. 대군의 부인이 사랑해 주기를 자식과 다름없이 사랑하여 주셨으며 대군도 보통으로 보지 않았습니다. 궁 안 사람들이 사랑해 주지 않음이 없고 골육과 같이 여겼으며, 한번 학문에 종사한 후로부터 의리를 문득 알았으며 음률(音律)을 능히 살폈더니 궁인이 경복하지 않음이 없더이다. 서궁으로 옮긴 후로부터 금서(琴書)에만 전념하여 조예가 더욱 깊어져서 문사들이 지은 시는 하나도 눈에 걸리는 것이 없었습니다. 오직 남자가 되어서 입신양명을 하지 못하고 홍안박명(紅顔薄命)의 몸이 되어 한번 심궁에 갇히고는 마침내 시들어지게 되었음을 한할 따름이옵니다. 인생이 한번 죽은 후이면 누가 다시 알아주리이까. 이럼으로써 한(恨)은 마음을 얽고 원(怨)은 가슴을 누르기에 매양 수놓기를 그치고, 마음을 등불에 붙이며 깁짜기를 파하고 북을 던지고 베틀에서 내려와 비단 휘장을 찢어 버리고, 옥비녀를 꺾어 버리고서 잠시 주흥(酒興)을 얻으면 모든 것에서 벗어나 산보를 하면서 섬돌의 꽃을 쳐서 떨어지게 하고 뜰의 풀을 손으로 뜯어 버리니, 어리석음과 같고 미친 것과 같았으나 능히 스스로 억제하지 못하였습니다. 지난 가을 달 밝은 밤에 낭군님의 얼굴과 거동을 한번 보고는 마음속으로 천상의 신선이 인간에 적하(謫下)하였는가 여겼습니다. 저의 얼굴이 구인중(九人中)에서 가장 못났는데도 어떤 숙세(宿世)의 인연이 있었는가, 어찌 필하(筆下)의 일점(一點)을 알고서 마침내 가슴 속에 원한을 맺는 실마리가 되었사오니, 발 사이로 바라봄으로써 봉추(奉箒)의 인연이 될까 하고 헤아려 보았으며, 꿈속에서 만나봄으로써 장차 잊을 수 없는 사랑을 이어 볼까 하였답니다. 비록 한번도 이불 속의 즐거움은 없사오나, 옥같은 낭군님의 얼굴이 눈앞에 아롱거려 이화꽃에서 우는 두견새의 울음과 오동잎에 떨어지는 밤의 빗소리는 슬퍼서 차마 들을 수 없었으며, 봄이 되어 뜰 앞에 가는 풀이 나오는 것과, 가을이 되어 하늘가에 날아가는 외기러기는 처량하여 차마 볼 수 없었습니다. 혹은 병풍에 기대어 서서 가슴을 치고 발을 구르면서 푸른 하늘에 홀로 하소연할 뿐이오니, 알지 못하오나 낭군님도 또한 저를 생각하고 있는지요? 다만 한스러운 것은 낭군님을 보기 전에 먼저 죽어지면 땅이 늙고 하늘이 거칠어져도 이내 정만은 사라지지 않으리이다. 마침 오늘 빨래 가는 행차에 양궁의 시녀들이 다 모여 있는 까닭으로 여기에 오래 머물러 있을 수 없사옵니다. 눈물은 먹물로 화하고 넋은 비단실에 맺혔사오니, 엎드려 원하건대 낭군님께서는 한번 보아 주옵소서. 또한 졸구(拙句)로써 삼가 답하옵니다.'

이러한 글은 가을을 맞이하여 상심하는 글이고, 그 시는 상사의 시였습니다.

그날 저녁 나올 때에 자란이 저와 같이 먼저 나와서 동문 밖을 향한즉, 소옥이 미소하면서 절구(絶句) 한 수를 지어서 주는데 보니 저를 *기롱(譏弄)하는 뜻이 아님이 없었습니다. 저는 마음 속으로 부끄러이 여겼으나 참고 그 시를 보니 이러하였어요.

　　태을사 앞 물 한번 돌아
　　천단에 구름 흩어지고 옥황문이 열리도다
　　가는 허리에 몰아치는 바람을 이기지 못하여
　　잠시 숲속에 피하였다 날이 저물어 돌아오도다

자란이 곧 차운(次韻)하였고 비취와 옥녀도 서로 이어서 차운하니 또한 다 저를 기롱하는 뜻이었습니다.

제가 말을 타고 먼저 돌아와서 무당의 집에 가 본즉 무당이 뾰로통한 얼굴을 하고 벽을 향하여 앉아서 안색을 고치지 않고 있으며, 진사님은 옷소매로 얼굴을 가리고 종일 느껴 울어서 넋을 잃고 실성하여, 제가 온 것도 알지 못하는 것 같았어요. 제가 왼손에 차고 있던 운남(雲南)의 옥색 금환(玉色金環)을 풀어서 진사님의 품 속에 넣어 주고 말했습니다.

---

*기롱(譏弄)——실없는 말로 농락함.

"낭군님께서는 저로써 박정하다 아니 하시고 천금(千金) 같은 귀한 몸을 굽혀 더러운 집에 와서 기다리시니, 제가 비록 불민하오나 또한 목석이 아니오니 감히 죽음으로써 허락하리이다. 제가 만약 식언(食言)한다면 여기에 금환(金環)이 있사옵니다."

하고, 갈 길이 총총하므로 일어나 작별을 고하니, 흐르는 눈물이 비와 같았습니다. 제가 진사님의 귀에다 대고 말했어요.

"제가 서궁에 있으니 낭군님께서 밤을 타 서쪽 담을 넘어 들어오시면, 삼생(三生)에 있어서 미진한 인연을 거의 이을 수 있을 것입니다."

말을 마치고는 옷을 떨치고 나와서 먼저 궁문을 들어오니, 여덟 사람도 뒤따라 들어오더이다.

그날 밤 이경(二更)에 소옥이 비경과 함께 촛불을 밝히고 서궁으로 와서 말했습니다.

"낮에 읊은 시는 무정한 데서 나왔고 희롱하는 말이 되고 말았구나. 그래서 깊은 밤에 일부러 험로를 무릅쓰고 찾아와서 사과한다."

자란이 받아서 말했습니다.

"다섯 사람의 시는 다 남궁에서 나오지 않았느냐. 한번 궁을 나눈 후로부터 자못 형적(形跡)이 있어 당시(唐時)에 *우이(牛李)의 무리와 같은 것이 있으니 어찌 그러한 일을 하리요. 여자의 정인즉 하나라, 오래도록 심궁에 갇히어, 외그림자만을 길이 조상하게 되었으니 대하는 것이라곤 거문고 타고 노래 부를 뿐이요. 백화(百花)는 꽃송이를 머금고 웃고 있으며 쌍제비는 나래를 엇바꾸면서 즐기고 있으나, 박명한 우리들은 다같이 심궁에 갇히어 사물을 볼 때마다 봄을 생각하니 그 심정이 오죽하겠는가. 아침에는 구름이 되고 저녁에는 비가 된다는 무산(巫山)의 신녀(神女)는 자주 초왕(楚王)의 꿈에 들어 갔으며 왕모선녀(王母仙女)는 요대(瑤臺)의 잔치에 여러 번 참여하였거니와, 여자의 뜻은 의당 다름이 없거늘 남궁 사람들은 어째서 홀로 항아(姮娥)와 같이 정절을 굳게 지키면서 영약(靈

---

*우이(牛李)──중국 당대의 우승유(牛僧儒)와 이종민(李宗閔).

藥)을 도적질하고 있음을 뉘우치지 아니하는가?"

비경과 옥녀는 눈물을 막지 못하고 말했습니다.

"한 사람의 마음은 곧 천하 사람의 마음이란다. 이제 성교(盛敎)를 들으니 슬픈 회포가 유연(油然)히 일어나는구나."

하며 일어나 절하고는 가더이다. 제가 자란보고 말했습니다.

"오늘 저녁에는 나와 진사님과의 금석(金石)의 약속이 있으나 오늘 오지 않을 것 같으면 내일에는 반드시 담을 넘어 오리라. 오면 어떻게 대접할까?"

"수놓은 휘장이 겹겹이 둘러 있고 비단좌석이 찬란하며, 술은 냇물과 같이 있고 고기는 언덕과 같이 있으니 아니 오면 그만이거니와, 오면 대접하기가 무엇이 어렵겠니?"

그날 밤에는 과연 오지 않았더이다.

진사님이 가만히 그곳을 돌아본즉, 담이 높고 험준하여 스스로 몸에 날개를 갖추지 아니하면 능히 넘어갈 수 없었답니다. 집으로 돌아와서 맥맥히 말도 아니하고 근심을 얼굴에 나타내고 있는데, 이름을 특(特)이라고 하는 한 종복(從僕)이 있어 본래부터 기술이 많다고 하더니, 진사님의 얼굴 빛을 보고는 나아가 무릎을 꿇고,

"진사께서는 필경 세상에서 오래가지 못하리이다."

하고는, 뜰에 엎드려 울기에, 진사님이 꿇어앉아 그의 손목을 잡고 그 회포를 다 말하였더니 특(特)이 말하기를,

"어찌 일찍 말하지 아니하였습니까? 제가 마땅히 되도록 해 보겠습니다."

하고는 곧 사다리를 만드니, 매우 가볍고 능히 거두었다 폈다 할 수 있는데, 거둔즉 병풍을 접는 것과 같고 오륙장(五六丈) 가량이나 되는데도 손바닥 위에서 운반할 수 있듯이 편리했습니다. 특이 가르쳐 주었습니다.

"이 사다리를 가지고 궁전의 담을 올라 넘어가서는 안에서 거두어 두었다가, 돌아올 때에도 또한 그와 같이 하소서."

진사님이 특으로 하여금 뜰에서 시험해 보게 하였더니 과연 그의

말과 같은지라, 진사님은 매우 기뻐하였습니다. 그날 밤 궁중으로 가려고 할 때, 특이 또한 품안으로부터 털옷과 가죽버선을 내어 주면서 말했습니다.

"이것이 있으면 넘어가기가 어렵지 아니할 것입니다."

진사님이 입으니 빛이 낮과 같았습니다.

진사님은 그 계교를 써서 담을 넘어가 숲속에 엎드리니 달빛은 낮과 같았습니다. 조금 있다가 사람이 안에서 나와 거닐면서 작은 소리로 시를 읊기에 진사님은 숲을 헤쳐 머리를 내어 놓고 말했습니다.

"어떠한 사람이기로 여기에 오느뇨?"

그 사람은 웃으면서 대답했습니다.

"이리 나오소서. 이리 나오소서."

진사님이 나아가 절을 하고 말했습니다.

"나 어린 사람이 풍류의 흥취를 이기지 못하여 만사를 무릅쓰고 감히 여기에 들어왔사오니, 엎드려 바라건대 낭자께서는 나를 불쌍히 여겨 주옵소서."

자란이 말했습니다.

"진사님의 오심을 고대하기를 대한(大旱)에 비를 바라는 것과 같이 하고 있다가, 이제야 다행히 뵈옵게 되어 저희들이 살아났사오니, 원컨댄 진사님은 의심하지 마옵소서."

하고는 바로 이끌고 들어가기에, 진사님이 층계를 거쳐 굽은 난간을 따라 몸을 가다듬고 들어오실 제, 저는 사창을 열어놓고 옥등(玉燈)을 밝혀놓고 앉아서 수형(獸形)의 금로(金爐)에다 향을 사르고 유리 같은 서안(書案)에다 *태평광기(太平廣記) 한 권을 펴들고 있다가, 진사님이 옴을 보고 일어나 맞이하고 절을 하니 진사님도 또한 답례를 하더이다. 손님과 주인의 예로써 동서(東西)를 나누어 앉고, 자란으로 하여금 진수성찬(珍羞盛饌)을 차려놓고 자하주(紫霞酒)를 따라서 권하니 석 잔을 마시고 진사님은 좀 취한 듯이 말했습니다.

"밤이 얼마나 길지요?"

---

*태평광기(太平廣記)——중국 송나라의 이방(李昉)등이 칙명을 받들어 지은 책.

자란이 마침 그 뜻을 알고 휘장을 드리우고 문을 닫고 나가더이다. 제가 등불을 끄고 잠자리에 나아가니 그 즐거움은 가히 알 것입니다.

밤은 이미 새벽이 되고 뭇 닭은 날 새기를 재촉하기에, 진사님은 바로 일어나 돌아가셨습니다.

이러한 후로부터는 어두울 때에 들어와서 새벽에 돌아가시니 그렇게 하지 않는 저녁이 없었지요. 사랑은 깊어가고 정은 두터워서 스스로 그치기를 알지 못하였어요. 이 때문에 궁중 담 안의 눈 위에는 자주 발자취가 나게 되었습니다. 궁인들은 다 그 출입을 알고 위험타 하지 않는 이가 없었습니다.

하루는 진사님이 좋은 일의 끝이 화기(禍機)가 될까봐 문득 근심하고는, 마음속으로 크게 두려워서 종일 즐거워하지 아니하고 있으니, 특이 바깥에서 들어와 물었습니다.

"저의 공이 매우 컸었는데 지금까지 상을 논하지 않음이 옳은 일이옵니까?"

"내 마음속에 새겨 두고 잊지 않고 있으니 조만간(早晚間) 마땅히 상을 후히 하리라."

"이제 진사님의 얼굴 빛을 보니 또한 근심이 있는 것 같습니다. 알지 못하거니와 무슨 까닭이옵니까?"

"보지 못한즉 병이 마음과 골수에 있고, 본즉 헤아릴 수 없는 죄가 있으니 어찌 근심하지 않겠느냐?"

"그러면 어찌하여 남몰래 업고 도망가지 않으십니까?"

진사님은 그렇게 하기로 하고 그날 밤 특의 계교로써 저에게 말하셨습니다.

"특이 노비(奴婢)지만 본래부터 지모(智謀)가 많아, 이 계교로써 가르치니 그 계교가 어떠하오?"

저는 허락하여 말했습니다.

"저의 부모님은 재산이 많은 까닭으로 제가 올 때에 의복과 보화를 많이 갖고 왔으며, 또한 대군이 주신 것이 매우 많사오니 이 물건들을 버리고는 갈 수 없사오니 어떻게 했으면 좋으리이까? 이제 운반하고자 하면 비록 말 열 필이 있다 하더라도 능히 다 운반할 수 없어요.”

진사님이 돌아가서 특에게 말하니, 특이 크게 기뻐하며 말했습니다.

“무엇이 어려울 게 있사옵니까?”

“그럴 것 같으면 계교를 세워 보아라.”

“저의 벗 중에서 역사(力士) 이십여 명이 있사온데, 날로 강해져서 나라를 위하여 일을 하고자 하거니와 능히 당할 사람이 없사오며, 저하고 깊이 우정을 맺고 있어서 오직 명령만 있으면 좇을 것이오니, 이 무리로 하여금 운반케 한즉 태산도 또한 옮길 수 있을 것입니다.”

진사님이 돌아와서 저에게 말하기에 저도 그렇게 여기고서, 밤마다 수습하여 이레 만에 바깥으로 운반하기를 마치고 난 후 특이 말했습니다.

“이와 같은 중보를 본댁에 쌓아 두면 큰 상전(上典)께서 반드시 의심할 것이고, 저의 집에 쌓아 두면 이웃 사람이 반드시 의심할 것이오니 장차 어떻게 하시렵니까? 도리가 없을 것 같으면 산중에다 구멍을 파고서 깊이 묻어 두고는 굳게 지키면 좋을 것 같습니다.”

“만약 혹 잃게 되면 나와 너는 도적이라는 이름을 면하기가 어려울 것이니, 너는 조심해서 지켜라.”

“저의 계교가 이와 같이 깊고 저의 벗이 이와 같이 많으니 천하에 있어서 어려운 일이 없습니다. 하물며 특이 긴 칼을 가지고 밤낮으로 떠나지 않을 것이니, 눈은 뺄 수 있겠지마는 보화는 뺏을 수 없을 것입니다. 또한 저의 발이 성하므로 보화를 취하지 않을 것이니 바라건대 의심하지 마옵소서.”

그런데 특의 뜻은 이 중보를 얻은 후에 저와 진사님을 산골짜기로 끌고 들어가서 진사님을 죽이고는, 저와 재보(財寶)를 자기가 차지하려는 계획이었으나 진사님은 오활한 선비라 알지를 못했습니다. 대군이 이전에 비해당(匪懈堂)을 구축하고는 가작(佳作)을 얻어 현판에다 걸고자 하였으나 여러 문사들의 시가 다 뜻에 차지 않아서 진사를 강제로 맞이하여 잔치를 베풀어 놓고 간청하기에, 진사님이 한번 붓을 휘둘러 글을 지어내니, 한 점도 더할 수 없이 산수의 경색과 집 지은 모습을 전부 표현하지 않은 것이 없어, 가히 풍우(風雨)를 놀라게 하고 귀신이 곡하게 되었습니다. 대군이 칭찬하고 말씀하셨습니다.

"뜻밖에 오늘 다시 선인(仙人)을 보게 되었구나."

하시고는, 조용히 읊기를 마지 않다가 수장암절풍류곡(隨墻暗窃風流曲)이라는 시구(詩句)에 와서는 입을 멈추고 의심을 하고 있는데, 진사님은 일어나 절을 하면서 말했어요.

"취하여 인사를 살필 수 없사오니 바라건대 물러가게 하여 주옵소서."

이에 대군은 노복에게 명하여 부축하여 보냈습니다.

이튿날 밤에 진사님이 들어와서 저에게 말했습니다.

"도망가는 것이 좋겠소. 어제 지은 시에서 대군의 의심을 샀으니 오늘 밤에 도망가지 않으면 후환이 있을까 두렵소."

"지난 밤 꿈에 한 사람을 보았는데 얼굴이 흉악하고 모돈선우(冒頓單于)라 칭하면서 말하기를, '이미 약속한 바 있어 장성(長城) 밑에 오래도록 기다렸노라' 하기에 깜짝 깨어 놀라서 일어났거니와 몽조(夢兆)가 상서롭지 아니하니 낭군님도 생각하여 보옵소서."

"꿈은 허망하다고 하는데 어찌 믿을 수 있겠소."

"그 장성이라고 말한 것은 *궁장(宮墻)이며, 그 모돈(冒頓)이라고 말한 것은 특이니 낭군님은 그 노복의 마음을 잘 알고 있으신지요?"

"그 놈은 본래 미련하고 음흉하지마는 그러나 전일 나에게 충성을 다하였고 오늘에는 낭자로 더불어 좋은 인연을 잇게 함은 다 그 놈의 계교요, 어찌 처음에는 충성을 바치다가 나중에는 악한 일을 하겠소?"

"낭군님의 말씀을 어찌 감히 거역하리이까마는 자란이와 나의 정이 형제와 같으니 이를 말하지 않을 수 없어요."

하고는, 바로 곧 자란을 불러 세 사람이 솥발 모양 앉아서 제가 진사님의 계교로써 아뢰었더니, 자란이 크게 놀라며 꾸짖어 말하더이다.

"서로 즐거워한 지가 오래 되었는데 어찌 스스로 화패(禍敗)를 빨리 오게 하느냐? 한두 달 동안 서로 사귐이 또한 족하거늘, 담을 넘어 도망하는 것을 어찌 사람으로써 차마 할 수 있으리요? 대군이 뜻을 기울이신 지 이미 오래되었으니, 도망할 수 없음이 그 하나요, 부인이 근심해 주시고 사랑해 주심이 지극하였으니 도망하지 못함이 그 둘째요, 화가 양친에게 미칠 것이니 도망할 수 없음이 그 셋째요, 죄가 서궁에 미칠 것이니 도망할 수 없음이 이 그 넷째이다. 또한 천지는 한 그물 속 같으니 하늘로 올라가거나 땅으로 들어가지 않는 이상 도망간들 어디를 가리요? 혹 잡힐 것 같으면 그 화는 어찌 너의 몸에만 미치겠니? 몽조가 상서롭지 못하다 함은 그만두고라도, 만약 혹 길상(吉祥)하다 하면 네가 즐거이 가겠는가? 마음을 굽히고 뜻을 누르고서 정절을 지켜 평안히 있으면서 하늘의 귀를 듣는 것만 같음이 없겠다. 너의 얼굴이 좀 쇠하면 대군의 사랑도 풀어질 것이니, 사세를 보아 병이라 칭하고 누워 있은즉 반드시 고향으로 돌아가도록 허락해 줄 것이다. 그때를 당하여 낭군과 함께 손을 잡고 돌아가서 해로(偕老)함이 가장 큰 계교이니, 이와 같은 것은 생각해 보지 못했는가? 이제 그와 같은 계교를 당하여 네가 비록 사람을 속일 수 있으나 감히 하늘을 속일 수 있겠느냐?"

이에 진사님은 일이 이루어지지 못할 것을 알고는 찬탄하면서 눈물을 머금고 나갔습니다.

하루는 대군이 서궁 수헌(繡軒)에 앉아 계시다가 철쭉꽃이 만발하였음을 보시고, 시녀를 명하여 오언절구(五言絶句)를 지어서 올리라 하시고는 대군이 크게 칭찬하여 말씀하셨습니다.

"너희들의 글이 날로 점점 발전하므로 내 매우 아름답게 여기거니와, 다만 운영의 시에는 뚜렷이 사람을 생각하는 뜻이 있구나. 전일 부연시(賦煙詩)에 있어서도 다소 그러한 뜻이 있었으나, 이제 또한 이와 같으니 네가 따라 가고자 하는 사람이 어떠한 사람이냐? 김생의 상량문(上樑文)에도 의심할 만한 대목이 있었는데, 너는 김생을 생각하고 있지 아니하냐?"

이에 저는 즉시 뜰에 내려 머리를 땅에 대고 울면서 고했어요.

"대군에게 한번 의심을 보이고는 바로 곧 스스로 죽고자 했으나, 나이가 아직 이십 미만이고 또 부모님을 보지 아니하고 죽으면 구천지하(九泉之下)에 죽어도 유감이 있는 까닭으로, 살기를 도적하여 여기까지 이르렀다가, 또한 이제 의심을 나타냈사오니 한번 죽기를 어찌 애석히 여기리까? 천지 귀신은 밝게 살피소서. 시녀 다섯 사람이 잠시라도 떠나지 아니하였사온데 더러운 이름이 홀로 저에게만 돌아왔사오니 살아도 죽은 것만 같지 아니하오니, 제가 이제 죽을 바를 얻었사옵니다."

하고는, 바로 비단수건으로써 스스로 난간에다 목을 매었더니 자란이 말했습니다.

"대군께서는 이와 같이 영명한 죄없는 시녀로 하여금 스스로 죽을 땅에 나아가게 하시니, 이로부터 저희들은 맹세코 붓을 잡아 글을 짓지 아니하겠습니다."

대군이 비록 크게 노하였으나 마음 속으로 정말로 죽이고 싶지 아니한 고로, 자란으로 하여금 구하여서 죽지 못하게 하고서, 대군이 흰 비단 다섯 필을 내어 다섯 사람에게 나누어 주며 말씀하셨습니다.

"가장 잘 짓는 사람에겐 이로써 상을 주리라."

이러한 후로부터 진사님은 다시는 출입하지 아니하고 문을 닫고 그만 병이 되어 눈물을 이불과 베개에 흘리고 있었으니, 목숨은 가는 실오리와 같았어요. 특이 와서 보고는 말했습니다.

"대장부 죽으면 죽었지, 어찌 상사원결(想思怨結)을 참지 못하여 초조하게 아녀자처럼 상심하여 스스로 천금같은 귀한 몸을 버리려고 하십니까? 이제 마땅히 계교로써 취하기가 어렵지 아니하옵니다. 깊은 밤 고요할 때에 담을 넘고 들어가서, 솜으로 입을 막고는 업고 뛰어 나오면 누가 저를 감히 따라오리이까?"

"그 계교도 또한 위험하니 정성을 다하여 풀어 보는 것만 같지 못하다."

진사가 그날 밤 들어오셨으나 저는 병이 들어 능히 일어나지 못하고, 자란으로 하여금 맞이해들여 술 석 잔을 권하고는 제가 편지를 주면서 말했지요.

"이후로는 다시 볼 수 없을 것이니 삼생(三生)의 인연과 백년의 기약이 오늘 밤으로 다한 것 같습니다. 혹 천연(天緣)이 끊어지지 않았으면 마땅히 구천지하에서 서로 만납시다."

진사님은 편지를 받고는 우두커니 서서, 맥맥히 서로 보다가 가슴을 치고 눈물을 흘리면서 서 있었습니다. 진사님이 집에 돌아가서 편지를 뜯어 보니 그 사연은 이러했지요.

'박명한 첩 운영은 재배하고 낭군 발밑에 사뢰옵니다. 제가 비박한 자질로써 불행히 낭군님의 뜻한 바와 같이 서로 애모하는 정을 맺어 며칠 동안 몇 시간씩이나마 다행히 그날 밤의 즐거움을 나누었을 뿐, 바다같이 깊은 정을 다하지 못하였습니다. 인간 좋은 때에는 조물(造物)의 시기함이 많사옵니다. 궁인이 알고 대군이 의심하시와, 화가 조석에 박두하였사오니 죽을 뿐이옵니다. 엎드려 바라건대 낭군님께서는 작별한 후 저를 가슴에 품어 두고서 마음을 상하게 하지 마옵고, 힘써 공부를 하시와 과거에 급제하여 벼슬길에 올라, 후세에 이름을 날리시와 부모님의 이름을 나타나게 하시옵고, 저의 의복과 보화는 다 팔아서 부처님에게 바치시와 백반으로 기도하시고, 지성으로 발원하시와 삼생의 미진한 연분을 후세에 다시 잇게 하여 주옵시면 고맙겠습니다.'

진사님은 능히 다 보지를 못하고 기절하여 땅에 넘어지니 집사람들이 급히 구하여 다시 깨어났습니다. 특이 바깥에서 들어와 물었습니다.

"궁인이 무슨 말로 대답하였기에 이렇듯이 죽으려고 하십니까?"

진사님은 다른 말은 없고 다만 한가지만 말했습니다.

"재보는 네가 잘 지키고 있느냐? 내 장차 다 팔아 가지고 부처님에게 바쳐서 숙약(宿約)을 실천하리라."

특이 집으로 돌아와서 스스로 생각하기를,

'궁녀가 나오지 아니하니 그 재보는 하늘과 나의 것이겠지.'
하며 벽을 향하여 남몰래 웃었으나 사람들은 알 수 없었어요.

하루는 특이 스스로 옷을 찢고 코를 쳐서 피가 흐르게 하여 온 몸을 더럽히고, 머리를 흩뜨리고 맨발로 달려들어 와서는 뜰에 엎드려 울면서 말했어요.

"제가 강적의 습격을 받았습니다."
하고는 다시는 말을 아니하고 기절한 사람과 같이 하니, 진사님은 특이 죽으면 보화를 묻어 둔 곳을 알지 못할까봐 근심이 되어, 친히 약물을 달여 여러 가지로 구하여 살리고 술과 고기로 공궤(供饋)하니, 십여 일 만에 일어나서 말하기를,

"외로운 한 몸이 홀로 산중을 지키다가 수많은 도적들이 습격하여 와서 사세가 죽게 되었던 까닭으로, 목숨을 걸고 도망해 와서 겨우 실오리 같은 목숨을 보존하게 되었거니와, 만일 그 보화가 아니었더라면 어찌 이와 같은 위험이 있으리이까? 명령을 어김이 이와 같으니 어찌 빨리 죽지 아니하리이까?"
하고는, 발로 땅을 구르고 주먹으로 가슴을 치면서 통곡을 하므로, 진사님은 부모님이 알까봐 두려워 따뜻한 말로 위로하여 보냈대요.

얼마 후 진사님은 특의 소행을 알고 노복 십여 명을 거느리고 가서 불의에 그 집을 둘러싸고 수색을 하니, 다만 금팔찌 한 쌍과 운남보경(雲南寶鏡) 하나가 있을 뿐이었습니다.

그것을 장물(贓物)로 삼아 관가에 고소하여 찾아 내고자 하나, 일이 샐까봐 두렵고 만일 그 보화를 얻지 못하면 부처님에게 바칠 수 없고, 특을 죽이고자 하나 힘으로 능히 누를 수 없어서 입을 다물고 묵묵히 말을 하지 않고 있을 뿐이었습니다. 특(特)이 스스로 그 죄를 알고는 궁장 밖에 있는 소경에게 가서 물어보았습니다.

"내 일전 새벽에 이 궁장 밖을 지나가다가 어떤 사람이 담을 넘어 나오기로 내가 도둑인 줄 알고 큰 소리를 치면서 뒤를 쫓아가니, 그 놈이 가지고 있는 물건을 버리고 달아나기에 내가 주워 가지고 돌아와서 감추어 임자가 오기를 기다리고 있는데, 우리 주인이 방구

석에서 무엇을 찾다가 내가 물건을 주워 왔다는 말을 듣고 와서 찾기로 내가 다른 재화는 없고 다만 팔찌와 거울 두 낱을 얻었다고 한즉, 주인이 몸소 들어와서 찾다가 과연 그 두 물건을 얻고도 또한 마음에 차지 않아 찾기를 그치지 않는지라, 바야흐로 나를 죽이고자 하니 달아나면 길(吉)하겠습니까?"

"길하겠소!"

하니, 그 옆에 있던 사람들이 듣고는 특을 보고,

"너의 주인은 어떠한 사람이기에 노복을 학대하기가 그와 같은가?"

하고 물었습니다. 특은,

"우리 주인은 나이가 어리지만은 조만간 당당히 급제할 것이오나, 탐욕하기가 그와 같으니 다른 날 조정에 섰을 때의 마음 쓰는 것을 알 수 있지요."

이 말이 전파되어 궁중에 들어가고, 궁인이 대군에게 고하니 대군이 대로하시고 남궁인으로 하여금 서궁을 찾아 보게 한즉 저의 의복이 모두 없어졌으므로, 대군이 서궁 궁녀 오인을 뜰 가운데 불러 놓고 형장(刑杖)을 눈 앞에다 엄하게 차려 놓고는 영을 내려 말씀하시기를,

"이 오인을 죽여서 다른 사람을 경계하라!"

하시고는, 또한 집장(執杖)한 사람에게 가르쳐 말씀하셨습니다.

"장수(杖數)를 헤아리지 말고 죽을 때까지 치렷다!"

이에 오인이 호소했습니다.

"바라건대 한번 말이나 하고 죽겠습니다."

하니 대군이,

"하고 싶은 말이 무엇인고? 그 사정을 말해 보라."

은섬이 먼저 초사(招辭)를 올리니 이러했습니다.

'남녀의 정욕은 음양의 이치에서 받은 것이므로 귀천을 막론하고 사람은 누구나 다 가지고 있으니, 한번 심궁에 갇히자 외로운 몸이 되어 꽃을 봐도 눈물을 가리며 달을 대하여도 넋을 잃으니, 매화나무에 앉은 꾀꼬리로 하여금 짝을 지어 날지 못하게 함이며, 발 사이

에 드나드는 제비로 하여금 양소(兩巢)를 얻지 못하게 하는 것입니다. 이것은 다름이 아니라, 스스로 정욕의 뜻을 이기지 못함이며 또한 투기의 정을 이기지 못해서 그러할 뿐이오니 어찌 슬프지 않으리까? 한번 궁장을 넘어가면 인간의 낙을 알 수 있으며 또한 금석(錦席)의 즐거움도 다 할 수 있거니와, 오래도록 심궁에 갇히어 이와 같은 일을 하지 못하고 있사오니 어찌 저희들의 힘으로 능히 할 수 있으며 또 마음으로 억제할 수 있사오리이까? 오직 대군님의 위엄이 두려워서 이 심궁을 굳게 지키고 있다가 시들어 죽어질 뿐이옵니다. 궁중의 일에 있어서 이제 범한 죄가 없사옵는데도 불구하고 죽는 땅에 두고자 하오니, 어찌 원통하지 않으리이까? 저희들이 구천지하(九泉地下)에서 죽어도 눈 감을 수 없겠습니다.'
다음으로 비취가 올리니 이러했습니다.
'대군께서 사랑해 주시는 은혜는 산보다 높고 하해보다 깊사온데, 어찌 감동하옴이 없사오리까? 저희들이 대군님의 깊은 은혜에 감축하고는 홀로 심궁에 거처하면서 달 밝은 가을 밤, 꽃 피는 봄날에도 이 뜻을 변치 않고 오직 문묵(文墨)과 현가(絃歌)에 종사하고 있을 따름이온데, 이제 씻을 수 없는 누명이 서궁에 미치고 말았으니 어찌 원통하지 않으리이까? 살아도 죽은 것만 같지 못하옵니다. 오직 엎드려 바라건대 빨리 죽을 땅으로 나아가게 하여 주옵소서.'
세 번째로 자란이 올리니 이러했습니다.
'오늘 일은 죄가 헤아릴 수 없는 데 마음 속에 있사오니 품고 있는 바를 어찌 차마 숨겨두리이까? 저희들은 여항(閭巷)의 미천한 계집으로서 아버지가 대순(大舜)이 아니고 어머니가 이비(二妃)가 아닌즉, 남녀간의 정욕이 어찌 홀로 저희들에게만 없겠습니까. 주나라 목왕(穆王)도 천자로서 매양 요대(瑤臺)의 즐거움을 생각하였고, 항우(項羽)같은 영웅도 해하(垓下)의 눈물을 금치 못하였으며, 당현종(唐玄宗)같은 슬기로운 임금으로도 매양 *마외(馬嵬)의 한(恨)을 생각하였거니와, 대군께서는 어찌하여 운영으로 하여금 홀로 운우

---

*마외(馬嵬)의 한(恨)──중국 당나라의 현종이 마외에서 사랑하는 양귀비를 죽인 일.

(雲雨)의 정이 없다고 할 수 있습니까? 김생은 곧 당대의 단정한 선비이온데 내당으로 끌어들인 것도 대군께서 하신 일이오며, 운영에게 명하여 벼루를 받들게 한 것도 대군님의 영이었습니다. 운영이 오래도록 심궁에 갇히어 있으면서 달 밝은 가을 밤, 꽃 피는 봄날이면 매양 마음 상하였고, 오동잎이 떨어지는 밤비에 몇번이나 애를 끊다가, 한번 호협한 남성을 보고 나서는 넋을 잃고 실성하여 병이 골수에 사무쳐서 비록 죽지 않는 약과 월(越)나라 사람의 손으로도 효력을 보기가 어렵게 되었사오니, 하루 저녁에 아침 이슬과 같이 죽어지면 대군께서 비록 측은한 마음이 있어 돌보고자 한들 무슨 소용이 있겠습니까? 저의 어리석은 생각으로는 한번 김생으로 하여금 운영을 만나 보게 해서 두 사람의 맺혀진 원한을 풀어 주실 것 같으면, 대군님의 적선(積善)보다 더 큰 것이 없겠습니다. 전일 운영의 훼절(毁節)은 죄가 저에게 있사옵고 운영에게는 있지 아니하오니, 저의 이 한 말씀은 위로는 대군님을 속이지 아니하고 아래로는 동료를 저버리지 아니할 것입니다. 오늘의 죽음은 죽어도 또한 영광이라 생각하옵니다. 엎드려 바라건대 대군께서는 저의 몸으로써 운영의 목숨을 이어 주옵소서.'
네 번째로 옥녀가 올리니 이러하였습니다.
'서궁의 영광을 저도 이미 같이 하였사온데 서궁의 액운을 저만이 면할 수 있겠습니까? 곤강(崑崗)도 같이 타고 옥석(玉石)도 같이 타는데, 오늘의 죽음은 그 죽을 바를 얻었사오니 죽어도 유감이 없겠습니다.'
끝으로 제가 올리니 이러했습니다.
'대군님의 은혜는 산과 같고 바다와 같사온데 능히 정절을 굳게 지키지 못하였사오니, 그 죄 하나이며, 전후로 지은 시에서 대군님에게 의심을 보이고도 끝내 바로 아뢰지 못하였사오니, 그 죄 둘이옵고, 서궁의 죄 없는 사람들이 저로 인하여 같이 죄를 받게 되었사오니 그 죄 셋이옵니다. 이와 같은 큰 죄를 셋이나 짓고서 산들 무슨 면목으로 살며, 만약 죽음을 면하여 주신다 하더라도 저는 마땅히

자결하여 처분을 기다리겠습니다. '

대군이 보기를 마치고 나시더니, 또 한번 자란의 초사를 다시 펴고 보시는데 노염이 좀 풀리는 것 같으므로 소옥이 꿇어앉아 울면서 아뢰었습니다.

"전날 빨래하러 갈 때에 성안으로 가지 말자고 한 것은 저의 의견이었으나, 자란이 밤에 남궁으로 와서 매우 간절히 청하기에 제가 그 뜻을 안타까이 여겨, 군의(群議)를 물리치고 따랐사오니, 운영의 훼절은 그 죄가 저의 몸에 있사옵고 운영에게 있지 아니 하오니 저의 몸으로써 운영의 목숨을 이어 주옵소서."

여기에 있어 대군의 노여움이 좀 풀어져서 저를 별당에다 가두고 다른 궁녀들은 다 돌려 보냈는데, 그날 밤 저는 비단 수건으로 목매어 죽었습니다.

진사는 붓을 잡아 기록하고 운영은 옛일을 당겨서 이야기하는데 매우 자상하였다. 두 사람은 마주 보고 슬픔을 스스로 억제하지 못하다가 운영이 진사보고 말했다.

"이로부터 다음 이야기는 낭군님께서 하옵소서."

이에 진사는 이야기를 하기 시작하였다.

운영이 자결한 후 모든 궁인들이 통곡하지 않는 사람이 없어 부모가 돌아간 것과 같이 했습니다. 곡성이 궁문 밖에까지 들려 저도 또한 듣고서 기절하여 오래도록 있었더니, 집사람들이 장차 초혼(招魂)을 하고 발상(發喪)하려고 할 때에 다시 살아나 해질 무렵에서야 겨우 깨어나서 정신을 차리고 스스로 생각해 보니, 모든 일이 이미 끝난 것 같았습니다.

공불(供佛)의 약속을 저버릴 수 없어 구천(九泉)의 영혼을 위로해 주고자 그 금팔찌와 보경(寶鏡)과 문방 제구를 다 팔아 가지고 쌀 사십 석을 사서 청녕사(淸寧寺)로 보내어 재를 올리고자 하나, 믿을 만한 사람이 없기로 사환을 시켜 특을 불러 오게 하고는 특에게 말했습니다.

"내 너의 전날의 죄를 전부 용서해 줄 것이니, 이제 나를 위하여 충성을 다 하겠느냐?"

특이 엎드려 울면서 대답했습니다.

"제가 비록 어리석고 완악하나 또한 목석이 아니오니, 한몸에 지은 죄를 머리카락을 뽑으면서 헤아려도 헤아리기가 어려운 것을 이제 용서해 주시니, 이것은 나무에 잎이 나고 흰 뼈에 살이 붙는 것과 같사온데 감히 진사님을 위하여 죽음을 다하지 아니하겠습니까."

"내 운영을 위하여 초례(醮禮)를 베풀어 놓고 불공을 드려 발원을 하고자 하나 신임할 만한 사람이 없으니 네가 가지 않겠느냐?"

"삼가 가르침을 받들겠습니다."

하고는, 즉시 절로 올라가서 삼일을 궁둥이를 두드리면서 누워 놀다가 중을 불러 이르기를,

"사십 석의 쌀을 어디에 쓰겠소? 다 부처님에게 바치겠는가? 오늘은 술과 고기를 많이 장만해 놓고 오가는 손을 불러 먹이는 것이 좋겠소."

그리고는 마을 여인이 지나가는 것을 보고 강제로 끌고 들어와, 승당(僧堂)에서 같이 자기를 수십 일을 지내고도 재를 올릴 생각을 하지 않으므로 중들이 분히 여기다가, 그 초례날에 미쳐서 특을 보고 말했답니다.

"불공하는 일은 시주(施主)가 중하온데, 시주가 이와 같이 불결하여 일이 극히 미안하오니, 저 맑은 시내에 가서 목욕하여 몸을 깨끗이 하고 예를 행함이 좋겠소."

특은 마지 못하여 나가 잠시 물로써 씻고 들어와서는 부처님 앞에 꿇어 앉아서 빌었습니다.

"진사는 오늘 빨리 죽고 운영은 내일 다시 살아나 특의 짝이 되게 하여 주소서."

이와 같이 삼일을 밤낮으로 발원하는 말이 오직 이것뿐이었습니다.

특은 돌아와서 저에게 말하기를,

“운영 아씨는 반드시 살 길을 얻을 것입니다. 재를 올리는 그날 밤
에 저의 꿈에 나타나서 ‘지성으로 발원해 주니 감사한 마음을 다할
수 없다’고 해면서 절을 하고 울었으며, 중들의 꿈도 또한 그러하
였다 합니다.”

하기에 저는 마침 계수나무가 누렇게 익은 계절을 당하여도 비록 과
거에 나아갈 뜻은 없었으나, 마음을 가다듬고 독서하고 있다가 청녕
사에 올라가서 수일을 묵는 동안에, 특의 한 일을 중들로부터 자세히
듣고는 그 분함을 이기지 못하였으나, 특이 없으니 어찌할 수 없고 목
욕하여 몸을 깨끗이 하고 부처님 앞에 나아가서 절을 하고 머리를 땅
에 대고 향불을 사르면서 합장하고 빌었습니다.

“운영이 죽을 때의 약속이 하도 처량하여 차마 저버릴 수 없어 노복
특으로 하여금 지성으로 재를 올려 명복을 빌게 하였던 바, 이제 축
언을 들으니 그 패악(悖惡)함이 이루 말할 수 없고, 운영의 유언을
헛것으로 돌아가게 하였사오니 소자가 감히 무슨 면목으로 축언하
리이까? 엎드려 바라건대 부처님께서는 운영으로 하여금 다시 살
아나게 하시와 이 김생으로 하여금 짝을 짓게 하시고, 운영과 이 김
생으로 하여금 후세에 가서 이 원통함을 면하게 하여 주옵시고, 또
부처님께서는 특을 죽여 철가(鐵枷)를 입혀 지옥에다 가두어 주시
옵소서. 부처님께서 정말로 이 소원을 들어 주신다면, 운영은 비구
니(此丘尼)가 되어 십지(十指)를 불살라 가지고 십이층금탑(十二層
金塔)을 짓게 해 주시고, 이 김생은 비구승(此丘僧)이 되어 오계(五
戒)를 닦아 새 거찰(巨刹)을 지어 부처님의 은혜를 갚게 하여 주옵
소서.”

빌기를 마치고 일어나 머리가 땅에 닿도록 수없이 절을 하고 나왔
습니다.

그랬더니 칠일 만에 특이 우물에 빠져 죽었습니다.

이러한 후로부터 저는 세상 일에 뜻이 없어 목욕하여 몸을 정결히
하고 새 옷을 갈아 입고 고요한 곳에 누워 나흘을 먹지 않고, 마침내
한번 깊이 탄식하고는 다시 일어나지 못할 몸이 되고 말았습니다.

쓰기를 마치자 붓을 던지고 두 사람은 마주 보며 슬피 울면서 능히 스스로 그칠 줄을 몰랐다. 유영(柳泳)은 위로의 말을 해 주었다.

"두 사람이 다시 만났으니 소원이 끝났겠소. 원수의 노복이 이미 없어졌고 통분함도 살아졌을 것인데, 어찌 슬퍼하여 마지 않느뇨. 다시 인간에 나오기를 얻지 못하여 한하는 것인가."

김생은 눈물을 흘리면서 사례하고 말하는 것이었다.

"우리 두 사람은 다같이 원한을 품고 죽었기로, 염라대왕이 그 죄 없음을 불쌍히 여겨 다시 인간에 태어나도록 하고자 하나, 지하의 낙이 인간보다 못하지 않는데 하물며 천상의 낙은 어떠하겠습니까? 이러하므로써 인간계에 나가기를 원치 않습니다마는, 다만 오늘 저녁의 슬픔은 대군이 한번 돌아가시자 고궁(故宮)에 주인이 없고 까마귀와 새들이 슬피 울고 사람의 자취가 이르지 아니하기로 슬퍼할 뿐입니다. 하물며 새로이 병화를 겪은 후로 빛나는 집이 재가 되고 옥같은 섬돌, 분같은 담이 모두 무너지고, 오직 섬돌 위에 피어 있는 꽃만이 향기롭고, 뜰에는 풀만이 깔리어 봄빛을 자랑하여 그 옛날의 모습이 바꾸어지지 아니하였다고 하지만, 인사의 변하기 쉬움은 이와 같거늘 다시 와 옛일을 생각하니 어찌 슬프지 아니하겠습니까?"

"그러면 그대들은 천상의 사람인가?"

"우리 두 사람은 본래 천상 선인으로서 오래도록 옥황상제를 모시고 있었더니, 하루는 상제께서 태청궁(太淸宮)에 앉아 저에게 옥동산의 과실을 따오라 하기로 제가 *반도(蟠桃)를 많이 따가지고 와서 운영과 같이 먹다가 발각되고, 진세에 적하(謫下)되어 인간의 괴로움을 골고루 겪다가, 이제 옥황께서 전의 허물을 용서하사, 삼청궁(三淸宮)으로 올라가서 다시 옥황상제의 향안(香案) 앞에서 상제를 모시게 하였삽기로 돌아가는 이때를 타서 수레를 타고 다시 진세의 옛날 놀던 곳을 찾아와 보았을 뿐입니다."

하며 김생이 말하고는 눈물을 뿌리면서 운영의 손을 잡고 또 말했다.

---

*반도(蟠桃)──삼천 년 만에 한 번씩 열린다는 선도(仙桃).

"바다가 마르고 돌이 불에 타 버린들 우리들의 정은 사라지지 않을 것이요, 또 땅이 늙고 하늘이 거칠어진들 우리들의 원한은 지우기 어려울 것입니다. 오늘 저녁에 존군(尊君)과 서로 만나 이와 같이 따뜻한 정을 나누었으니, 속세의 인연이 없으면 어찌 얻을 수 있겠습니까. 엎드려 바라건대 존군께서는 이 원고를 거두어 가지고 돌아가시와 영원히 전해 주시옵고, 경솔한 사람들의 입에 전하여 웃음의 이야깃 거리가 되지 않도록 하여 주시면 매우 다행으로 생각하겠습니다."

하더니, 김생은 취하여 운영의 몸에 기대어 시 한수를 읊었다.

꽃 떨어진 궁안에는 제비만이 날아들고
봄빛은 예와 같건만 주인은 간 곳 없구나.
중천에 솟은 달은 마음 속 차고찬데
아직은 푸른 이슬 우의(羽衣)를 안 적시었네

운영도 일어나 읊었다.

고궁의 고운 꽃은 봄빛을 새로 띠고
천년 만년 우리 사랑 꿈마다 찾아오네.
오늘 저녁 예와 놀며 옛 자취 찾아보니
막을 수 없는 슬픈 눈물은 수건을 적시네.

이때 유영도 또한 취하여 잠깐 누워 있다가 산새 소리에 깨어났다. 구름과 연기는 땅에 가득하고 새벽 빛은 창망한데, 사방을 살펴 보아도 사람은 보이지 않고 다만 김생이 기록한 책자만이 있었다. 유영은 쓸쓸한 마음 금할 수 없어 신책(神册)을 거두어 가지고 돌아와 장 속에 감추어 두고서는 때때로 내어 보고 망연히 자신을 잃고 침식을 전폐하다가, 후에 명산을 두루 찾아 다니더니 그 마친 바를 알 수 없다고 한다.

가루지기打令

중년(中年)에 맹랑(孟浪)한 일이 있었던 것이었다.

평안도 월경촌(平安道月景村)에 한 계집이 있었다. 얼굴은 춘이월반개도화(春二月半開桃花)라 옥빈(玉鬢)에 어리었고 초승이 지난 달빛이 아미간(蛾眉間)에 비치었다.

앵도순(櫻桃脣) 고운 입은 빛나는 당채(唐彩) 주홍필로 꾹 찍은 듯하고 세류(細柳)같이 가는 허리는 봄바람에 하늘하늘, 찡그리며 웃는 것과 말하며 걷는 태도는 서시(西施)와 *포사(褒姒)라도 따를 재간이 없건마는, 사주(四柱)의 청상살이 겹겹이 싸인 까닭에 상부(喪夫)를 하여도 징글징글하고 지긋지긋하게 하여 단콩 주위먹듯 하였다.

열다섯 살에 얻은 서방은 첫날 밤에 잠자리의 급상한(急傷寒)에 죽었고, 열여섯 살에 얻은 서방은 *당창병(唐瘡病)에 여의었다.

그리고 열일곱 살에 얻은 서방은 용천병에 죽고, 열여덟 살에 얻은 서방은 벼락에 맞아 죽어 버리었다.

그 이듬해 열아홉 살에 얻은 서방은 천하대적(天下大賊)으로 포청(捕廳)으로 떨어지고, 스무 살에 얻은 서방은 비상을 먹고 죽어 버리니 서방이 퇴가 나고 송장 치기에 신물이 난다.

이삼 년씩 걸러 가면서 상부를 할지라도 소문이 흉할 텐데 한 해에 하나씩을 전례로 처치하되 이것은 남이 아는 지동서방, 그나문, 간부, 애부, 거더모리, 새흘유기, 입 한 번 맞춘 놈, 그리고 젖 한 번 만진 놈, 눈흘레한 놈, 손 만져본 놈, 그리고 심지어는 치마귀에 상척자락 얼른한 놈까지 대고 결딴 내는데 한 달에 뭇을 넘겨 일년의 동반 한동 일곱 뭇, 윤삭(閏朔) 든 해면은 두둥 뭇수 대고 설그러질 때 어떻게 쓸었던지 삼십 리 안팎에 상투 올린 사나이는 고사하고 열다섯 먹은 총각도 없어 계집이 밭을 갈고 처녀가 집을 지으니 황평양도(黃平兩道) 공론(公論)하기를, 이 년을 두었다가는 우리 두 도내에 ×단 놈 다시 없고 여인국(女人國)이 될 터이니 쫓아낼 수밖에 없다.

이리하여 양도가 합세(合勢)하여 훼가(毁家)하여 쫓아내니 이 년이

---

*포사(褒姒)──중국 주나라 유왕의 총비.

*당창병(唐瘡病)──매독의 한의학적 명칭.

할 수 없이 쫓기어 나올 때에 파랑 봇짐 옆에 끼고 동백기름을 많이 발라 낭자를 곱게 하고 산호비녀를 찔렀다.

그리고 초록장옷 엇매이고 행똥행똥 나오면서 자기 혼자 악을 썼다.

"어허! 인심이 흉악하다. 황평양서(黃平兩西) 아니며는 살 곳이 없겠느냐? 삼남(三南)은 더욱 좋다하고."

*노정기(路程記)로 나올 때에 중화(中和)를 지나 황주(黃州)를 지나 동설령을 얼핏 넘었다.

그리고 봉산(鳳山) 서홍(端興) 평산(平山)을 지나서 금천(金川) 떡전거리 닭의 우물 청석관(靑石關)을 허위허위 당도(當到)하니, 이때에 변강쇠라는 놈이 있는데 이 놈은 천하의 잡놈으로 삼남(三南)에서 빌어먹다가 양서(兩西)로 가노라고 연놈이 오다가다 청석골 좁은 길에서 둘이 꽉 만났다.

간악한 계집년이 힐끗 보고서 지나가니 의뭉한 강쇠놈이 다정히 말을 물어보았다.

"여보! 저 마누라, 어디로 가시는 거요?"

숫처녀 같으면 핀잔을 하든지 그렇지 않으면 못 들은 척하고 가련만, 이 자지간나희가 홀림목 곱게 써서,

"삼남으로 가오."

하고 대답했다.

강쇠가 연거푸 물었다.

"혼자서 가시오?"

"혼자서 가오."

"고운 얼굴에 젊은 나이로서 혼자서 가기가 무섭겠소."

"내 팔자 무상하여 상부를 하고 자식 없어 나와 같이 갈 사람은 그림자뿐이에요."

"어허 불쌍하군. 당신은 과부요 나는 홀아비니 둘이서 살면 어떠하겠소?"

---

*노정기(路程記)──여행할 길의 이수(里數)와 경로를 적은 기록.

"내가 상부를 지지리 하여 다시는 낭군을 얻자 하면 궁합(宮合)을 먼저 볼 터이오."

"불취동성(不娶同姓)이라니 그대의 성씨는 누구시오?"

"옹(雍)가예요."

"네! 나는 변서방이오. 나는 궁합을 잘 보기로 삼남에서 유명한데 그대는 무슨 생이오."

"갑자(甲子)생이에요."

"네! 나는 임술(壬戌)생이오. 천간(天干)으로 보며는 갑은 양목(陽木)이요 임은 양수(陽水)이니, 수생목(水生木)이 좋고 *납음(納音)으로 의론하면 임술계해대해수(壬戌癸亥大海水) 갑자을축해중금(甲子乙丑海中金) 금생수(金生水)가 더 좋으니 아주 천생배필(天生配匹)이오. 오늘 아침 기유일(己酉日) 음양부장(陰陽部將) 찍배 짜니 당일행례(當日行禮)합시다."

계집이 허락한 후에 청석관을 처가로 알고 둘이서 손을 마주 잡고 바위 위에 올라가서 대사(大事)를 지내는데 신랑신부 두 연놈이 이력이 찬 것이라 이런 야단이 없구나.

멀쩡한 대낮에 연놈이 홀딱 벗고 매사에 익숙한 장난을 하여 천생 양골 강쇠놈이 여인 양각을 번쩍 들고 옥문관(玉門關)을 들여다 보며,

"이상히도 생겼다. 맹랑히도 생겼다. 늙은 중의 입일는지 털은 돋고 이는 없다. 소나기를 맞았는지 언덕지게 패이었다. 콩밭 팥밭 지냈는지 돔부꽃이 비치었다. 도끼날을 맞았는지 금 바르게 터져 있다. 생수처 온답인지 물이 항상 고이었다. 무슨 일을 하려건대 옴질옴질하고 있노? 천리행룡 내려오다가 주먹바위가 신통하구나. 만경창파 조개인지 혀를 빼었으며, 임실(任實) 곶감 먹었는지 곶감씨가 장물렸고, 만첩산중 울음인지 제가 절로 벌어졌다. 영계탕을 먹었는지 닭의 벼슬이 비치었다. 파명당을 하였는지 더운 김이 그저 난다. 제 무엇이 즐거워서 반은 웃어 두었구나. 곶감 있고 울음 있고

---

*납음(納音)——60갑자를 궁(宮), 상(商), 각(角), 치(徵), 우(羽)의 5음에 분배하여 오행으로 나타낸 것.

조개 있고 영계 있고 제사상은 걱정없다.”

저 년이 반소(半笑)하며 갚음을 하노라고 강쇠의 기물 가리키며,

“이상히도 생겼네. 맹랑히도 생겼네. 전배사령(前陪使令) 서려는지 쌍걸랑을 늘게 차고 오군문(五軍門) 군노(軍奴)련가 복떠기를 붉게 쓰고 냇물가의 물방안지 떨구덩떨구덩 끄덕인다. 송아지 말뚝인지 철고삐를 둘렀구나. 감기가 들었는지 맑은 코는 무슨 일고. 성정 (性情)도 혹독하다. 화가 나면 눈물 난다. 어린아이 병일는지 젖은 어찌 괴었으며 제사에 쓴 숭어인지 꼬장 이궁이 그저 있다. 뒷절 큰 방 노승인지 민대가리 둥글구나. 소년 인사 배웠는가 꼬박꼬박 절 을 하네. 고추 찧던 절굿댄지 검붉기는 무슨 일고, 칠팔월 알밤인 지 두쪽 한데 붙어있다. 물방아 절굿대며 쇠고삐 걸낭등물 세간살 이 걱정 없네.”

강쇠놈이 대소하며,

“둘이 다 비겼으니 이번은 등에 업고 사랑가로 놀아보세.”

저 여인 대답하되,

“천생어지(天生於地)라니 낭군 먼저 업으시오.”

강쇠가 여인 업고 가끔가끔 돌아보며 사랑가로 어룬다.

“사랑 사랑 사랑이야, 유왕(幽王)나자 포사(褒姒)나고, 걸주(桀紂) 나매 말희·달기(末姬妲己)나고, 오왕부차(吳王夫差)나매 월서시(越 西施)나고, 명황(明皇)나매 귀비(貴妃)나고, 여포(呂布)나매 초선 (貂蟬)나고, 호색남자 내가 나매 절세가인 너 났구나. 네 무엇을 가 지겠느냐? 조거전후 십이승 야광주(夜光珠)를 가져볼까, 십오성 (十五城) 바꾸려던 화씨벽(和氏璧)을 가져볼까? 천지신지(天知神 知) 아지자지(我知子知) 생금덩이 가져볼까. 부도제산 둑은옹 은항 아리 가져볼까, 배금문 입자달의 상평통보(常平通寶) 가져볼까. *밀 화불수(蜜花佛手) 산호비녀 금패지환(金佩指環) 가져볼까. 네 무엇 을 먹고싶어 둥글둥글 수박 윗봉지 떼던고. 강릉백청(江陵白淸) 딸 을 부어 은간저로 휘휘 둘러 씨는 똑 따서 발라버리고 붉은 자위만

---

*밀화불수(蜜花佛手)—— 밀화로 부처손같이 만든 여자의 패물.

덤벅 따다가 조금 먹으려느냐, 시금털털 개살구 아기 서는지 더 먹으려느냐, 쭉 빨고 탁 뱉으면 껍질 꼭지 건넌 바람벽에 축척축 부딪치는 반시수시(盤柿水柿) 먹으려느냐. 어주축수애산춘(漁舟逐水愛山春)에 무릉도화(武陵桃花)에 복숭아 주랴. 유월 중순 이진과, 외가지 당참외를 먹으려느냐."

한참을 어루더니 여인을 썩 내려놓으며 강쇠가 문자하여,

"여필종부(女必從夫)라니 자네는 날좀 업게."

여인이 강쇠 업고 실금실금 까불면서 사랑가를 하는구나.

"사랑 사랑 사랑이야, 태산같이 높은 사랑, 하해(河海)같이 깊은 사랑, 남창북창(南倉北倉) *노적(露積)같이 다물다물 쌓인 사랑, 은하 직녀(銀河織女) 직금같이 올올이 맺힌 사랑, 모란화(牡丹花) 송이같이 펑퍼져 버린 사랑, 세곡선 닻줄같이 타래타래 꼬인 사랑, 내가 만일 없었더면 풍류남자(風流男子) 우리 낭군 황(凰)없는 봉(鳳)이 되고 임을 만일 못보면 군자호구(君子好逑) 이내 신세 원(鴛) 잃은 앙(鴦)이로다. 기러기가 물을 보고 꽃이 나비 만났으니 웅비종자(雄飛從雌)요, 인간 좋을시고 좋을시고, 동방화촉(洞房華燭) 무엇하게 백일향락(白日享樂) 더욱 좋아 황금옥(黃金屋) 내 싫어 청석관(靑石關)이 신방(新房)이네."

연놈 장난이 이러할 때 재미있는 그 노릇이 한두 번만 될 수 있나.

재행(再行)턱 삼행(三行)턱을 당일에 다한 후 살림살이 살 걱정 둘이 앉아 의논한다.

"우리 안팎 오입쟁이 벽항궁촌(僻巷窮村) 살 수 없어 도회처(都會處)살이 하여보세."

"내 소견도 그러하오."

연놈이 손목 잡고 도방 각처 다닐 때에 일 원산(元山), 이 강경(江景), 삼 포주(浦州), 사 법성(法聖)을 곳곳이 찾아다녀 계집년은 애를 써서 들병장사 막장사며, 낫부림 넉장질에 돈냥돈관 모아놓으면 강쇠놈 허망하여 대양내기 빵때리기, 두냥패의 가고하기, 갑자꼬리 여사

---

*노적(露積)——한곳에 쌓아 둔 곡식.

하기, 미골치패 퇴기질, 호홍호백 쌍륙(雙六)치기, 장군 멍군 장기(將棋)두기, 맞춰먹기, 돈치기와 불러먹기 주먹질, 골패떼기 윷놀기와 한 집 두집 고누두기, 의복전당(衣服典當) 술먹기와 남의 싸움 가로막기, 그 중에 무슨 비유 강 새암 계집치기, 밤낮으로 싸움하니 암만해도 할 수 없다.

하루는 여인이 강쇠를 달래어,

"집의 성기(性氣) 가지고서 도방살이 하다가는 돈 모으기 고사하고 남의 손에 죽을 테니 심산궁곡(深山窮谷) 찾아가서 사람 하나 없는 곳에 산전(山田)이나 파서 먹고 시초(柴草)나 베어 때면 노름도 못 할 터요, 강짜도 않을 테니 산중으로 들어갑세."

강쇠 대답하여 말하기를,

"그 말이 장히 좋아. 십년을 곧 굶어도 남의 계집 바라보며 눈웃음 하는 놈만 다시 아니 보게되면 내일 죽어 한이 없네. 산중을 의논하자. 동금강(東金剛) 석산(石山)이라 나무없이 갈 수 없고, 북향산(北香山) 찬 곳이라 눈쌓이어 살 수 없고, 서구월(西九月) 좋다하나 적굴(賊窟)이라 살 수 있나. 남지리(南智異) 토후(土厚)하여 생리(生利)가 좋다 하니 그리로 찾아가세."

여간가산(如干家産) 짊어지고 지리산중 찾아가니 첩첩한 깊은 고을에 빈집 한 채 서 있으되 임진왜란(壬辰倭亂) 팔년간과(八年干戈) 어떤 부자 피란하자 이 집을 지었던지 *오간팔각 도깨비 동청 이은 뭣 귀신의 사당이라. 거친 뜰에 있는 것이 살쾡이〔狸〕와 여우 발자취요 깊은 뒤안 우는 소리 부엉이 올빼미라.

강쇠놈이 집을 보고 크게 기뻐하여 하는 말이,

"수사도(繡使道)는 간 곳마다 선화당(宣化堂)이라 하더니 내 팔자도 방자하다. 적막한 이 산중에 나 올 줄 누가 알고 이리 좋은 기와집을 지어놓고 기다렸노."

부엌에 토정(土鼎) 걸고 방을 쓸어 공석(空席) 펴고 낙엽을 긁어다가 저녁밥 지어 먹고 터 늘리기 삼삼구를 밤새도록 한 연후에 강쇠의

---

*오간 팔각——부연(附椽)을 단 추녀가 넷이 있는 기와집.

평생 행세(平生行世) 일을 해본 놈이냐.

낮이면 잠만 자고 밤이면 배만 타니 여인이 할 수 없어 애끓게 정설한다.

"여보 낭군 들으시오. 천생만민(天生萬民) 필수기직(必受其職) 사람마다 직업 있어 앙사부모(仰事父母) 하육처자(下育妻子) 넉넉히 한다는데 낭군 신세 생각하니 어려서 못 배운 글 지금 공부 할 수 없고, 손 재주 없으시니 장인(匠人)질 할 수 없고, 밑천 한 푼 없었으니 장사질 할 수 있나. 그 중에 할 노릇이 삯일 밖에 없었으니 이 산중 살자 하면 산전(山田)을 많이 파서 *두태(豆太) 서숙 담배 갈고 갈퀴나무 비나무며 물거리장작 패기 나무를 많이 하여 집에도 때려니와 지고 가서 팔랍시면 부모 없고 자식 없고 단부처(單夫妻) 우리들이 생계가 넉넉한데 건장한 저 신체에 밤낮 하는 것이 잠자기와 그 노릇뿐 굶어죽기 고사하고 우선 얼어죽을 터이니 오늘부터는 지게지고 나무나 한번 해 오소."

강쇠가 한번 웃고,

"어허 허망하다. 호달마(胡達馬)가 요절하면 왕십리(往十里) 거름 싣고, 기생이 그릇되면 길가에서 탁주장수, 남의 말로 들었더니 나 같은 오입쟁이 나무지게 지란 말은 불가사문어타인(不可使聞於他人)이라, 자네 말이 그러하니 갈밖에 수가 있나?"

강쇠가 나무 하러 나가는데 복건(幞巾)쓰고 도포(道袍) 입었다는 말은 거짓말. 제 집에 근본 없고 동네에 빌 데 있나. 포구근방(浦口近方) 시평(市坪)판에 한참 덤벙이던 복색으로 난자 받아 통양갓에 망건은 솟구었고 한산반저(韓山半苧) *소창의(小氅衣)며 고운 때 묻은 삼승버선 남원포단 대님 매고 용감기 새메투리 맵시있게 동여맨 후 낫과 도끼 들게 갈아 점심 구럭 함께 묶어 지게 위에 모두 얹어 한 어깨에 둘러메고 긴 담뱃대 붙여 물고 나무꾼 모인 곳을 완보행가(緩步行歌) 찾아갈 때, 그래도 인품은 화방퇴물이라 씀씀이 목구멍이 초군보다 조

---

*두태(豆太)──콩·팥의 군두목.

*소창의(小氅衣)──중치마 밑에 입는 웃옷의 한 가지.

금 달라,

"태고(太古)라 천황씨(天皇氏)가 목덕(木德)으로 즉위(即位)하니 오행중(五行中)에 먼저 낳은 것이 나무의 덕이 으뜸이라, 천지인(天地人) 삼황시절(三皇時節) 각 일만 팔천세(各一萬八千歲)를 무위이화(無爲而化) 지내시니 그때에나 났더라면 오죽이나 편했을까. 유왈유소 성인인군 덕화도 장할씨고, 구목위소(構木爲巢) 식목실(食木實)이 그 아니 좋단 말이냐.

수인씨(燧人氏) 무슨 일로 시찬수교인화식(始鑽燧敎人火食) 일이 점점 생겼구나.

일출이작요순백성(日出而作堯舜百姓) 어찌 편하다 할 수 있나. 하(夏)·은(殷)·주(周) 석양 되고 한(漢)·당(唐)·송(宋) 풍우 일어 갈수록 일이 생겨 불쌍한게 백성이라.

일년사절(一年四節) 놀 때 없이 손톱 발톱 잦아지게 밤낮으로 벌어도 불승기한(不勝飢寒) 불쌍하다. 내 평생 먹은 마음 남보다는 다르구나.

좋은 의복 갖은 패물 호사를 실컷 하고, 예쁜 계집 좋은 주효(酒肴) 잡기(雜技)로 벗을 삼아 세월 가는 줄 모르고 사잤더니 충암절벽 저 높은데 다리 아파 어찌 가서 억새풀 가시넝쿨 손이 아파 어찌 베며, 나무 묶어 한짐되면 어깨 아파 어찌 지고 산고곡심(山高谷深) 무인천에 심심하여 어찌 올꼬."

신세 자탄 노래하며 정처없이 가노라니, 이때에 동구마천 백모촌에 여러 *초군(樵軍) 아이들이 나무하러 모여 와서 지게목발 두드리며 방아타령 산타령에 농부가 목동가로 장난을 하는구나.

한놈은 방아타령을 하는데,

"뫼에 올라 산전방아, 들에 내려 물방아, 여주 이천의 밑다리방아, 진천 통천 오려방아, 남창북창 화약방아, 각댁하는 용정방아, 이 방아 저 방아 다 버리고, 칠야심경 깊은 밤에 우리 님은 가죽방아만 찧는다. 어디어디 방아 찧는 동무들아, 방아 처음 내던 사람 알고

---

*초군(樵軍)——— 나무꾼.

서 찧나 모르고 찧나. 경신년(庚申年) 경신월 경신일 경신시 강태공(姜太公)의 조작방아 사시장춘 걸어 두고 떨구덩 찧어라 떨구덩 찧어라, 전세대동(田稅大同)이 다 늦어간다.”

한놈은 산타령을 하는데,

“동개골(東皆骨) 서구월(西九月) 남지리(南智異) 북향산(北香山) 육로천리(陸路千里) 수로천리(水路千里) 이천리 들어가니 탐라국(耽羅國)이 생겨나고 한라산(漢拏山)이 둘러 있다. 정읍(井邑)·내장(內藏), 장성(長城)·입암(立岩), 고창(高敞)·반등(半登), 고부(古阜)·두승(斗升), 서해수구(西海水口) 막으려고 부안(扶安)·변산(邊山)이 둘러 있다.”

한놈은 농부가를 하는데,

“선이건곤(仙李乾坤) 태평시절(太平時節) 도덕 높은 우리 성상 강구미복(康衢微服) 동요(童謠) 듣는 요임금의 버금이라. 네다리 빼어라 내다리 박자. 좌우춘광(左右春光) 어류수(御柳垂)가, 여보소 동무들아 앞남산에 소나기 졌다. 삿갓쓰고 도롱이 입자.”

한 놈은 목동가(牧童歌)를 하는데,

“갈퀴 메고 낫 갈아 가지고 지리산으로 나무하러 가자 얼럴. 쌓인 잎 낙엽 부러진 잡목 긁어 주워 동여지고 석양산로(夕陽山路) 내려올 때 손님보고 절을 하니 품 안에 있는 산과(山果) 땍때그르 다 떨어진다 얼럴. 비맞고 가는 한 손님 술집이 어디 있노? 저 건너 행화촌(杏花村)을 손을 들어 가리킨다 얼럴. 뿔굽은 소를 타고 단적(短笛)을 불고 가니 유황숙(劉皇叔)이 보오시면 나를 오죽이나 부러워하리 얼럴.”

강쇠가 모두 들은 다음 제 신체를 제가 보아도 어린것들과 한가지로 갈퀴나무 할 수 있나. 도끼 빼어 둘러메고 이 봉 저 봉 다니면서 그 중 커다란 나무만 한두 번씩 찍은 후에 나무 내력 말을 하며 제가 저를 꾸짖는다.

“오동나무 베자 하니 요임군(堯人君)의 오현금(五絃琴), 살구나무 베자 하니 공부자(孔夫子)의 강단, 소나무 좋다마는 진시황(秦始皇)

의 오태부(五太夫), 잣나무 좋다마는 한고조(漢高祖) 덮은 그늘, 어주축수(漁舟逐水) 애산춘(愛山春), 홍도나무 사랑옵고 위성조우읍경진(渭城朝雨浥輕塵) 버드나무 좋을씨고, 밤나무, 신주(神主) 같은 전나무, 돛대재목 가사목, 단단하나 각영문(各營門) 곤장 같은 참나무, 꼿꼿하나 배 젓는데 못 같은 죽나무, 오시목과 산유 자용목, 진팽 목물방 긴한 문목(紋木), 화목(火木)되기 아깝도다.”

이리저리 생각하니 베일 나무 전혀 없다.

산중에 동천맥 우물물 좋은 곳에 점심 구럭 풀어놓고 단단히 먹은 후에, 부시를 얼른 쳐서 담배 피워 입에 물고 솔 그늘 잔디밭에 돌 베고 누우면서 *당음(唐音) 한 구 읊어보아 우래송수하(雨來松樹下)에 고침석두면(高枕石頭眠)이 나를 두고 한 말이라 잠자리 장히 좋다.

말하며 고는 코가 산중이 들썩들썩, 한소금 질끈 자다가 낮바닥이 선듯선듯, 부시시 눈을 뜨니 하늘엔 별이 총총 이슬이 젖는구나.

게을리 일어나서 기지개 불끈 키고 뒤꼭지 두드리며 혼잣말로 두런거려,

“요새 해가 그리 짧은가. 빈지게 지고 가면 계집년이 방정떨제.”

사면을 둘러보니 동구마천 가는 길에 어떠한 장승 하나 산상에 서 있거늘 강쇠가 반겨,

“벌목정정(伐木丁丁) 애 아니 쓰고 좋은 나무 거기 있다. 일모도궁(日暮道窮) 이내 사세(事勢) 불로이득(不勞而得) 좋을씨고.”

지게를 찾아 지고 장승 선 곳 급히 가니 장승이 화를 내어 낮에 팻기 올리고서 눈을 딱 부릅뜨니 강쇠가 호령하며,

“네 이놈! 누구 앞에서 색기하여 눈방울 부릅뜨냐? 삼남(三南) 설축 변강쇠를 이름도 못 들었느냐? 과거마전 파시평과 사당놀음 씨름판에 이내 솜씨 사람 칠 때, 선취 복장(先取腹臟) 후취 덜미 가리 딴죽 열두 권법 *범강, 장달, 허제라도 다들 앞에 떨어지니 수족 없는 네깐 놈이 생심이나 바랄쏘냐.”

---

*당음(唐音)──중국 명시의 선집(選集).

*범강──삼국지에 나오는 인물로 장비를 죽였음. 키가 크고 흉악하게 생긴 사람.

달려들어 불끈 안고 엇두름 쑥 빼내어 지게 위에 짊어지고 유제군 소리하며 제 집으로 돌아와서 문안에 들어서며 호기를 장히 친다.

"집안 사람 거기 있나? 장작나무 하여 왔네."

뜰 가운데 턱 부리고 방문 열고 들어가니 강쇠 계집 반겨라고 급히 나와 손목 잡고 어깨를 주무르며,

"어찌 그리 저물었나, 평생 처음 나무 가서 오죽이나 애썼겠는가? 시장한데 밥 자시오."

방안에 불 켜놓고 밥상 차려 드린 후에 장작나무 구경차로 불켜 들고 나와보니, 어떠한 큰 사람이 뜰 가운데 누웠는데 조관(朝官)을 지냈는지 사모품대(紗帽品帶) 갖춰 입고 큰눈에 주먹코 채수염에 점잖다.

여인이 깜짝 놀라 뒤로 팍 주저앉으며,

"에구, 이것 웬일인가. 나무하러 간다더니 장승 빼어왔네그려. 나무가 아무리 귀하다 해도 장승 베어 땐단 말은 언문책 잔주에도 듣지도 보지도 못한 말, 만일 패어 때었으면 목신동통(木神疼痛), 조왕동증, 목숨 보전 못할테니 어서 급히 지고 가서 전 자리에 도로 세우고 왼발 굴러 진언치고 달음질로 돌아오소."

강쇠가 호령하여,

"가사(家事)는 임장(任長)이라. 가장이 하는 일을 보기만 할 것이지 저 계집이 요망하여 그것이 웬 소린고. 진충신(晉忠臣) *개자추(介子推)는 면산(綿山)에 타서 죽고 한장군(漢將軍) 기신(紀信)이는 형양(衡陽)에서 타 죽어, 참 사람이 타 죽어도 아무 탈이 없었는데 나무 깎은 장승 인형을 가졌던들 패어 때어 관계있나. 인불언귀부지(人不言鬼不知)니 망할 말 다시 마라."

밥상을 물린 후 도끼를 들고 달려들어 장승을 쾅쾅 패어 군불을 많이 넣고, 유정 부처 홀딱 벗고 사랑가 불러가며 개폐문(開閉門) 전례판을 멋지게 하였구나.

---

*개자추(介子推)——중국 춘추 시대의 은사(隱士). 진나라 문공(文公)이 공자(公子)로서 망명할 때 19년간 모셨으나 귀국 후 봉록을 주지 않아 면산에 숨자, 잘못을 뉘우친 문공이 산에 불을 질러 개자추를 나오게 하려 했으나 끝내 불에 타 죽음.

이때에 장승목신(長丞木神) 무죄(無罪)히 강쇠 만나 도끼 아래 조각 나고 부엌 속의 탄재가 되니 오죽이나 원통할까.

의지할 곳 없어 중천에 떠서 울며, 나혼자 다녀서는 이놈 원수 못 갚겠다. 대방전에 찾아가서 이 원정 하오리다.

노들 선창목에 대방장승 찾아가서 문안을 한 연후에 원정을 아뢰기를,

"소장은 경상도 함양군(咸陽郡)의 산을 지킨 장승으로 신지처리한 일 없고 평민침학한 일 없어 불피풍우(不避風雨)하고 각수본직(各守本職)하옵더니, 변강쇠라 하는 놈이 일국의 난봉으로 산중에 주첩하여 무죄한 소장에게 공연히 달려들어 무수후욕한 연후에 빼어 지고 제 집 가니 제 계집이 깜짝 놀라 도로 갖다 세우라 하되 아니 듣고 도끼로 쾅쾅 패어 제 부엌에 화장하니, 이놈 그저 두어서는 삼동(三冬) 장작감 근처 동관(同官) 다 패 때고 순망치한(脣亡齒寒) 남은 해가 안 미칠 데 없을 테니 십분통촉(十分洞燭)하옵소서. 소장에 설원하고 후환 막게 하옵소서."

대방이 크게 놀라, 이 변이 큰 변이라, 경홀작처(輕忽作處) 못할 테니 사근내 공원님과 지지대(遲遲臺) 유사님께 내 전갈 여쭙기를,

"요새 적조하였으니 문안 일향하옵신지. 경상도 함양동관 백활원정(白活寃情) 듣사온즉 천만고(千萬古) 없던 변이 오늘 생겼으니 수고타 마옵시고 잠깐 왕림하옵소서. 동의(同意) 작처하옵시다, 전갈하고 모셔오라."

장승혼령 급히 가서 두 곳에 전갈하니 공원 유사 급히 와서 의례 인사한 후에 함양장승 백활 내력 대방이 반론하니 공원 유사 여짜오대,

"우리 장승 생긴 후로 처음 난 변괴이오니 삼소임만 모여앉아 종용작처 못할지라. 팔로(八路) 동관 다 청하여 공론 처치 하옵시다."

대방님 좋다 하고 입으로 붓을 물고 통문 넉장 써서 내니, 통문에 하였으되,

"우통유사(右通喩事)는 토끼가 죽으면 여우가 슬퍼하고 지초(芝草)에 불이 타면 난초(蘭草)가 탄식하니, 유유상종 환락상구 떳떳한 이

치로다. 지리산 중 변강쇠가 함양동관 빼어다가 작파(作破) 화장하였으니 만사유경(萬死猶輕) 이놈 죄상 경홀 작처할 수 없어 각도(各道) 동관에 일체로 발통(發通)하니 금월 초삼일 삼경(三更)에 노들 선창으로 일제취회(一齊聚會)하여 함양동관 조상하고 변강쇠놈 죽일 꾀를 각출의견(各出意見)하옵소서."

연월일(年月日) 밑에 대방공원 유사 벌여 쓰고 착명하고 다음에 영문 각읍진상 목장 각면 각촌 점막 사찰차 차비전에 전케 하였는데, 통문 한장은 사근내 공원이 맡아 경기삼십사관(京畿三十四官), 충청도 오십사관, 차차로 전케 하고, 한장은 지지대 유사가 맡아 전라도 오십육관, 경상도 칠십일관, 차차로 전케 하고 한 장은 고양 홍제원(高陽弘濟院) 동관이 맡아 황해도(黃海道) 이십삼관, 평안도 사십이관 차차로 전케 하고, 한 장은 양주 다락원(楊州多樂院) 동관이 맡아 강원도 이십육관, 함경도 이십사관 차차로 전케 하라. 귀신의 조화여든 오죽이나 빠르겠나. 바람같고 구름같이 경각에 다 전하니 조선 있는 장승 하나도 낙루(落漏)없이 기약한 밤에 다 모여 새남터에 배게 서서 시흥 읍내까지 빽빽하구나. 장승의 절하는 법이 고개만 숙일 수도 없고 허리 굽힐 수도 없고 사람으로 말하자면 발 앞부리를 디디고 뒤축만 달싹하는 것이었다. 일제히 절을 하고 문안을 한 연후에 대방이 발론(發論)하여,

"통문사의(通文事意) 보았으면 모든 뜻을 알 터이니 변강쇠 지은 죄를 어떻게 다스릴꼬."

단천·마천 영상봉에 섰는 장승 출반하여 여쭈오되,

"그 놈의 식구대로 새남터로 잡아다가 *효수(梟首)를 하옵시다."

대방이 대답하되,

"귀신의 정기라도 토풍을 따라가니 마천동관 하는 말이 상쾌는 하거니와, 사단 하나 있는 것이 이놈의 식구란 계집 하나 뿐이로되 계집은 말렸으니 죄를 아니 줄 터이요, 강쇠라고 하는 놈도 부지불각(不知不覺) 효수하면 세상이 알 수 없어 징일여백(懲一勵白) 못 될

---

*효수(梟首)──죄인의 목을 베어 높은 곳에 매달아 놓던 처형.

테니 여러 동관님네 다시 생각하옵소서."
압록강 가에 섰는 장승 나서면서 여쭈오되,
"출호이자(出乎爾者) 반호이(反乎爾)가 성인의 말씀이니 식구대로 그놈의 집을 에워싸고 불을 버썩 지른 후에 못 나오게 하였으면 그놈도 동관같이 화장이 되오리라."
대방 대답하기를,
"흉녕(凶獰)한 그런 놈을 부지불각 불을 지르면 제 죄를 제가 모르고, 도깨비 장난인가 *명화적(明火賊)의 난리인가 하고 의심할 터이니 다시금 생각을 하여보오."
해남 관머리 장승이 여쭙기를,
"대방님 하시는 분부 절절히 마땅하오. 그런데 흉한 놈을 쉽사리 죽여서는 설치가 못 될 터이니 고생을 실컷 시켜, 죽자하되 썩 죽지를 못하고 살자하되 살 수 없어 칠칠이 사십구 한 달 열아흐레 동안 밤낮으로 볶아대다가 험사악사 하게 되면 장승 화장한 죄인인 줄을 저도 알고 남도 알아 쾌히 징계(懲戒)될 터이니, 우리 식구대로 병 하나씩 가지고서 강쇠를 찾아가서 *신문(顖門)에서 발톱까지 오장육부(五臟六腑) 내외 없이 새집에 *앙토(仰土)한 듯 지소방(紙所房)에 부벽한 듯, 각장 장판 기름 곁듯, 왜관 목물 칠살같이, 겹겹이 발랐으면 그 수가 좋을 듯하오."
해남 동관 하는 말에 대방이 크게 기뻐하여,
"불변불요 장히 좋소. 그대로 시행하되 조그마한 강쇠 몸에 저리 많은 식구들이 사정없이 달려들면 많은 데는 촉이 들고 빠진 데는 틈이 날 것이니, 머리에서 두 팔까지 전라 경상 차지하고, 겨드랑에서 볼기까지 황해 평안 차지하고, 항문에서 두 발까지 강원 함경 차지하고, 오장육부 내부일랑 경기 충청 차지하며, 팔만사천 털구멍도 한 구멍 빈틈없이 단단히 잘 발라라."

---

*명화적(明火賊)——불을 밝혀 가지고 다니는 도둑.
*신문(顖門)——정수리.
*앙토(仰土)——집의 천장 산자 안쪽에 바르는 흙.

팔도장승 청령(聽令)하고 사냥 나온 벌떼같이 병 하나씩 등에 지고, 함양 장승 앞을 서서 강쇠에게 달려들어 각기 장내 맡은 대로 병(病) 도배를 한 연후에 안개같이 흩어진다.

이때에 강쇠놈은 장승 패어 덥게 때고 그날 밤을 자고 깨니 아무 탈이 없었구나.

제 계집 두 다리 양편으로 딱 벌리고 오목한 그 구멍을 지긋이 굽어 보며,

"밖은 검고 안은 붉고 정녕 부엌이네. 빠끔빠끔하는 것은 조왕동증 (竈王動症) 정녕 났네."

제 기물을 보이면서,

"불근불근 하는 수가 목신동증(木神動症) 정녕 났네. 가난한 살림살이 굿하고 경 읽겠나. 목신하고 조왕하고 사화를 붙여보세. 아침밥 끓으니 이어 어서 한판을 질끈하고, 장담을 실컷하여 한 이틀 쉰 후에 이 근방 있는 장승 차차 빼어 왔으면 봄 지내기는 나무 걱정할 것 없네."

그날 저녁 일과하고 한참 곤히 자노라니 천만 의외 온 집안에 장승이 진을 서서 몸 한 번씩 건드리고 말이 없이 나가거늘, 강쇠가 깜짝 놀라 말 한 마디 안 나오고 눈 뜨자니 꽉 붙어서 만신(滿身)을 결박하고 각색으로 쑤시는데, 제 소견에도 살 수 없다. 날이 점점 밝아감에 강쇠 계집 잠을 깨니 강쇠의 된 형용이 정녕 산 송장인데 신음하여 앓는 소리 숨은 아니 그쳤구나.

깜짝 놀라 옷을 입고 미음을 급히 달여 소금 타서 떠넣으며 온 몸을 만져보니, 이를 꼭 앙동 물어 미음 들어갈 수 없고 낭자(狼藉)한 부스럼이 어느 새 농창하여 피고름 독한 냄새 코 들 수가 없다. 병 이름을 짓자 하니 만가지가 넘겠구나.

풍두통(風頭痛)·편두통(偏頭痛)·담결통(痰結痛) 겸하고, 쌍다래끼·석서기·청맹을 겸하고, 이농증(耳聾症)·이명(耳鳴) 귀젓을 겸하고, 비창(鼻瘡)·비색(鼻塞)·주독(酒毒)을 겸하고, 면종(面腫)·협종(頰腫)에 순종(脣腫)을 겸하고, 풍치(風齒)·충치(虫齒)에 구쾌증

(口尙症)을 겸하고, 흑태(黑苔)·백태(白苔)에 설축증(舌縮症)을 겸하고, 후비창(後脾瘡)·전비창(前脾瘡)·쌍단을 겸하고, 낙함증(落頷症)·항강(項强)에 *발제(髮際)를 겸하고, 연주(連珠)·나력(瘰癧)에 상감을 겸하고, 견비통(肩臂痛)·용절(癰癤)에 수전증 겸하고, 협통(脅痛)·요통(腰痛)에 등창을 겸하고, 흉결복장(胸結腹脹)에 부증(浮症)을 겸하고, 임질(淋疾)·산증(疝症)에 퇴산(頹疝)을 겸하고, 둔종·치질에 탈항증(脫肛症) 겸하고, 가래톳·학질에 수종(水腫)을 겸하고, 발바닥 독종(毒腫)에 티눈을 겸하고, 주로(酒勞)·담로(痰勞)·색로(色勞)를 겸하고, 육체(肉滯)에 주체(酒滯)·식체(食滯)를 겸하고, 황달(黃疸)·흑달(黑疸)에 고창질을 겸하고, 적리(赤痢)·백리(白痢)에 후중증(後重症)을 겸하고, 각궁반장(角弓反張)에 괴질(怪疾)을 겸하였다.

그리고 전근곽란에 토사를 겸하고, 자치염·해수(咳嗽)에 헐떡증을 겸하고, 섬어(譫語) 빈 입에 헛손질 겸하고, 하루거리 이틀거리 며느리심 겸하고, 올리치락 내리치락 사증(邪症)을 겸하고, 단독(丹毒)·양독에 온역을 겸하고, 감창(疳瘡)·당창(唐瘡)에 용천을 겸하고, 경증 복학에 분동증을 겸하고, 내종·간옹에 주마담(走馬痰) 겸하고, 염병(染病)·시병(時病)에 열광증 겸하고, 울화·허화에 물조갈을 겸하여 사지가 *불인(不仁)하고 만신이 자통하여 굽도 접도 꼼짝달싹 다시는 두 수 없이 마개틀 모양으로 뻣뻣하게 누웠으니 여인이 겁을 내어,

"병도 하도 무서우니 *문복(問卜)이나 하여보자."

경채(經債) 한 냥 품어넣고 건넛마을 송봉사집을 급히 찾아가서,

"봉사님 계시오?"

봉사의 대답이라는 것이 근본 원수진 듯하는 법이었다.

"게 누구셔?"

"강쇠 지어미요. 어찌 그 건강턴 지아비가 밤새에 얻은 병에 곧 죽

---

*발제(髮際)——목 뒤 머리털이 난 가장자리에 생기는 부스럼으로 위험함.

*불인(不仁)——몸에 마비가 생겨 굴신(屈伸)하기에 거북함.

*문복(問卜)——점을 쳐 길흉을 물음.

204

게 되었으니 점복 좀 봐주시오.”

“어허, 말 안되었네. 방으로 들어오소.”

세수를 급히 하고 의관을 정제한 연후에 단정히 꿇어앉아 대모 산통 흔들면서 축사를 외는구나.

“천하언재(天何言哉)시며, 지하언재(地何言哉)시리오마는 고지즉응(叩之即應)하나니 부대인자(夫大人者)는 여천지합기덕(與天地合其德)하며, 여일월합기명(與日月合其明)하며 여사시합기서(與四時合其序)하며 여귀신합기길흉(與鬼神合其吉凶)하시니 신기영이다. 감히 수이 통언하소서. 금우 태세 을유이월갑자삭 초육일 기사(乙酉二月甲子朔初六日己巳) 경상우도 함양군 지리산중지 여인 옹씨(雍氏) 근복문(謹伏問) 가부(家夫) 임술생신(壬戌生辰) 강쇠가 우연 득병하여 사생이 관단하니 복걸 점신은 물비괘효(勿鄙卦爻) 신명소시 신명소시 하나 둘 셋 넷.”

산통을 누가 뺏어가는 듯이 주머니에 불판나게 넣고 글 한귀 지었는데,

“사목비목(似木非木)이요 사인비인(似人非人)이라. 나무라 할까 사람이라 할까. 어허 그것 고약하다.”

강쇠 아내 이른 말이,

“엊그제 남정네가 장승을 패 때더니 장승동증(長丞動症)인가 보이다.”

“그러면 그렇지. 목신이 난동하고 주작(朱雀)이 발동하여 살기는 불가망(不可望)이나 원이나 없이 독경이나 하여보소.”

강쇠 아내 이 말을 듣고,

“봉사님이 오옵소서.”

저 계집 거동보소.

한걸음에 급히 와서 사면에 황토 놓고 목욕하며 머리 감고 빤 의복 내어입고 살망 떡 과실 채소 차려놓고 앉았으니 송봉사 건너온다.

문앞에 와서 우뚝 서며,

“어찌 다 차렸는가?”

"네. 다 차려놓았소."

"그러면 경 읽게."

북 들여놓고, 가시목 북방망이 들고, 요령은 한손에 들고 쨍쨍 퉁퉁 울리면서 조왕경, 성조경을 의례 읽은 후에 동진경을 읽는구나.

나무 귀살신 나무남방 목귀살신 나무서방 목귀살신 나무 북방 목귀살신 삼십칠 편을 얼핏 읽고 왼편 발 퍽 구르며 엄엄급급 여율령사바하 세 경을 다 읽은 뒤에,

"자네 경채를 어찌 하려나."

저 계집이 이른 말이,

"경채나 서울 빚이나 여기 있소."

돈 한 냥 내어주니,

"내가 돈 달라기에, 거 새큼한 것 있는가."

"점잖은 터에 그게 무슨 말씀이요?"

송봉사는 무색하여 안개 속에 소 나아가듯 하니 강쇠 아내 생각하기를 의원(醫員)이나 청해다가 침약(針藥)이나 하여 보자.

함양 자바지 명의(名醫)란 말을 듣고 찾아가서 사정하니 이진사(李進士) 허락하고 몸소 와서 진맥할 때 좌수맥(左手脈)을 짚어본다.

신방광맥(腎膀胱脈) 침지하니 장냉정박한 것이요. 간담맥(肝膽脈)이 침실하니 절륵통합할 것이요. 심수맥(心水脈)이 부삭하니 풍열두통(風熱頭痛)할 것이요. 명문삼초맥(命門三焦脈)이 이렇게 침미하니 산통탁진할 것이요.

비위맥(脾胃脈)이 침심하니 기촉복통할 것이요. 폐대장맥(肺大腸脈) 부현하니 해수냉결할 것이요. 기구인영맥(氣口人迎脈)이 내관 외격하여 일호육지하고, 십괴가 범하였으니 암만 하여도 죽을 테니 약이나 써보게 건재를 사오너라.

인삼(人蔘), 녹용(鹿茸), 우황(牛黃), 주사(朱砂), 관계(官桂), 부자(附子), 곽향(藿香), 축사(縮砂), 적복령(赤茯苓), 백복령(白茯苓), 적작약(赤芍藥), 백작약(白芍藥), 강활(羌活), 독활(獨活), 시호(柴胡), 전호(前胡), 천궁(川芎), 당귀(當歸), 황기(黃芪), 백지(白芷), 창출(蒼

朮), 백출(白朮), 삼능(三稜), 봉출(逢朮), 형개(荊芥), 방풍(防風), 소엽(蘇葉), 박하(薄荷), 진피(陳皮), 반하(半夏), 후박(厚朴), 용뇌(龍腦), 사향(麝香), 별갑(鼈甲), 구판(龜板), 대황(大黃), 망초(芒硝), 산약(山藥), 택사(澤瀉), 건강(乾薑), 감초(甘草), 탕약(湯藥)으로 써보자.

형방패독산(荊防敗毒散), 곽향정기산(藿香正氣散), 보중익기탕(補中益氣湯), 방풍통성산(防風通性散), 자음강화탕(滋陰降火湯), 구룡군자탕(九龍君子湯), 상사평위산(常砂平胃散), 황기건중탕(黃芪建中湯), 일청음이진탕(一淸飮二陳湯), *사물탕(四勿湯), 삼백탕(三百湯), 오령산(五靈散), 육미탕(六味湯), 칠기탕(七氣湯), 팔물탕(八物湯), 구미강활탕(九味羌活湯), 십전대보탕(十全大補湯) 암만 써보아도 효력이 없어, *환약(丸藥)을 써보자.

소합환(蘇合丸), 청심환(淸心丸), 천을환(天乙丸), 포룡환(抱龍丸), 사청환(瀉淸丸), 비급환(脾及丸), 광제환(廣濟丸), 백발환(白髮丸), 고암심신환(古庵心腎丸), 가미지황환(加味地黃丸), 경옥고(瓊玉膏), 신선고(神仙膏) 등 아무 것도 효력 없다.

만약(萬藥)을 하여볼까.

지렁이즙, 굼벵이즙, 우렁탕, 섬사주(蟾蛇酒)며 무가산 황금탕과 오줌찌끼, 월경수며, 땅강아지, 거머리, 황우리, 메뚜기, 가마치, 올빼미를 다 써보아도 효력이 없다.

침(針)이나 주어보자.

순금장식 대침통 절렁절렁 흔들어서 삼능을 빼어들고 차차 혈맥 짚어줄 때 백회(百會) 짚어 통천 주고, 뇌공 짚어 풍지 주고, 당중 짚어 신설 주고, 기해 짚어 대맥 주고, 대저 짚어 명문 주고, 장강 짚어 간유 주고, 담유 짚어 소장유 주고, 방광우 짚어 곡지 주고, 수삼이 짚어 양곡 주고, 완골 짚어 내관 주고, 태능 짚어 소상 주고, 환조 짚어 양능천 주고, 현종 짚어 우중 주고, 승산 짚어 골윤 주고, 신맥 짚어

＊사물탕(四勿湯)──탕약의 하나로 숙지황·백작약·천궁·당귀를 조합하여 만듦.
＊환약(丸藥)──약재를 가루로 만들어 반죽한 후 작고 둥글게 비빈 약.

삼음교 주고, 공손 짚어 축빈 주고, 조해 짚어 용천 주어 만신을 다 쑤시니 병에 곯고 침에 곯아 죽을 밖에 수가 없다.

이진사(李進士) 하는 말이,

"약은 백 가지요 병은 만 가지니 말질(末疾)이라 불치(不治)외다."

하직하고 가는구나.

의원이 간 후에 침약(針藥)의 힘있는지 목신의 조활는지 강쇠가 말을 하여 여인옥수(女人玉手) 덥석 잡고 낙루(落淚)하며 하는 말이,

"자네는 양서(兩西) 사람 내 몸은 삼남(三南), 하늘이 지시하고 귀신이 중매하여 오다가다 맺은 연분 죽자 살자 깊은 맹세 단산(丹山)의 봉황이요, 녹수에 원앙(鴛鴦)이라, 잠시도 이별 말고 백년해로 하자고 했더니 일야간(一夜間)에 얻은 병이 백가지 약 효력이 없어 청춘소년 이내 몸이 황천원로(黃泉遠路) 갈 터이니 생기사귀(生寄死鬼) 성인 말씀 나는 섧지 않거니와 생리사별(生離死別) 자네 정경(情境) 차마 어찌 보자는가. 불같이 붙던 정이 구름같이 흩어지면 눈같이 녹는 간장 안개같이 이는 수심, 도리화(桃李花) 피는 봄과 오동잎 지는 가을 두견이 설워 울고 기러기 높이 날 때 독수공방 저 신세가 잔생(殘生)이 불쌍하다. 자네 정녕 가긍하니 아무리 살자하되 내 병세가 지독하여 기어이 죽을 테니 이몸이 죽거들랑 염습(殮襲)하고 입관(入棺)하나 자네 손수하고 출상(出喪)할 때 상부배행(喪夫陪行) 시묘(侍幕)살이 조석상식(朝夕上食) 삼년상을 지낸 후에 비단수건 목을 졸라 저승으로 찾아오면 이생에 맺은 연분 단현부속(斷絃復續) 되려니와, 내가 지금 죽은 후에 사나이라 명색하고 십세전(十歲前) 아이라도 자네 몸에 손대거나 집 근처에 얼른하면 즉각 급살할 것이니 부디부디 그리 마소."

속곳 아구리에 손을 풀쑥 넣어 여인의 ××쥐고 우두둑 힘주더니, 불끈 일어나 우뚝 서매 건장한 두 다리는 유엽전(柳葉箭)을 쏘려는지 비정비팔 빗디디고, 바위 같은 두 주먹은 시왕전(十王殿)의 문지기인지 눈위에 높이 들고 경쇠덩이 같은 눈은 홍문연(鴻門宴) 번쾌(樊噲)인지 찢어지게 부릅뜨고 상투 풀어 산발하고 혀를 빼어 길게 물고 집

동같이 부운 몸에 피고름이 낭자하고 주장군(朱將軍)은 그저 뻣뻣, 목구멍에서 숨소리 딸칵, 콧구멍에서 찬바람이 왜생문방(倭生門方) 안을 하고 장승죽음하였구나.

여인은 겁이 나서 울 생각도 없지마는 저놈 성기 짐작하고 임종유언(臨終遺言) 있었으니 전례곡은 하는데, 비녀 빼고 낭자 풀고 주먹 쥐어 방을 치며,

"애고애고 설운지고 어찌 살꼬, 여보소 변서방아 날 버리고 어디 가나, 나도 가세 나도 가세, 님을 따라 나도 가세. 청석관 만날 때에 백년해로하자더니 황천길 혼자 가니 일장춘몽(一場春夢) 허망하네. 적막산중 텅빈 집에 강근지친(强近之親) 고사하고 동네사람 없으니, 낭군 치상 어찌하고 이내 신세 어찌 살꼬. 웬 년의 팔자가 상부복을 그리 타서 송장 많이 보았으되 보던 중에 처음이네. 애고애고 설운지고, 나를 만일 못 잊어서 눈을 감지 못할 테면 날 잡아가소, 날 잡아가소 애고애고 설운지고."

한참 통곡한 연후에 사잣밥 지어 놓고 옷깃 잡아 초혼하고 혼자말로 자탄하여 무인지경 이 산중에 나 혼자 울었어도 낭군치상(郎君治喪)할 수 없어 시충출호(尸虫出戶)될 터이니 대로변에 앉아 울어 오입남자(誤入男子) 만나오면, 치상을 할 듯하니 그 수가 옳다 하고 상부의 이력 있어 소복(素服)은 많았겠다 생서양포 깃저고리, 종성내의 생베치마, 외씨 같은 고운 발씨 삼승버선 엄신 신고, 구름같이 푸른 머리 흔들어지게 잡아 얹고, 도화색 두 뺨 가에 눈물 흔적 더 예쁘다.

아장아장 고이 걸어 대로변(大路邊)을 건너가서 유록도화(柳綠桃花) 시냇가에 빌듯 말듯 퍽석 앉아서 본래 서관여인이라 목소리는 좋다소니 쓰러져 가는 듯이 앵두를 따는데, 이것이 묵은 서방 생각이 아니라 새 서방 후리는 목이니 오죽이나 맛이 있겠느냐.

사설은 망부사(望夫辭) 비슷이, *염장은 연해 애고애고로 막겠다.

"애고애고 설운지고 이내 신세 가련하다. 일신이 고단키로 이십이 바로 넘어 삼남서 찾아오니 사고무친 객지로다. 오행궁합(五行宮

---

*염장―― 시체를 염습하여 장사 지냄.

合) 좋다기에 육례(六禮) 없이 얻은 낭군 칠차상부(七次喪夫) 또 당하니 팔자가 험궂던가. 구곡간장 이 원통을 시왕전에 아뢰고자 애고애고 설운지고, 여심상비 남물 홍사 보는 것이 설움이라. 유상(柳上)에 우는 황조(黃鳥) 벗을 오라 한다마는 황천 가신 우리 낭군 내 어이 불러오랴. 동원도리편시춘(東園桃李片時春)에 내 신세를 어찌하며 춘초연년 푸르는데 낭군 어이 귀불귀(歸不歸)고. 애고애고 설운지고 염라국(閻羅國)이 어디 있소. 우리 낭군 가 계신 곳 북해(北海)상에 있으면은 안족서(雁足書)나 부칠테요. 농산(隴山)이 가까우면 앵무 소식 오련마는 주야 동포(晝夜同抱) 하던 정이 영이별이 된다 말가. 애고애고 설운지고.”

애원한 목소리가 화주성(花珠城)이 무너질 듯 시냇물 목메인다.

이때에 화림(花林) 속으로 산나비 한마리 날아오는데 매우 덤벙여 붉은 칠 실양갓에 주황사 나비 수염 은귀영자 공단끈을 두 귀에 덮어매고, 총감투 소년 당상에 꽃같은 금관자(金貫子)를 양편에 딱 붙이고 서양포대 쪽누비 상하통 같이 입고, 한산 세저(韓山細苧) 익물장삼 진홍분합 눌러 끼고, 흰총백이 사날초혜 고운 새김 버선목을 행전(行纏) 위에 덮어 신고, 천은꾸미 화류승도 겉고름에 느짓 차고, 오십시 진상 칠선 기름 결어 손에 쥐고, 동구 색주가(色酒家)에 곡차(麴茶)를 반취하여 용두(龍頭) 새긴 육환장(六環杖)을 이리로 철철 저리로 철철 청산석경(靑山石逕)에 굽잇길을 흐늘거려 내려온다.

울음소리 잠깐 듣고 사면을 둘러보며 무한히 주저하더니 여인을 얼른 보고 가만가만 들어가니 재치있는 저 여인이 중 오는 줄 먼저 알고 온갖 태(態)를 다 부린다.

옥안(玉顔)을 번뜻 들어 먼 산도 바라보고, 치맛자락 돌려다가 눈물도 씻어보고, 옥수를 잠깐 들어 턱도 받쳐보고, 설움을 못이겨 머리도 뜯어보고 갈수록 섧게 운다.

“신세를 생각하면 해당화(海棠花) 저 가지에 결항치사(結項致死)할 터로되 설부화용(雪膚花容) 이 나의 태도 아직 청춘 멀었으니 적막공산 무주고혼(無主孤魂) 그 아니 원통한가. 광대한 천지간에 풍류

호사의 귀남자가 많이 있건마는 내 속에 먹은 마음 제 누가 알 수 있나. 애고애고 설운지고.”

중놈이 그 얼굴 그 태도를 보고 정신을 반이나 놓았더니 이 우는 말을 들으니 죽을 밖에 수 없구나. 차마 못견디어 제가 독을 써 내 ×도 죽자 쓱 나서서,

“소승 문안드리오.”

여인이 힐끗 보고 못들은 척 연해 울어,

“오동(梧桐)에 봉 없으니 오작(烏鵲)이 지저귀고 녹수(綠水)에 원(鴛) 없으니 오리가 날아든다. 애고애고 설운지고.”

중놈이 이 말을 들으니 저를 업수이 여기는 말이어든 불고사생(不顧死生)하고 바짝바짝 달려들며,

“소승 문안이오. 소승 문안이오.”

여인이 울음을 그치고 점잖이 꾸짖어,

“중이라 하는 것이 부처님의 제자이니 계행이 다를 텐데 적막산중 수풀 속에 전후불견(前後不見) 여인에게 체면 없이 달려드니 버릇이 괘씸하다. 문안은 그만 하고 갈 길이나 어서 가시오.”

중이 대답하되,

“부처님·제자기로 자비심(慈悲心)이 많삽더니 시주(施主)님 저 청춘에 애원히 우는 소리 뼈저려 못 갈 테니 우는 내력 아사이다.”

여인이 대답하되,

“단 부처 산중 살아 강근지친(强近之親) 없삽더니 신수가 불행하여 가군초상(家君初喪) 만났는데 송장조차 험악하여 치상할 수 없삽기로 여기 와 우는 뜻은 담기(膽氣)있는 남자 만나 가군 치상 한 연후에 청춘수절 할 수 없어, 그 사람과 부부되어 백년해로 하자하니 대사의 말씀대로 자비심이 있삽거든 근처로 다니시며 *협기(俠氣) 남자 만나거든 지시하여 보내시오.”

저 중이 또 물어 여자에게 하는 말이,

“우리 절 중 가운데, 자원할 이 있으면 가르쳐 보내리까?”

---

*협기(俠氣)——호협한 기상. 용맹한 마음.

“치상만 하면은 그 사람과 살 터이니 승속(僧俗)을 가릴터요?”

저 중이 크게 기뻐하여,

“그러면 쉬운 일이 있나이다. 그 송장 내가 치우고 나와 살면 어떠
하오?”

“아까 다 한 말이니 다시 물어 쓸데 없소.”

저 중이 좋아라 하고 양갓 감투 벗어 찢고, 공단 갓끈 금관자는 주
머니에 떼어넣고, 장삼 벗어 띠로 묶어 어깨에 둘러메고, 여인은 앞을
서고 대사는 뒤에 서서 강쇠집을 찾아올 때 중놈이 좋아라고 장난이
비상하다.

여인의 등허리에 손도 썩 넣어보고 젖도 불끈 쥐어보고 허리 질끈
안아보고 손목 꽉 잡아보며,

“암만해도 못참겠네. 우선 한 번 하고 가세.”

여인이 책망하여,

“바삐 먹으면 목이 메고 더우면 쉬 식나니 여러해 주린 색심 아무리
그러하나, 죽은 가장 방에 두고 새 낭군 그 노릇이 내 인사가 되겠
는가. 다 되어가는 일을 마음 조금 진정하소.”

중놈이 대답하되,

“일인즉 그러하네.”

수박 같은 대가리를 짜웃짜웃 흔들면서,

“십년 공부 아미타불. 참 부처는 될 수 없어 삼생가약(三生佳約) 우
리 미인 가부처나 되어보세.”

강쇠 문전 당도하여,

“시체 방이 어디 있노?”

여인이 가리키며,

“저 방에 있소마는 시체가 불끈 서서 형용이 험악하니 단단히 마음
먹고 놀라지 말게 하오.”

이놈이 여인에게 협기(俠氣)를 뵈노라고 장담을 썩 하여 하는 말이,

“우리는 겁이 없어 칠야삼경 깊어가며 궂은비 흩뿌릴 때 적적한 천
왕각(天王閣) 혼자 자는 사람이라, 그 같은 섰는 송장 조금도 염려

없네.”

속으로 진언(眞言) 치며 방문 열고 들어서서 송장을 얼른 보고 고개를 푹 숙이며, 중의 버릇 하노라고 두 손을 합장하고 문안 주검으로 요만하고 열반(涅槃)할 제, 강쇠 여편네 매장포(埋葬布) 백지 등물 수습하여 가지고서 뒤쫓아 들어가니 허망한 저 중놈이 벌써 이 꼴 되었구나.

깜짝 놀라 발을 구르며,

“애고 이것 웬일인가. 송장 하나 치려다가 송장 하나 또 생겼네.”

방문을 닫고 나서 뜰 가운데 홀로 앉아 송장에게 정설하며 자탄 신세 하는구나.

“여보소 변서방아, 어찌 그리 무정한가. 청석관서 만난 후에 각포구(各浦口)로 다니면서 간신히 모은 전량(錢糧) 잡기(雜技)로 다 없애고 산중살이 하자더니 장승 어이 패어 때고 목신동증 소년 죽음 모두 자네 자취로세. 사십구일 구병할 때 내 간장이 다 녹았네. 험악한 저 시체를 감당을 할 수 없어 대로변 가는 중을 간신히 후렸더니 허신(許身)도 한 일 없이 강짜를 하노라고 송장 치우러간 사람을 저 죽음을 시켰으니 소문이 나게 되면 송장 치울 놈 있겠는가. 송장만 치운 후에는 자네 유언대로 수절할 터이니 다시는 강짜 마소. 애고 애고 내 신세야 이 치상을 뉘가 할까.”

애닯게 우노라니 천만 뜻밖에 솔대밑 친구 하나가 달려드는데,

“예 돌아왔소. 구름 같은 집에 신선 같은 나그네 왔소.”

옥 같은 입에 구슬 같은 말이 쏙쏙 나오네.

“이 개야 짖지 마라, 낯은 왜 안 씻어 눈꼽이 따닥따닥, 나를 보고 짖느니 네 할아비를 보고 짖어라, 퇴─.”

이런 야단이 없구나. 여인이 살펴보니 구슬상모 단 벙거지 되게 멘 통장고에 적 없는 누비저고리 때 묻은 붉은 전대 제맛으로 어깨 대고, 조개장단 주머니에 주왕사 벌매듭 조롱낭 동쌈지 차고 청삼승 허리띠에 버선코를 길게 빼어 오메장〔烏山〕 짚신에 푸른 헝겊 들메이고 오십살〔五十失〕 늘어진 부채 송화색 수건 달아 덜미에 엇게 꽂고 앞뒤꼭지

쑥 내민놈 앞살 없는 헌 망건에 자개관자 굵게 달아 당줄에 짓눌러 쓰고 굵은 무명 벌통 한삼 무릎 아래 축 처지고 몸집은 짚동 같고 배통은 물항아리 같고 두리두리 두 눈구멍은 고리로 테두르고 납작한 콧마루에 주석 대갈 총총 박고 꼿꼿 센 수염이 양편으로 펄렁펄렁 반백(半白)이나 넘은 놈이 목소리는 새된 것이 비지땀을 씻으며 헛침 버썩 뱉으면서,

"예오너라 가노라 하노라니, 우리집 마누라가 아주머님전의 문안 아홉 꼬장이 평안하옵고 이구 십팔 열여덟 꼬장이 낱낱이 전하라 하옵디다."

여인이 기가 막혀 초라니를 나무라며,

"아무리 초라닌들 어찌 그리 경망한고. 가군의 상사 만나 치상도 못한 집에 장구소리 부당하네."

"예, 초상이 났사오면 오귀물림 잡귀신을 내 솜씨로 소멸하자. 페등동당 정월 이월 드는 액은 삼월 삼짇 막아내고, 사월 오월 드는 액은 유월 유두(六月流頭)로 막아내고, 칠월 팔월 드는 액은 구월 구일 막아내고, 시월 동지 드는 액은 납월 납일 막아내고, 매월 매일 드는 액은 초라니 장구로 막아내세. 페등동당 통영칠(統營漆) 도리판에 쌀이나 좋이 놓고 명실과 명전이며 귀가진 저고리를 아끼지 마옵시고 어서어서 내어놓소. 여보시오, 초라니 가가 문전 들어가면 오라는 데 어디 있소. 뒷꼭지 찌르면서 핀잔 악담하는 것을 꿀로 알고 다시 오니 난장쳐도 안 가겠소. 박살해도 못 가겠소."

억지를 마구 쓰니 여인이 대답하기를,

"중복막이 오귀물림 호강의 말이로세. 서서 죽은 송장이라 쳐 낼 사람 없어 시각이 민망하네."

초라니는 좋아라 하고 장구를 두드리며 방정을 떠는구나.

"사망이다 사망이다. 발 부리가 사망이라. 불리었다 불리었다 좋은 바람 불리었다. 페등동당. 재수있네 재수있네 흰 고리눈 재수있네. 복이 있네 복이 있네. 주석코가 복이 있네. 페등동당 어제 저녁 꿈 좋기에 이상하게 알았더니 이 댁 문전 찾아와서 송장 사망 터졌구

나. 페둥동당 신사년(辛巳年) 괴질통(怪疾痛)에 험악하게 죽은 송장 내손으로 다 쳤으니, 그 같은 선송장은 이 손의 아들이니 삯을 먼저 결정하오 페둥동당.”

여인이 게으른 강쇠에게 간장이 다 녹다가 이 손의 거동보니, 부지런 그지없어 점때 끝에 앉았어도 정녕 아니 굶겠구나. 애끊이 대답하되,

“가난한 내 형세에 돈 없고 곡식 없어, 치상을 한 연후에 부부되어 살 터이오.”

초라니가 또 덤벙여,

“얼씨구나 멋있구나. 절씨구나 좋을씨고. 페둥동당. 맛속 있는 오 입쟁이 일색미인 만났구나. 시체 방문 어서 여오. 내 솜씨로 쳐서 낼께 페둥동당.”

여인이 방문을 여니 초라니 거동보소.

시방문전(屍房門前) 당도하더니 몸 단속을 매우 하며 장구 끈 졸라 매고 제 손에 힘을 주어 험악한 저 송장을 제 곳으로 뉘려고 부지런히 서두는데,

“여보소 저 송장아, 이내 고사 들어보소. 페둥동당. 오행정기 생긴 사람 노소간에 죽어지면 혼령은 귀신되고 신체는 송장이지. 무슨 원통 속에 있어 혼령은 안 헤치고 송장은 뻣뻣 섰소. 페둥동당. 이 내 고사 들어보면 원통 다 풀리리라. 살았을 때 이생이요, 죽어지면 저생이라 만년부운(萬年浮雲) 되었으니 처자 어찌 따라갈까. 세 파 운수 자세 보니 옛사람의 탄식일세. 페둥동당.”

부드럽던 장구채가 뒤마치만 소리하여 풀잎 같은 새돈 목이 고비 넘길 수가 없고, 날쌔게 놀던 몸집 삼동이 뒤틀리고 한출첨배(汗出沾背) 가쁜 숨이 어깨춤에 턱을 채어 한 다리는 오금 죽여 턱 밑에 장구 얹고 망종 쓰는 한마디 목 하염없이 구성이라. 뒤마치 꽁치며 고사죽 음 돌아가니 여인이 깜짝 놀라 손바닥 떡떡 치며,

“또 죽었네, 방정맞은 저 초라니 자발 없이 덤벙이다가 허망히도 돌 아간다. 고단한 내몸 세 송장을 어찌할꼬.”

담배를 피워 물고 먼 산 보고 앉았더니, 대목 밑이 파장인가, 어농 풍년 시평인가, 오색발가리 친구들이 짓끌어 온다.

풍각쟁이 한 패가 오는데 그 중에 앞선 가객 떨어진 통양갓에 버레 줄 매어 쓰고, 소매 없는 배중추막 권생원께 얻어 입고, 세 목동 옷 때묻은 놈 모둥지께 얻어 입고 안만 남은 누비저고리 신선달께 얻어 입고, 다 떨어진 전 등거리 송선달께 얻어 입고, 부채를 부치되 뒤의 놈만 시원하게 부치면서 들어와서 말버슴새씨는 경조원터도 못 다 가고 금강(錦江) 이쪽 경조였다.

"여보시오. 이 마누라댁 송장이 *접사하여 쳐낼 사람 없다하니 내 수단에 쳐내이면 나와 둘이 살겠소?"

여인이 대답하기를,

"무슨 재주 지니셨소?"

"예, 나는 소리 명창 가객(歌客)이오."

여인이 또 물어 하는 말이,

"송선달 알으시오?"

"네, 그게 내 제자요."

"신선달 알으시오."

"둘째 제자요."

"세상 사람 하는 말이 모란은 화중왕, 송선달은 가중왕(歌中王) 다시 윗 수 없다는데 그 사람의 선생되면 당신의 목재주는 가중(歌中)의 천자(天子)인가보오."

"남들이 그렇다고 수군수군합디다."

그 뒤에 퉁소쟁이 박박 얽은 전벽 소경 퉁솟대 손에 쥐고, 강경장 넝마 큰 옷 뻣뻣하게 풀을 먹여 초록실 띠 둘러띠고 지팡막대 짚은 아이 열댓살 거진 될 놈 굵은 무명 홑고의 길목 신고 모시행전 홍일관단 도리줌치 갈매창옷 송화색 동정 쇠털 같은 노랑머리 밀기름칠 이마 재어 공단댕기 드려 땋고, 검무춤칼 가졌으며 가얏고 타는 사람 뻣뻣 마른 중늙은이 피골이 상접한데 토질 먹은 기침소리 광쇠 치는 소리 같

---

*접사 —— 시름시름 앓는 병에 걸림.

고, 긴 손톱 검은 때와 빈대코 콧거웃이 입술을 모두 덮고 떡메모자 대갓끈에 가얏고를 메었으되, 경상도 경주도읍 그 시절에 난 것이라, 복판은 좀이 먹고 토막난 열두 줄을 망건당줄 이어달고, 쥐똥나무 괘를 고인 주석고리 끈을 달아 왼 어깨에 둘러메고 북치는 놈 맵시 보소.

엄지락이 여드름과 개기름이 용천백이 터 잡은 듯 짧은 머리 길게 땋고 외손질로 늙은 놈이 체바퀴 열두 토막 주워 이어 노구녹피(老狗鹿皮) 복을 매어 소악 저겨 끈을 달아 양어깨에 둘러 메고, 거들거려 들어오며 장담들을 서로 한다.

"송장이 어디 있소? 그 같은 것 쳐내기는 발 허리나 시제."

여인이 이르는 말,

"그렇게 장담하다 실없이 죽는 사람 몇이 될 줄 모르겠소."

저 사람들 대답하되,

"그 염려는 말으시오. 내 노래 한 곡조는 귀신을 울게 하오. 가얏고를 의론하면, 진국미인(秦國美人) 허청금(虛聽琴) 형장사(荊壯士)도 잡았으며, 왕소군(王昭君) 출새곡(出塞曲)은 호인(胡人)도 낙루하고, 옹문금(雍門琴) 슬픈 소리 맹상군(孟嘗君)도 울었으니 내 또한 상심곡을 처량히 타고 들면 멋있는 저 송장이 나를 괄시할 수 없소."

퉁소쟁이 하는 말이,

"내 퉁소 부는 법은 여읍여소(如泣如笑) 슬픈소리 계명산(鷄鳴山) 추야월(秋夜月)에 장자방(張子房)의 곡조로다. 팔천 제자 흩어질 때 우미인(虞美人)은 목지르고 항장사(項將士)도 울었거든 제까짓 송장이야 동지섣달 불강아지라."

북 치는 놈 내달으며,

"내 솜씨 북을 치면 전단(田單)이 되놈 칠 때 시석 지우 우뚝 서서 원포고지(援袍鼓之)하던 소리, 장익덕(張益德) 고성현의 관공(關公)님의 용맹 보자 삼통고 치던 소리, 제아무리 험한 송장 안 쓰러질 수 있나."

검무 추는 아이놈이 양손에 칼을 들고 여풍대 좌우사위 번뜻번뜻 들어오며,

"여보시오 기탄마오. 소년 시모 이십시(小年時暮二十時)에 일검증당 백만사(一劍曾當百萬師)라, 홍문연 큰 모임에 항장(項莊)의 날랜 칼이 나를 당할 수가 없고 양소유(揚少游) 대진중에 심요연(沈裊烟)의 추던 춤이 내게 비하지 못할 테니 송장 치기 두말 있나, 송장 방이 어디 있소?"

각기 자기의 재주 자랑하니 여인이 생각한즉 식구가 여럿이요, 저 손님네 송장 먼저 보고서는 아마 기가 막힐 터이니,

"시체 방문 닫은 채로 툇마루에 늘어앉아 각색 풍류하시면 멋있는 송장이니 감동하여 눕거든 묶어내기 쉬울 테니 그리하면 어떠하리."

"그 말이 장히 좋소."

굿하는 집에 고인(故人) 본으로 마루에 늘어앉고 검무쟁이 일어서서 여민락(與民樂) 심방곡(心方曲)을 재미있게 한참 노니, 방에서 찬바람이 시들시들 일어나며 쌍창문(雙窓門)이 절로 열려 온 몸이 오싹하며 독한 냄새가 코를 찌르니 눈 뜬 식구들은 송장을 먼저 보고 제멋대로 다 죽는다.

가객의 거동 보소. 초한가(楚漢歌)를 한참 할 때 일후영웅 장사들아 초한승부 들어 보소. *절인지력(絶人之力) 부질없고 순민심(順民心)이 으뜸일세.

한패공(漢沛公) 십만 대병 구리산하 십사면에 대진을 둘러치고 초패왕(楚覇王)을 잡으려 할 때 거리거리 마병이요 마로마로 복병이라.

부채를 쫙 펼치면서 숨이 딸깍, 가얏고 놀던 사람 짝 타령을 타노라. 황성이 허조벽산월(虛照碧山月) 고목은 진입창오운(盡入蒼梧云)이라 하던 이태백(李太白)으로 한 짝, 삼년 정리(三年征裏)의 관산월(關山月)이요 만국병전(萬國兵前)의 초목풍(草木風)이라고 한 두자미(杜子美)로 한 짝, 둥덩덩지 둥덩둥.

---

*절인지력(絶人之力)——남보다 아주 뛰어난 용맹.

북 치던 늙은 총각 다시 치는 소리 없다.

칼춤 추던 어린아이 오도가도 아니하고 선자리에 꼭 서 있고 퉁소 불던 늙은 봉사 송장 낯을 못 본고로 죽음 차례 모르고서 먼눈을 반짝이며 봉장추를 한창 불 때 무서운 생각 왈칵 들고 독한 냄새 콱 찌르니 내밀심이 점점 줄어 그만 자진하였구나.

여인이 기가 막혀서 울음도 울 수 없고 사지가 느른하여 애고 이를 어찌할꼬.

이것들 앉힌 대로 여기다 두어서는 아무 사람 와 보아도 우선 놀라 갈 터이니, 방안에다 감추자고 하나씩 고이 안아 동서편 두 벽 밑에 차례로 앉혀 놓으니 앉은 것은 *명부전(冥府殿)에 시왕뿐, 집 이름은 초상상자 *팔상전(八喪殿). 시방문 닫고서 대문간에 비껴 서서 대로변을 바라보니, 어떠한 사람 하나 맛있는 연비정을 권생원 비슷하게 냅다 뜨는데,

"이것 봐 벗님네야 이때는 어느 땐고, 여름사월 초파일에 연자(燕子)는 남으로 펄펄 날아들고 석양산로(夕陽山路)에 어디로 가자느냐. 천지로 장막삼고, 일월(日月)로 등촉(燈燭)삼고, 남의 집을 내 집삼고 가는 길 노자되고 멍석자리 등돗삼아 두루두루 다니다가 달은 밝고 바람은 찬 밤에 광충다리 홀로 우뚝서서 이내 신세를 곰곰이 생각하니 팔만장안(八萬長安) 억만가구(億萬家口) 방방곡곡(坊坊曲曲) 귀돌절간을 꿰질러 다니며 보아도 이런 발금 목독의 아들놈 팔자 또 어디 있을꼬. 애고애고 설운지고."

으스러지게 부르면서 문전을 들어오는데 잔새 털 벙거지 넓은 끈 졸라매고 마가목채 등덜미에 꽂고 때 묻은 고의적삼 육승포 외골전대 허리를 잡아매고 발 감기 곱게 하여 짚신을 들멨는데 키는 장승 같고 낯은 짐짝 같고 눈은 화등잔만하고 코는 메주덩이, 입은 싸전장되 발은 동작(銅雀) 거투선만, 초라니탈 아니 써도 천생 말뚝이 본이어늘, 여인을 썩 보더니 경조로 세치를 내갈기는데,

---

*명부전(冥府殿)——염라 대왕 등 10 대왕을 봉안한 절 안의 전각.

*팔상전(八喪殿)——여덟 초상이 난 집이라는 뜻.

“이러 제 어미를 그리하여서, 마누라가 낭군의 송장 쳐주면 둘이 살
자고 하는 마누라요?”
여인이 애끓이 대답하되,
“그러하오.”
“그 빌어먹을 송장이 어떻게 죽었단 말이오?”
벌떡 일어서서 두 주먹을 불끈 쥐고,
“이놈이 연해 희설하여 눈을 꽉 치자고 두 다리 뻗쳐 딛고 눈을 부
릅떴소.”
“에구 그것이 용변이어든 그도 가수제. 집에 갈퀴 있소?”
“예, 있소.”
“그놈의 눈구멍을 내가 아니 보려하니 고개를 숙이고서 그놈의 눈
웃시울을 긁어서 덮을 테니 마누라는 밖에 서서 갈퀴가 웃시울에
닿거든 닿았다고 하오.”
이놈이 갈퀴 들고 시체방에 들어서서 고개를 푹 숙이고 두 손으로
갈퀴를 들어 송장 눈에 대면서,
“웃시울에 닿았소?”
여인이 뒤에 서서,
“조금 올리시오.”
“닿았소?”
“조금 내리시오. 닿았소.”
딱 잡아 긁은 것이 손이 조금 미끄러져 아랫시울 긁어놓으니 눈이
뚝 불거져서, 앙! 하고 호랑이 재주를 하는구나. 가만히 쳐다보니 이
놈이 깜짝 놀라 갈퀴를 내버리고 바로 뛰어 도망을 할 때, 그물 냄새
맡은 숭어 뛰듯, 선불 맞은 호랑이 모양 곧 들고 빼는구나.
여인은 크게 놀라서 급히 쫓아가며,
“여보시요. 저 손님네 말씀이나 하고 가오.”
저놈이 손 헤치며,
“나 돌아가오 나 돌아가오. 위방(危邦)은 불입(不入)이라, 나 돌아
가오.”

여인이 연거푸 불러,

"송장 치라 하지 않을 테니, 말만 잠깐 듣고 가오."

꽃 같은 저 미인이 옥 같은 말소리로 따라오며 청하니 오입한 사람이라 어찌할 수가 있나. 대답하기를,

"무슨 말씀 하라시오?"

여인이 하는 말이,

"노정(路程)에서 곤란하니 내집으로 들어가서 딴방에서 잠을 자고 내가 이리 고적하니 말벗이나 하옵시다."

저놈이 흐뭇하여,

"그렇게 합시다."

허락하고 여인의 손목잡고 정담하며 돌아올 때 여인이 다시 물어,

"어디서 사옵시며 존호는 누구신데 어디로 가시다가 내집을 어찌 알고 수고로이 오셨나요?"

저놈이 대답하기를,

"네, 나는 서울 사는 김서방 재상댁 마중으로 경상도 황산역(黃山驛)에 좋은 말 있다기에, 그리로 가옵다가 마누라 일색으로 가군이 험사하여 치상하여 주는 사람 작배하여 살자는 말이 삼남천지 떠들썩하여 사람마다 전하기에 불원천리 찾아왔소."

여인이 또 물었다.

"서울에서 살으시고 신수 저리 건장한데, 그만 송장 염려하여 버리고 가시기에는 내 얼굴이 누추하여 당신 눈에 안드시오."

그놈 이 말을 듣고 여인의 등을 치며,

"미인 보면 정 있다가 송장 보면 정 떨어지오."

언사 좋은 저 여인이 속을 계속 찔러보아,

"사제갈(死諸葛)이 주생중달(走生仲達) 옛글로만 들었더니 저러한 호풍신이 송장에게 쫓긴다는 말 어디 행세할 수 있소? 불쌍한 내 신세 버리고 가옵시면 고통 찾을테니 그 아니 불쌍한가. 날 살리소 날 살리소. 한양 낭군 날 살리소. 사세, 만일 가려하면 나를 먼저 죽여주소."

허리를 질끈 안고 온갖 어리광에 만반교태 다 부리니 서울에 사는 사나이라 뒷가락 풀리는데 허리에 띤 전대로 눈물을 씻으면서,

"우지 마오, 안가리니 안가리니. 죽으면 내가 죽지 자네 죽게 하겠는가?"

집으로 들어오며 의사를 새로 내어,

"자네 집에 떡메 있나?"

"떡메는 무엇하게?"

"영투지(寧鬪智) 불투력(不鬪力) 먼저 생각 못하였네."

떡메를 내어주니 그놈을 둘러메고 집 뒤로 돌아가서 주해(朱亥)의 진비(晋鄙) 치듯 경포(黥布)의 함관(函關) 치듯 뒷벽을 쾅쾅 치니 송장이 벽에 울려 덜컥 엎어지는구나.

그놈은 좋아라 하고 땀을 씻으면서 장담하여,

"제깐놈이 어디라구."

그때 여인은 더 그를 위하는 척하면서, 부채질하여 송장 묶어내려고 할 때 아무리 장사기로 송장 여덟 질 수 있나. 근처 마을 찾아가서 삯군 얻자더니 마침 각설이패 셋이 달려드는데 온 머리를 다 동치고 가로 약간 남은 털을 감히 상투 이마에 붙이고 영남 돌림이라 영남장만 세겠다.

"떨얼 떨 돌아왔소, 각설이라 역설이라. 동설이를 짊어지고 뜰뜰 돌아 장타령 경주관 경주장, 최복(衰服) 입은 상주장, 이 술 잡수 진주장, 관민분의(官民分義) 성주장, 채쳐서 마산장, 펄쩍 뛰며 노루 꼴장, 명태 옆에 대구장, 순 앞에 청도장."

한 놈은 옆에 서서 입장구 겡겡 치고 한 놈은 옆에 서서 살만 남은 헌 부채로 뒷꼭지를 탁탁 치며,

"두 다리를 벋디딛고 허리짓 고개짓 잘 한다. 초당 짓고 한 공부(工夫)가 실수없이 잘한다. 동삼 먹고 한 공부가 기운차게 잘한다. 목구멍에 불을 켰나 훤하게도 잘한다. 뱃가죽도 두껍다. 일망무제로 나온다. 네가 저리 잘할 적에 네 선생은 할 말 있나. 네 선생이 내로구나. 잘한다 잘한다. 대목장에 목쉴라, 잘한다 잘한다. 너 못하

면 내 하마."

여인이 묻는 말이,

"목소리는 명창이나, 우리집에 송장 많아 지금 묶어내려 하니 함께 묶어 지고 가면 삯을 후히 줄 터이니 소견이 어떠한가?"

저놈들 하는 말이,

"송장을 쳐내면 여인하고 산다기에 짚신짝을 떼붙이고 애써애써 여기 왔더니 남의 손에 떼였으니 송장이나 치고 가지. 송장 하나 닷 냥씩에 술밥고기 잘 먹이오."

여인이 허락하니 네 놈이 송장 칠 때 한 등짐에 두 뭉치씩 공석으로 곱게 싸서 세숙마 당태줄로 단단히 얽은 후에 짚으로 밖을 싸서 새끼로 치잉칭 묶어 새벽날 못 떨어져 네 놈이 젊어지고 여인은 뒤를 따라 북망산(北邙山)을 찾아갈 때 어와성 소리 울려 행상이 처량하다.

"어이 가리. 너희 연반군은 어디 가고 두견이는 슬피 우노. 어허너. 명정공포(銘旌功布) 어디 가고 작대기만 짚었으며 앙장휘장 어디 가고 헌 공석을 덮었는가. 어허너. 장감틀은 어디 가고 지게송장 되었으며, 상제복은 어디 가고 한 미인만 따르는고. 어허너. 북망산 어떻기에 만고영웅 다 가시노. 진시황(秦始皇)의 여산(驪山) 무덤, 한무제(漢武帝)의 무릉(武陵)이며, 초패왕(楚覇王)의 곡성무덤 위태조 장수총이 모두 다 북망이니 생각하면 가소롭다. 어허 너 죽어도 이 길이요, 나 죽어도 이 길이라. 북망산 돌아들 때 어욱새 더욱새 덥개나무 가랑잎, 잔 빗방울 굵은 빗방울, 소소리바람 뒤섞이어 으스렁 슬피 불 때 어느 벗님 찾아오리. 어허 너 주부도유령분상토(酒不到劉伶墳上土)요 금인(今人)이 경종신릉분상전(耕種信陵墳上田)의 번화부귀(繁華富貴) 죽어지면 어디 있나. 어허 너 지고 가는 여덟 분이 다 모두 호걸이라. 기주탐색(嗜酒耽色) 풍류가금(風流歌琴) 청루화방(靑樓花房) 어찌 잊고 황천북망(黃泉北邙) 돌아가노. 어허 너."

한참을 지고가니 무겁기도 하거니와 길가에 있는 언덕 쉴 자리 매우 좋아 네 놈이 함께 쉬어 짐머리 서로 대어 일자로 부리우고, 어깨를 빼려 하니 그만 땅하고 송장하고 짐꾼하고 삼물조합(三物調合) 꽉 매어 다시 변통 없었구나.

네 놈이 할 수 없어 서로 보고 통곡한다.

"애고애고 어찌할꼬. 천지개벽 한 연후에 이런 변이 또 있을까? 한 번을 앉은 후에 다시 일 수 없게 되니 그림의 사람인가 법당의 부처런가. 애고애고 설운지고, 청하는 데 별로 없이 갈 데 많은 사람이라 뎁뚝이 자네 신세 고향을 언제 가고, 각설이 우리 사정 대목장을 어찌 할꼬. 애고애고 설운지고. 여보시오 저 여인네, 이게 다 뉘 탓이오. 죄는 내가 지었으니 벼락은 네 맞아라. 굿만 보고 앉았으니 그런 인사 있겠는가? 주인 송장 손님 송장 여인 말을 들을 테니 빌기나 하여 보소."

여인이 빈다.

"여보소 변낭군아, 이것이 웬일인가? 험악하게 죽은 송장 안에서 썩을 것을 이 네 사람 공덕으로 염습당부 나왔으니 가만히 두었으면 명당을 깊이 파고 시체를 묻을 것을. 아기 밸 때 덧굳으면 나올 때도 더 굳다고 갈수록 변괴니 사람 어디 살겠는가? 집에서 하던 변은 우리끼리 보았더니 이러한 대로변에 이 우세를 어이할꼬. 날이 점점 밝아오니 어서 급히 떨어지소. 안장을 한 연후에 수절하여 주겠수다."

뎁뚝이가 증명을 연해 지어,

"여인네 치맛귀나 만져보면 변강쇠의 아들이요, 상인 없으니 발상이라도 하오리다."

여인이 연해 빌어,

"대사출보풍객님네, 다 각기 맛에 겨워 이 지경이 되었으니 수원수구하자 하고 이 우세를 시키는가. 청산에 안장할 때 하관시가 늦어가니 어서 급히 떨어지소."

아무리 애걸하되 꼼짝 아니 하는구나. 날이 훤히 새어오니 뎁뚝이 하는 말이,

"배고파 살 수 없네. 여인은 쪽박 들고 동네로 다니면서 밥을 많이

얻어다가 우리들을 먹게 하되 짚 두어 뭇 얻어 오소.”

“짚은 무엇하게.”

“몇 해 되든지 목숨 끊기 전까지는 이 자리에 있을 테니 비 오면 상
투 덮게 주절이나 틀어 두세.”

여인을 보낸 후에 각기 설움 의논할 때 이것들 앉힌 데가 원두밭 머
리로서 참외 한참 산영하니 막은 아직 안 짓고 밭 임자 움생원이 집에
서 잠을 자고 밭 보러 일찍 올 때 먼지 끼인 묵은 관을 돗단 듯이 높이
쓰고 진동 좁고 된짓 달아 소매 좁은 소창의라. 굽 다 닳은 나막신에
긴 담뱃대 중동 쥐고 살부 짚고 오다가 밭머리의 사람 보고 된 욕으로
악써 물어,

“네 저것들 웬 놈인가.”

뎁뚝이 대답하기를,

“담배 장수요.”

“그 담배 맛 좋으냐?”

“십상 좋은 상관초(上關草)요.”

“한 대 떼어 맛 좀 보자.”

“와서 떼어 잡수시오.”

마음 고운 움생원이 담배 욕심 잔뜩 나서 달려들어 손을 쑥 넣으니
독한 내가 코쑤시고 손이 딱 붙는구나.

움생원이 호령하여,

“이놈 이게 웬일인고?”

뎁뚝이 경판으로 물어,

“왜 어찌 하시었소?”

“괘씸한 놈 버릇이라. 점잖은 양반 손을 어찌 쥐고 아니 놓소?”

뎁뚝이 각설이가 손뼉 치며 크게 웃어,

“누가 손을 붙들었소.”

“이것이 무엇이라 바로 대게.”

“송장 짐이요.”

“네 이놈, 송장 짐을 왜 밭머리에 놓았느냐?”

"새벽길 가는 사람 참외밭인지 콩밭인지 아는 제어미랄놈 있소?"
움생원이 달래어,
"그러든지 이러든지 손이나 떼어 다고."
네 놈이 각각 문자로 대답하기를,
"아궁불열(我躬不閱)이요. 오비(吾鼻)도 삼척(三尺)이요. 동병상련(同病相憐)이요, 아가사창(我歌査唱)이요."
움생원이 문자속은 익어서,
"너희도 붙었느냐. 아는 말이요. 할 장사가 많은데 송장장사 어찌하며, 송장이 어디 있어 저리 많이 받아 지고서 어느 장을 가려고하며, 송장 중에 붙는 송장 생전 처음 보았으니 내력이나 조금 알게자상히 말하여라."
뎁뚝이 하는 말이,
"지리산 중 예쁜 여인 가장이 변사하여 치상을 하여 주면 함께 살자고 한다기에 그 집을 찾아간즉 송장이 여덟이라 간신히 치상하여각설이 세 사람과 둘씩 지고 여기 왔더니 나도 붙고 게도 붙어 오도가도 못하게 되니 그 내력을 알 수 있소?"
움생원 의사를 내어, 그러면 좋은 수 있다 하며,
"오고가는 사람들을 보는 대로 후려들여 무수히 붙였으면 소일도될 것이요 뗄 의사도 날 것이니, 그밖에 수가 없다."
"기소불욕(己所不欲)을 물시어인(物施於人)이라니 일은 안 되었어도궁무소불위(窮無所不爲)라니 재주대로 하여 보오."
이때에 하동 못골, 창평 고살메, 함열 성불암, 담양 옥천 함평 월앙산 걸인 네 패가 창원, 마산포, 밀양, 삼랑, 그 근방들을 가노라고 그앞으로 지내다가 움생원의 관을 보고 거사들이 절을 하여,
"소사 문안이오. 소사 문안이오."
그 뒤에 아기네들이 낭자도 곱게 하고 고방머리 어깨 빼고 다리 아파 잘쑥잘쑥 지팡막대기 짚었으며 두 줄에 다리 넣고 거사 등에 업혔으며, 수건으로 머리 동여 긴 담뱃대 물었으며 하하 크게 웃으면서 낭랑옥어(朗朗玉語) 말도 하고 무수히 오는구나.

움생원이 불러,

"이 중의 사당들아, 너희 장기대로 한 마디씩 잘만 하면 맛좋은 상관담배 두 구부씩 줄 것이니 쉬어가기 어떠하냐?"

이것들이 담배라면 밥보다 더 좋아서,

"그리 하옵시다."

판놀음 차린 듯이 가는 길 건너편에 일자로 늘어앉아 거사들은 소고(小鼓) 치며 사당은 제 차례로 연게사당 먼저 나서 발림을 곱게 하고,

"산천초목이 성림한데 구경 가기 즐겁도다. 어야 이 장송은 낙락, 기러기 펄펄 낙락장송이 다 떨어졌다. 어야 이 성황당 궁벅궁새야 이리 가며 궁벅궁 저산으로 가며 궁벅궁 아무래도 너로구나."

움생원이 추워대며,

"잘 한다. 내 옆에 와서 앉거라. 네 이름이 무엇이냐?"

"초월(初月)이오."

또 하나 나서면서,

"노랑방초 젊은 날에 해는 어이 더디 가고 오동야월 성근 비에 밤은 어이 깊었는고. 얼사절사 말 들어 보아라. 해당화 그늘 속에 비맞은 제비같이 이리 흐늘 저리 흐늘 넘논다. 이리 보아도 일색이요. 저리 보아도 일색이요. 아무래도 네로구나."

"잘 한다. 네 이름은 무엇이냐?"

"구강선이오."

한 년이 또 나서면서,

"오돌또기 춘향춘향 유월의 달은 밝으며 명랑한데 여기다 저기다 앉아 버리고 말이 못된 경이로다. 만첩 청산 쑥쑥 들어가서 늘어진 버드나무 드립다 덤벅 휘여잡고 손으로 주를주를 훑어다가 물에다 둥둥 띄워 두고 둥덩덩실 둥덩덩실 여기다 저기다 던져 버리고 말이 못된 경이로다."

"어허 잘 한다. 네 이름이 무엇이냐?"

"일점홍(一點紅)이오."

한 년이 나서며,

"님을 따라 갈까보다. 잦은 밥을 못다 먹고 님을 따라 갈까보다. 경
방산성 비두리길로 알박이 처자 앙금살살 끼고 돌아간다."

"잘 한다. 네 이름이 무엇이냐?"

"설중매(雪中梅)요."

한 여인이 나서면서 방아타령을 하여,

"사신 행차 바쁜 길에 마중참이 중화(中和), 산도 첩첩 물도 중중,
여기가 왕성인 평양, 모닥불에 묻은 콩이 튀어난 태천(太川), 청천
에 뜬 까마귀가 울고 가니 곽산(郭山), 찼던 칼을 빼어드니 하릴없
는 용천(龍川), 청총마를 둘러타고 돌아보니 의주(義州)."

"잘한다. 네 이름은 무엇이냐?"

"월하선(月下仙)이오."

한 여인은 자진 방아타령을 하여,

"유각골 처녀는 쌈지장사 처녀 어라 두야 방아로다. 왕십리 처자는
미나리장사 처자, 순담양 처자는 바구니장사 처자, 영암 강진 처자
들은 참빗장사 처자."

"어 잘 한다. 네 이름은 무엇이냐?"

"금옥(金玉)이오."

한참 이렇게 농담칠 때 시임옹좌수(時任雍座首)가 수유하고 집에 갔
다 돌아오는 길이었다. 도포 입고 안장마에 향청(鄕聽) 하인 후배하여
달래달래 몰아가니 움생원이 부르면서,

"여보소 좌수, 자네가 아관으로 기구가 좋다 하여 출패나 무서할 제,
날 같은 빈천지교(貧賤之交) 시약불견(視若不見) 지나가니 부귀자교
인(富貴者驕人)이란 말 자네 두고 한 말일세."

좌수가 할 수 없어 말에서 내려오니 움생원이 제 옆으로 앉혔구나.

좌수가 물어 가로되,

"노형의 평생 행세 내가 대강 짐작하니 이러한 큰 길가에 협창행락
(挾娼行樂) 의외로다."

움생원 연해 웃어,

"꿈같은 우리 인생 육십 가까우니 남은 날이 며칠인가, 파탈하고 놀아 주세. 애ー옥천집 좌수님 들으시게 시조나 하나 하여라."
그렁저렁 장난 후에 좌수가 하직하여,
"향청 일망하여 총총히 돌아가니 노형은 사당하고 행락을 하게 하소."
움생원이 웃어,
"자네 소견대로 하소."
좌수 불끈 일어서니 엉덩이가 안 떨어져,
"애고 이게 웬일인고?"
움생원은 좋아라 곧장 웃어주었구나.
"허허 내 말 들어 보소. 노형은 내게 대면 식자도 더 들었고 경락출입 다하고, 읍내에 오래 있어 관장도 모셔보고 지사하는 아전 친구 응당히 많을 테니, 송장 붙는단 말 자네 혹시 들었는가?"
좌수는 귀가 매우 밝아 깜짝 놀라 급히 물어,
"그것이 송장인가?"
남은 급히 서두는데 움생원은 훨씬 느려,
"그것은 무엇이든지 장차 수작하려니와 송장이 붙는단 말 사기나 경서에나 혹 얻어 보았는가?"
옆에 있던 사당(寺黨)들이 깜짝 놀라 일어서니 모두 다 붙었구나. 요망할 이것들이 각색으로 재변 떨 때, 애고애고 우는 년, 먼산 보며 기막힌 년, 움생원 바라보며 더럭더럭 욕하는 년, 제 분에 제 머리를 으등으등 뜯는 년, 살풍경이 일어나니 좌수는 어이없어 아무 말도 못하고 굿보는 사람처럼 우두커니 앉았다가,
"여보소, 이 녁 짐이 모두 다 송장인가?"
움생원 변구하여,
"하나씩이면 좋게, 둘씩이란 말이오."
"방자한 말이로세. 어느 고을 올 시절 송장 풍년 그리 들어 몰뚝하게 지고 왔노?"
뎁뚝이 하던 말을 움생원이 송전하니, 좌수와 사람들이 서로 보고

걱정한다.

오는 사람 가는 사람 굿 보러 아니 가고 먼 데 마을 근처 마을 구경하자 몰려드니 그럭저럭 모인 사람 전주(全州)장이 푼푼하다.

구경꾼 모인 곳에는 호도엿장수 먼저 오는 법이라, 갈삿갓 쓰고 엿판 메고 가위 치며 외고 온다.

"호도엿 사오, 호도엿 사오, 계피 건강의 호도엿 사오."

여러 사람들이 호도엿 사먹으며 하는 말이,

"이것이 원혼이라 *삼현(三絃)을 걸게 치고 넋두리하였으면, 귀신이 감동하여 응당 떨어질 듯하다."

목좋은 기생네를 급급히 청해다가 좌수가 자랑하여 굿상을 차려놓고 멋있는 공들이 굿거리를 걸게 치고 목좋은 기생네가 넋두리 춤을 추며,

"어라만수 넋이야 넋이로다. 백양청산 넋이로다. 옛사람 누구누구 만고원혼되었는고, 공산야월 불여귀(不如歸)는 촉망제(蜀望帝)의 넋이런가. 무관춘풍(武關春風) 우는 새는 초회왕(楚懷王)의 넋이로다. 어라 만수 저라 만수, 청청향초 나군색은 우미인의 넋이런가. 한패공귀 월야혼은 *왕소군(王昭君)의 넋이로다. 어라 만수 저라대신 넋일랑은 넋반에 담고 신첼랑은 화단에 모셔 밥전 떡전 인물전과 온필 무명 오색반에 넋을 불러 청좌하자. 어라 만수 어라 대신. 열대왕님 부리는 사자 일직사자 금강야차 강림도령 이생망제 돌아갈 때 누가 감히 거역할까. 저라 만수 저라 대신. 만승천자 삼공육경 기구로도 할 수 없고 천석 노적 만금부자 값을 주고 면켔는가. 멀고 먼 황천길을 가자 하면 따라가네. 에라 만수 에라 만수. 지장보살 장한 공덕 보도 중생하라 하고 지옥문 닫아 놓고 석양길을 가르칠 때 불쌍한 여덟 목숨 비명(非命)에 죽었으니 어느 대왕 매였으며 어느 사자 따라갈까. 어라 만수. 저라 만수. 지하에 맨 데 없고 인간에 주인 없어 원통히 죽은 혼이 신체 지켜 있는 것을 무지한 인

---

*삼현(三絃)──세 가지 현악기로 거문고·가야금·향비파를 말함.

*왕소군(王昭君)──중국 전한 원제의 궁녀.

생들이 경대할 줄 모르고서 손으로 만져보고 걸터앉기 괘씸하다. 어라 만수 저라 만수. 왕좌수 자넬랑은 일읍(一邑)의 아관(亞官)이요, 움생원 자넬랑은 양반의 도리로서 경이원지(敬而遠之) 귀신대접 어찌 그리 모르던가. 어라 만수 저라 대신, 사당거사 명창가객 오입쟁이 너의 행세 취신할 수 왜 있으리. 비옵니다, 여덟 혼령 무지한 저희들 허물을 과도 말고 갖은 배반 진사면의 제대춤에 놀고 가세. 어라 만수 저라 만수.”

이러할 때 짐꾼 넷만 남기고 붙은 사람들은 모두 다 떨어져서 기생에게 치하하고 뎁뚝이 각설이에게 각각 하직하는구나.

이것들이 식구 많이 있을 때에는 소일하기 좋았더니 비오는 날 파장같이 경각간에 흩어지니 심심해서 살 수 있나?

뎁뚝이가 그래도 서울 손이라 애끊는 사정으로 송장에게 비는 말이,

“의지하여 듣겠거든 천고의 의기남자 원통히 죽은 혼이 지기지우(知己之友) 못 만나면 위로할 이 누가 있으랴. 역수상(易水上) 찬바람에 연태자(燕太子)를 하직하고 함양(咸陽)에 죽었으니 협객형경(俠客荊卿) 불쌍하고 계명산(鷄鳴山) 밝은 달에 우미인(虞美人)을 이별하고 오강자문(烏江自刎)하니 패왕항적(覇王項籍) 가련하다. 이 세상의 변서방은 협기있는 남자로서 술먹기에 *접장(接長)이요 *화방패두(花房牌頭)시니 간 곳마다 이름 있고 사람마다 무서워한다. 꽃같은 저 미인과 백년을 살자고 했더니 이 목숨이 일조에 돌아가니 원통하고 분한 마음 눈을 감을 수가 없어 뻣뻣 선 장승송장 중동지 자네 신세 부처님의 제자로서 경문외워 계행(戒行)을 닦았더라면 흰구름 푸른 묘에 잔디마다 도방이요 비단가사 연화탑에 열반하며 부처될 때 잠시 음욕(陰欲) 못 금하여 비명횡사(非命橫死), 거적송장 출첨지 자네 정경 동냥 고사 집 없어 낮에는 탈을 쓰고 목에는 장구 메고 돈푼 쌀좀 얻자 하고 이 집 저 집 다닐 때에 따르는 것은

---

*접장(接長)——— 접(接)의 우두머리.

*화방패두(花房牌頭)——— 화류장의 우두머리.

아이들과 짖는 것은 개소리라. 탄 분복이 이러한데 가량 없는 미인 생각 제명대로 못다 살고 남의 집에 두틈 송장 풍객 한량 다섯 분은 오입 맛이 한통속 왕별목장 춘향가 가객이 앞을 서고, 가얏고 신방곡 퉁소 소리 봉장취 연풍대 칼춤이며 서서 치는 북장단에 주막거리 장판이며 큰 동네 *파시병에 동무 지어 다니면서 풍류 먹고 사니 눈치도 환할 터요 경위도 알 터인데 송장을 쳐낸대도 계집은 하나뿐 여기 혼자 좋은 꼴 보이랴 한꺼번에 달려 들어 한날 한시 무태송장, 여덟 송장 각기 설움 다 원통한 송장이라 살았을 때 집이 없고 죽은 후에 자식 없어 높은 묘 깊은 구렁 이리저리 굴러대도 뼈를 묻어 줄 사람 누구 있으며 슬픈 바람 지는 달에 애고애고 우는 혼은 조상할 이 누구 있으리. 생각하면 허사로다. 심사 부려 쓸데 있나. 이생 원통 다 버리고, 지부명왕 찾아가서 설설이 원정하여 후생의 복을 타서 부귀가에 다시 생겨 평생행락하게 하면 당신네 시체들은 청산에 터를 잡아 각각 후장한 연후에 연년기일(年年忌日) 돌아오면 내가 봉사할 것이니 제발 덕분에 떨어지오.”

애끓이 빈 연후에 네 놈이 불끈 일어서니 모두다 떨어졌다.

북망산 급히 가서 송장짐을 부리우니 석짐은 다 부리고 뎁뚝이 진 송장은 강쇠와 초라니로 등에 붙어 뗄 수 없다.

각설이 세 동무는 여섯 송장 묻어 주고 하직하고 간 연후에 뎁뚝이 분을 내어 사면을 둘러보니 꼿꼿한 큰 소나무 나란히 두 줄 서서 한 가운데 빈 틈이 있어 사람 하나 지나겠다. 두 주먹 불끈 쥐고 울울울 달음박질 솔 틈으로 쭉 나가니, 젊어진 송장짐이 우두둑 삼동나서 위 아래 두 토막은 땅에 절퍽 떨어지고, 가운데 한 토막은 북통같이 등에 붙어 암만해도 뗄 수 없다. 요간폭포패장천 좋은 절벽 찾아가서 등을 갈기로 드는데, 가래질 사설이 들을 만하여,

“어기여라 가래질. 광산(匡山)에 쇠방아고 문장공부 가래질. 십년을 마일검 협객(磨一劍俠客)의 가래질. 어기여라 가래질. 춘풍에 저 나비가 향내만 찾아가다 거미줄을 몰랐으며, 산역(山易)에 저 장끼

<hr>

*파시병——해상에서 열리는 생선시장.

가 소리만 찾아가다 포수(砲手) 우레 몰랐구나. 어기여라 가래질. 먼저 죽은 여덟 송장 전감(前鑑)이 밝았는데, 철모르는 이 인생이 복철(覆轍)을 밟았구나. 어기여라 가래질. 네 번째 죽은 목숨 간신히 살았으니 좋을씨고. 공세상에 오입 참고 사람 되세. 어기여라 가래질."

훨씬 갈아 버린 후에 여인에게 하직하여,

"풍류남자 가리어서 백년해로하게 하오. 나는 고향 돌아가서 동아부자(同我婦子) 지낼 테요."

떨어뜨리고 돌아가니, 개과천선이 아닌가. 월(越)나라 망한 후에 서시가 소식 없고, 동탁이 죽은 후에 초선이 간 데 없다.

이 세상 오입객이 미혼진(迷魂津)을 모르고서 야용(冶容) 혜음 분대굴(粉黛窟)에 기인도차오평생(幾人到此誤平生)고.

이 사설 들었으면 징계가 될 듯 하니 좌상에 모인 손님 노인은 백년 향수(享壽), 소년은 청춘불로(靑春不老), 수부귀다남자(壽富貴多男子)에 성세태평하옵소서. 덩지덩지.

작 품 해 설

■ 배비장전(裵裨將傳)

《배비장전(裵裨將傳)》은 풍자, 해학소설의 대표작인데, 원작자는 미상이다. 이것은 영조시대에 이미 창극〔판소리〕으로 발표된 일이 있었으나, 이 작품이 그것의 소설화라기보다 그 대본이라 할 만하다. 소위 판소리 열두 마당 가운데의 하나로서, 점잖음과 가식만을 내세우는 형식주의자(形式主義者)가 봉변당하는 것을 사실적으로 풍자했다.

애랑이라는 미모의 기생이 시종 주인공 역할을 하고 있어 이조의 소설들이 거의 천편일률적으로 행복한 결말로 이끌어 가고, 또 한결같이 전형적인 인간형을 내세운 데 견주어 이 작품은 이런 전통을 깨뜨렸다는 데에 의의가 있다. 더욱이 정비장이니, 배비장이니 하는 새로운 타입의 인간을 내세웠다는 것이 흥미롭다.

그리고 이 소설에도 방자가 나오는데, 이는 《춘향전》의 방자보다는 훨씬 진취적이다. 즉 춘향전의 방자는 이도령과 춘향의 중간 위치에 있으면서도 이도령 편에 가까운 데 비해, 배비장전의 방자는 어디까지나 기생 애랑 편에 서서 끝까지 배비장을 농락하는 것이다(자기의 소속은 엄연히 배비장 편이면서도).

이 방자의 출현으로 우리 고전문학이 양반문학에서 평민문학으로 옮겨지는 과정을 엿볼 수 있는 것은 흥미있는 일이다.

이 소설의 소재는 설화에서 얻은 것으로 보여진다. 그것은 「태평한화(太平閑話)」 골계전 중에 '발치설화'가 있는데, 이 작품 중에도 생이빨을 신물(信物)로 뽑는 대목이 나오기 때문이요, 또 《동야휘집》중의 '율량설화'는 그 스토리가 거의 이 소설과 흡사하다. 이 흥미있는 설화는 능히 유능한 작자를 만나서 작품화될 가능성이 많았다. 과연 돌을 얻어서 옥을 만들었다고 할까? 이 소설은 성공적이다. 더욱 그 무대가 색향(色鄕)이요, 이향적인 제주도라는 데에 더 흥미가 있다.

〈서울대교수　장덕순〉

■옹고집전(雍固執傳)

무미건조한 '권선징악'을 주제로 내세우면서도 시종 풍자와 해학으로 엮어서 짜여진 단편소설인데, 작자는 미상이다. 실존하는 옹고집과 허구의 옹고집과의 대결이 긴장감 넘치게 펼쳐져서 조금도 어색하지 않다. 다만 불승이 등장하는 것으로 보아 불교적인 교화를 목적으로 한 것이 아닌가 생각되기도 하나 만일 그런 목적의식이 창작에 개재되었다면 흥미는 반감된다.

혹시 불교설화에 이런 것이 있는지는 아직 밝혀지지 않았으나, 우리 민간에서는 이런 설화가 현재에도 전해지고 있다.

경상도 지방에 전하는 민간설화에 며느리가 먹이는 개가 변하여 시아버지가 되어서 진짜 시부와 대결하는 이야기가 있다. 이 작품도 이런 진(眞)·가(假) 대결의 설화를 소재로 한 것으로 보아진다. 영조시대 사람인 송만재의 《관우희》에 '옹생원이 어떤 꼭둑각시와 싸우는 운운'한 기록으로 보아, 이것은 배비장전 등과 함께 창극으로 연출되었던 것 같다.

이 작품은 이미 언급한 바와 같이 권선징악을 내세웠으나 처음부터 익살로 나왔다. '옹정, 옹연의 옹진골 옹당촌의 옹고집'이라고 하는 '옹'자의 나열이 재미있고, 그 별명이 '고집'으로 나오는 것부터가 해학의 선언이 아닐 수 없다.

《흥부전》은 우애를 주제로 하였으나 웃음의 문학인 것과 같은 효과를 지니고 있다. 그런데 《흥부전》의 '놀부'와 《옹고집전》의 '옹고집'은 그 인간형이 비슷하고, 그 말미도 비슷하다. 그러나 놀부보다는 옹고집이 훨씬 개성적이다. 왜냐하면 옹고집은 끝에 가서 자살을 단행할 만큼 용기가 있었기 때문이다(道僧이 만류하여 실패하기는 했으나).

인간형으로 볼 때에는 고대소설적인 인간형에게서 제법 진보한 것이라 할 만하다.

〈서울대교수 장덕순〉

■ 이춘풍전(李春風傳)

이춘풍전에 대해서는 필자가 이미 '국어국문' 제5호의 《이춘풍전(李春風傳)》 연구에서 논술한 바 있어, 여기서는 긴 설명을 하지 않기로 한다. 필자가 위의 졸고를 발표하기 이전에는 소설사 내지 국문학사에서 별로 논의되지 않았었다.

그후로 김사엽 박사가 고쳐 쓴 국문학사 제1편 개설에서 정음소설을 주제별로 분류하는 데서 《장끼전》 등과 함께 풍자소설로 다루어 놓았고, 한편 김기동씨가 지은 「한국고대소설개설」에서는 이 작품을 풍자와 해학으로 일관된 하나의 연애소설로 다루어 놓았다.

작자와 연대는 미상이나, 고대소설로서는 가장 말기에 속한 것으로 추측되므로, 따라서 서민문학이요, 해학문학이라는 점에서 국문학사상 버려 둘 수 없는 작품이라고 본다.

우리 문학사에서 방자(房子)와 비장(裨將)의 존재는 극히 중요한 것으로 《춘향전》의 방자는 《배비장전》에도 등장하였으나, 《이춘풍전》에 와서는 사라졌다. 이는 벌써 방자의 존재가 필요없기 때문이다.

그리고 여인이 관변정사를 직접 다룬다든가, 혹은 불가능한 옥사를 판결하는 것 같은 작품은 이조사회인 만큼 보기 힘든 일이다. 이런 따위의 작품은 《이춘풍전》 외에 《정수동전》이 하나 있을 따름이다.

셰익스피어의 《베니스의 상인》에 나오는 여인 포오샤도 남장으로 법정에 나타나 약혼자의 빚을 해결하여 주는데, 《이춘풍전》과 비슷한 데가 많은 것이 주목된다. 그러나 이는 어디까지나 우연의 일치로서 흥미있는 비교거리에 지나지 않을 따름이고, 두 작품 사이의 연관성은 없을 것이다.

〈서울대교수 장덕순〉

■옥단춘전(玉丹春傳)

기생을 주인공으로 하는 연애소설이 고전작품에는 많다. 《옥단춘전》도 그 가운데 하나인데, 작자는 미상이다.

기생은 신분이 천하나 활동무대가 넓어서, 위로는 왕후장상에서부터 밑으로는 거리의 한량에 이르기까지 모두 그 상대가 되는 위치에 있었다. 그리고 미모의 젊은 여인으로서 지·정·예에 통효하여 과연 매력적인 존재였다. 그렇기 때문에 소설을 비롯한 많은 문학작품에 등장하게 되었다.

《옥단춘전》의 주인공도 이런 매력적인 여인이었다. 또 우리나라의 암행어사라는 직제가 멋진 존재였다. 폐의파립으로 미행하면서 정치의 득실을 내탐하고, 거기에 왕의 임무대행이라는 막중한 권력이 부여되었으니, 능히 획기적인 사건을 만들어 낼 만하다.

더우기 암행어사란 아직 정치에 때묻지 않은 젊고 똑똑하고 의리
있는 인물을 내세우게 마련이니, 여기에 또 남자로서의 매력이 있다.
이와 같이 멋진 남자와 아름다운 기생과의 연애담은 미상불 사람들의
흥미를 끌기에 충분하다. 《춘향전》도 이것을 노렸고, 여기의 《옥단춘
전》도 이것을 노렸다. 더욱이 옥단춘전이 색향인 평양을 무대로 했다
는 데에 의의가 크다.

이 방면의 학자들은 대개 이 작품을 《춘향전》의 아류작 혹은 모방작
으로 평가하지만, 그것은 아무래도 좋다. 이 소설에 나오는 스릴이나
낭만은 《춘향전》과는 또 다른 향훈을 풍기고 있다. 이 소설을 《춘향
전》과 비교하는 까닭은 기생과 암행어사의 등장, 이몽룡과 이혈룡, 성
춘향과 옥단춘 등 인물의 흡사함과 그 내용 전개가 비슷하다는 이유
때문이다. 고전소설에서 이런 정도의 열렬한 사랑, 아무런 이해타산
없는 순정의 사랑을 서술한 것도 그리 흔치는 않다.

〈서울대교수　장덕순〉

■ 운영전(雲英傳)

이 작품의 원명은 《수성궁몽유록(壽聖宮夢遊錄)》이다. 청파시인 유
영이란 사람이 안평대군의 구궁인 수성궁에 들어가서 놀다가 꿈을 꾸
는데, 꿈 속에 궁녀 운영과 그의 애인인 김진사를 만나, 그들로부터
그들의 비련을 듣는 것을 표현한 꿈의 문학이다.

여주인공 운영은 안평대군이 여러 궁녀들 가운데서도 가장 사랑하
는 궁녀이다. 그리고 안평대군은 궁녀들로 하여금 궁밖 출입을 일절
엄금하고 있다.

그럼에도 불구하고 안평대군을 찾아오는 소년 선비 김진사는 한밤 중에 높은 담을 넘어 들어가서 운영과 사랑을 속삭인다. 그러나 그들의 생사를 건 모험적인 연애는 드디어 안평대군에게 발각되고, 투옥된 운영은 옥중에서 자살하고, 김진사도 운영의 뒤를 따라 자살하고 만다는, 우리 나라 고전소설 중에서 유일한 비극소설이다.

이 작품의 작자는 인생에 있어서 남녀간의 사랑이 얼마나 중대한가를 제시해 주고 있다. 남녀 주인공들이 다같이 사랑을 위하여 자살한다는 것은 이 작품만이 지니고 있는 두드러진 특색이다.

그리고 또 작자는 이조시대의 궁녀들의 구속적인 생활과 그들의 고뇌를 표현해 놓았고, 무의미한 궁중생활을 벗어나 참다운 사랑을 찾아서 자유로운 가정생활로 돌아가려고 몸부림 치는 궁녀들의 인간적인 생태를 잘 그려 놓았다.

요컨대 이 작품은 양가에서 뽑혀 온 궁녀들의 해방을 암시해 주고 있거니와, 남녀간의 사랑을 논한다면 한국판의 로미오와 줄리엣이라 말할 수 있는 소설이다.

〈동국대교수　김기동〉

■가루지기타령

이 〈가루지기타령〉은 횡부가·변강쇠타령 등의 다른 이름을 지닌 가극이다. 그 줄거리를 소개하면 다음과 같다.

서도에서 태어난 천한 계집인 옹녀와 남도 출신인 잡놈 변강쇠는 각기 성에 대한 온갖 경험을 가졌으나, 만족을 느끼지 못하여 변은 서쪽으로, 옹은 남쪽으로 향하다, 개성(開城) 청석관(靑石關)에서 만나 곧 혼사를 치르고 지리산 속에서 살았다.

어느 날 변은 장승을 짊어져다가 패어 불을 때고는 동티가 나서 중병에 걸려 장승과 같은 험악한 몸이 되어 뻣뻣이 서서 죽는다. 옹은 그 사내의 송장을 치워주는 자와 살겠다고 선언한다. 이 바람에 중·초라니·풍각쟁이들이 덤벼드나 모두 횡사하고, 또 각설이패·마종들이 송장 여덟을 나누어 가로 지고 북망산으로 찾아 들어간다. 그 중 마종 뎁뚝이는 초라니 송장을 가로 지고 북망산 언덕에서 역시 장승의 몸이 되어 서 있었다.

이는 실로 우리나라의 대표적인 음서인 동시에 서민문학에서의 하나의 정화이다.

물론 오랫동안 광대의 입으로 불리워왔으나, 이제 남아 있는 것은 오위장(五衛將) 동리(洞里) 신재효(申在孝)의 본이다. 동리는 일찍이 고폐에서 살았으며, 그의 광세적인 풍류는 특히 극가를 사랑하여 우수한 광대와 기생을 많이 길러서 '춘향가', '박타령', '심청가', '가루지기타령', '토끼타령', '적벽가' 등을 부르게 했다.

대체로 음서란 우리나라에서나 중국에서나 모두 금서가 되었다. 중국에서는 〈금병매〉, 〈육포단〉 등이 금서로 되었었다. 이 〈가루지기타령〉은 곧 한국의 〈금병매〉요, 〈육포단〉이다. 이에 대한 유일한 근원설화로서는 문무자 이옥의 구부총이 있을 뿐이다. 구부총은 삼가에 있다 하였으니, 〈가루지기타령〉 중에 나오는 지리산과 가까운 곳이다.

〈연세대교수　이가원〉

필독정선 **한국고전문학** 4

初版 發行 ● 1994年　5月　25日
再版 發行 ● 1999年　6月　10日

監　修 ● 張　德　順

發行者 ● 金　東　求

發行處 ● 明　文　堂
　　　　서울특별시 종로구 안국동 17~8
　　　　대체　010041-31-0516013
　　　　전화　(영) 733-3039, 734-4798
　　　　　　　(편) 733-4748
　　　　FAX 734-9209
　　　　등록　1977. 11. 19. 제1~148호

● 낙장 및 파본은 교환해 드립니다.
● 불허복제 · 판권 본사 소유.

값 4,500원
ISBN 89-7270-177-7 04810
ISBN 89-7270-007-X (전12권)